L'IRRÉSOLU

Philippe Néricault Destouches

L'Irrésolu
comédie

édition établie, présentée et annotée par
John Dunkley
Paris, Société des Textes Français Modernes 1995

Conformément aux statuts de la Société des Textes Français Modernes, ce volume a été soumis à l'approbation du Comité de lecture, qui a chargé M. François Moureau d'en surveiller la correction en collaboration avec M. John Dunkley.

REMERCIEMENTS

Je tiens à remercier le *Carnegie Trust* de la subvention qu'il m'a accordée pour me permettre de poursuivre les recherches nécessaires à ce travail. Ma reconnaissance va aussi aux nombreux bibliothécaires qui m'ont fourni des renseignements indispensables, surtout à Madame Jacqueline Razgonnikoff, de la Bibliothèque-Musée de la Comédie-Française, et à ma collègue, Madame Danièle Smith, qui a eu l'amabilité de relire mon texte.

J.D.

ISSN 0768-0821
ISBN 2-86503-241-8

INTRODUCTION

LA CARRIÈRE DRAMATIQUE DE DESTOUCHES

Né le 7 avril 1680 à Tours[1], où son père François Néricault était maître écrivain et organiste à l'église Saint-Étienne, Philippe Néricault, le plus jeune de cinq enfants, fit ses études au collège des Jésuites de sa ville natale avant de passer en 1695 au Collège parisien des Quatre-Nations. Il le quitta, peut-être pour des raisons financières, en 1697[2]. Deux traditions rendent compte des deux années qui suivirent immédiatement son départ du collège. Selon l'une, il se fit soldat, peut-être en 1698 ; selon l'autre, il devint acteur[3] ; la première tradition fut appuyée par son ami et biographe, Cizeron-Rival, et surtout par son fils, mousquetaire noir au moment où il rédigea la préface de l'édition des *Œuvres* de son père sortie des presses de l'Imprimerie Royale en 1757[4]. Les éditions du dix-neuvième

---

1. Burner, « Philippe Néricault Destouches », p. 53 et n. 1. Pour les références complètes des ouvrages cités dans les notes, on consultera notre bibliographie.

2. *Ibid.*, p. 54.

3. Burner, *op. cit.*, p. 54, et Voltaire, « Catalogue de la plupart des écrivains », in *Siècle de Louis XIV,* II, p. 220.

4. Cizeron-Rival, *Récréations littéraires* (p. 207-230), p. 208. et *Œuvres dramatiques de Néricault Destouches* (1757), Préface.

VI   INTRODUCTION

siècle renforcèrent cette tradition et occultèrent celle qui
fut affirmée par D'Alembert dans son « Éloge de Destouches », et contredite par son fils[5]. Le fils de Destouches
déplorait qu'on rappelât un bref épisode de la vie de son
père datant de la fin du siècle précédant, d'autant plus que
celui-ci avait passé la plus grande partie de sa vie à « vivre
noblement ». Cependant, bon nombre de ses contemporains évoquent la période que Destouches avait passée
comme acteur, et les références qui s'y rapportent dans
la littérature de l'époque sont nombreuses[6]. Depuis les travaux de Paul Bonnefon, et surtout ceux de David, la question ne fait plus de doute. Si Destouches fut bien acteur,
il ne fut jamais soldat[7]. Ce fut peut-être vers la fin de
l'année 1699 qu'il fut présenté à Roger Brulart, marquis
de Sillery et de Puisieulx, alors ambassadeur de France
auprès des Treize Cantons, résidant à Soleure. L'histoire
des circonstances de leur rencontre varie selon la tradition,
théâtrale ou militaire, qu'adoptent les biographes. A cette
époque, le futur auteur avait déjà pris le nom de Destouches. Le marquis mit Destouches à son service comme
copiste, et il resta attaché à sa maison même après la fin
du service du marquis à Soleure, lorsqu'il rentra dans sa
terre de Sillery en 1708. Destouches s'attira l'estime et
l'affection de l'ambassadeur, qui perdit son fils unique
en Espagne en 1707, et sa protection allait ensuite lui valoir
un poste diplomatique.

   La formation que Destouches avait reçue et la mentalité du milieu tourangeau dont il était sorti le prédisposaient à se trouver à l'aise dans l'ambiance très catholi-

   5 D'Alembert, « Éloge de Destouches », p. 345-346 ; cf. Voltaire, *op. cit.*.

   6. Pour le détail, voir Burner, *op. cit.,* p. 46-53.

   7. Paul Bonnefon, « Néricault Destouches intime »,
p. 638-640, et surtout, Henri David, « Un peu d'ordre dans la
jeunesse orageuse de Néricault Destouches », *passim*.

que, et très cultivée, de la maison de Puisieulx. C'est durant la période qu'il y passa que Destouches débuta dans la carrière d'auteur dramatique. La sœur du marquis, la marquise de Tibergeau, qui assumait la charge des affaires domestiques de la maison, exerça une influence décisive sur le jeune écrivain[8]. Ce fut elle surtout qui l'encouragea à composer des poésies religieuses et qui lui proposa le sujet du *Curieux impertinent,* tiré de l'aventure de Lotario et de Camil dans *El Curioso impertinente,* nouvelle tragique de Cervantès. Il y tint le rôle principal dans les représentations organisées chez le marquis[9]. La marquise contribua, dit-on, au travail d'élaboration du *Curieux impertinent* en ce qu'elle encouragea son protégé à épurer son style, à éviter tout ce qui était trivial ou licencieux, et à se rappeler le but moral de la comédie[10]. Or, on voit de là se dessiner deux caractéristiques majeures de la dramaturgie de Destouches : l'esthétique classique de la forme, et l'insistance sur la formule d'Horace : « omne tulit punc-

---

8. Burner, *op. cit.,* p. 54.

9. *Ibid.,* p. 55.

10. *Le Curieux impertinent,* « Épître dédicatoire au marquis de Puisieulx » ; in *Œuvres,* Arkstee et Merkus, 1755, 4 vol. ; I, p. 15-19, *passim.* Les multiples éditions des œuvres de Destouches, imprimées de son vivant aussi bien qu'après sa mort, ne comprennent pas toutes ses œuvres diverses, et parfois opèrent des retranchements. Les éditions qui sortirent de la librairie d'Arkstee et Merkus à partir de 1755 (Amsterdam-Leipzig, 1755, vol. I-IV, vol. V, 1759) nous semblent les plus complètes. Dans l'« Avis des Libraires » que les éditeurs mirent en tête de, cette édition, on lit : « Nous nous sommes servis des deux dernières Éditions de Paris & de Rouen ; & comme elles diffèrent beaucoup, y ayant dans l'une des Piéces qui ne se trouvent point dans l'autre, nous avons mis dans celle-ci tout ce que renferment ces deux éditions » I, p.[i]. C'est là que, sauf indication contraire, nous puisons nos citations. Les références porteront le préfixe AM, suivi du numéro du volume et de celui de la page.

tum qui miscuit utile dulci ». Nous aurons l'occasion de
revenir sur cette question. Dans le même temps, il envoya
à Boileau des poésies religieuses (aujourd'hui disparues),
et le critique lui répondit par une lettre encourageante[11].
Indice précieux pour l'orientation future de Destouches
que la recherche de l'approbation du grand théoricien du
classicisme, seul survivant d'une époque révolue. Ce fut
pendant sa période d'apprentissage au métier d'auteur dramatique, la seule où il vécut uniquement du théâtre
(1710-1717), que Destouches se conforma le plus étroite-
ment à l'esthétique de Boileau[12].

Destouches est de ces auteurs dont la carrière se développe selon des étapes très distinctes. Chez lui, on a pu
en discerner trois : les comédies des années de formation,
de 1710 à 1717 ; celles qu'il composa après s'être familia-
risé avec le théâtre anglais pendant le séjour qu'il fit à Londres de 1717 à 1723 ; et celles de la période d'après 1740
environ. L'Irrésolu étant du premier groupe, c'est sur lui
que nous porterons le plus particulièrement notre attention. Nous ne passerons pourtant pas sous silence l'évolution ultérieure de l'esthétique de Destouches. Premiè-
rement, le premier groupe de pièces contient en germe et,
dès son origine, les traits qui deviendront plus tard caractéristiques de la comédie moralisante à laquelle le nom de
Destouches est particulièrement lié. Deuxièmement, le
théâtre de Destouches est organique en ce sens que le dramaturge ne cessa, sa vie durant, de revoir et de retoucher
ses comédies, non seulement à la lumière des critiques qui
lui étaient adressées (il était sensible à la critique de ses
amis et attentif aux réactions du parterre, de même qu'il
ressentait très vivement les échecs) mais, encore, au gré
de son évolution personnelle. Ainsi, des pièces com-

---

11. Voir Boileau, *Œuvres complètes,* p. 835-836. La réponse
de Boileau est datée du 26 décembre 1707.

12. Smith, « Comedy and Social Criticism », p. 212.

posées à ses débuts peuvent bien finir par porter les traces d'un développement ultérieur[13]. *L'Irrésolu* est du nombre de celles-là. Il est d'ailleurs devenu conventionnel de séparer « ses premières comédies, imitations de Molière dans le petit monnayage des études de caractère »[14] de celles qui émanent de la maturité de Destouches, après son retour d'Angleterre, et auxquelles il doit sa réputation : *Le Philosophe marié, Le Glorieux, La Fausse Agnès* et *Le Dissipateur*[15].

Destouches était encore au service de Puisieulx lorsque *Le Curieux impertinent* connut sa première à la Comédie-Française, le 17 novembre 1710. La pièce fut représentée treize fois de suite jusqu'au 14 décembre, succès très honnête qui lui valut, le 1er mars 1711, l'honneur d'une parodie de la part des Italiens, *Jupiter, curieux impertinent*[16]. Ce premier succès public confirma sans doute à Destouches qu'il était dans la bonne voie en offrant au public une comédie dont le ton décent démarquait nettement son ouvrage de certaines autres productions de l'époque qui, elles, évoquaient des milieux moins distingués et incorporaient des plaisanteries grivoises.

---

13. Bonnefon écrit : « [...] il aimait beaucoup reprendre ses pièces et les revoir [...] soit dans l'ensemble, soit dans le détail. Les premières éditions de ses comédies présentent, à cet égard, bien des différences dignes de remarque avec celles qui suivirent. Tout cela mériterait d'être noté par qui étudierait l'œuvre de Destouches », *op. cit.,* p. 668.

14. L'expression est de Martine de Rougemont, in Corvin, *Dictionnaire encyclopédique du théâtre,* p. 249.

15. On notera que *Le Dissipateur* sort un peu de la série, car, imprimée en 1736, la pièce ne fut représentée que le 23 mars 1753.

16. La *Gazette de Rotterdam* signala le 29 décembre 1710 la publication du *Curieux impertinent,* et nota que « cette pièce [...] est la plus parfaite qui ait paru depuis celles de Mr. de Molière » ; cité par Mélèse, *Répertoire analytique,* p. 221.

Sa deuxième comédie, *L'Ingrat,* fut représentée à la Comédie-Française le 28 janvier 1712. Elle est de ces nombreuses comédies du dix-huitième siècle dont le protagoniste est modelé sur Tartuffe[17]. Elle eut sept représentations jusqu'au 11 février, lorsque les deuils qui frappèrent la famille royale entraînèrent l'interruption des activités du théâtre jusqu'au 5 avril[18]. Les *Registres* indiquent que les recettes baissèrent sensiblement juste avant l'interruption des représentations, de 2 428 livres 18 sols le 28 janvier, à 686 livres 2 sols le 11 février. Cependant, la pièce peut être considérée comme un succès. A cette époque, Destouches ambitionnait sans doute de devenir un fournisseur régulier de la Comédie-Française, car, avant la fin de l'année, il présenta aux comédiens sa troisième comédie, *L'Irrésolu.* Elle ne connut que cinq représentations dont la première eut lieu le 5 janvier 1713, et la dernière le 19 du même mois. Il l'imprima aussitôt avec une Dédicace au marquis de Courcillon, récemment nommé gouverneur de Touraine — sa province natale — et le fils du mémorialiste Dangeau, attaché au clan dévot et à Mme de Maintenon.

Malgré l'intérêt indéniable qu'elle offre à la critique moderne, pour des raisons que nous préciserons plus loin, cette comédie ne fut pas un succès du vivant de l'auteur. La recette du 5 janvier fut de 2 267 livres 14 sols, un peu moins importante que celle de la première de *L'Ingrat,* mais sensiblement supérieure à celle du *Curieux impertinent —* 1 506 livres 14 sols. A titre de comparaison, on peut évoquer les 2 446 livres 10 sols que rapporta *Le Légataire universel,* dont la première eut lieu le 9 janvier 1708, et les 2 270 livres 2 sols de *Rhadamiste et Zénobie,* représentée le 23 janvier 1711 — œuvres d'auteurs réputés toutes les deux.

Dans la saison 1713-1714, parmi les autres comédies nouvelles qui reçurent leur première représentation, seul

---

17. Voir W.D. Howarth, « The Theme of Tartuffe in eighteenth-century comedy », *French Studies* 4, (1950), p. 113-127.

18. Voir H.C. Lancaster, *The Comédie-Française, 1701-1774,* p. 635.

L'Impromptu de Suresnes de Dancourt (dont la première eut lieu le 24 mai) est en cinq actes. Mais les représentations de la comédie de Dancourt accompagnaient toutes une tragédie classique. Elle servait sans doute à gonfler des recettes qui, sans elle, auraient été encore plus modestes, mais elles ne dépassèrent jamais les 1 921 livres 16 sols du 18 juin 1713, lorsque *L'Impromptu* suivit *Le Comte d'Essex* de Thomas Corneille. A cette époque, les tragédies rapportaient des recettes si modestes qu'il fallut que l'on ordonnât aux comédiens de les représenter[19]. La première de la seule tragédie nouvelle de la saison, *Ino et Mélicerte* de Lagrange-Chancel, ne valut au théâtre que 1 306 livres, chiffre légèrement dépassé à la deuxième représentation, qui rapporta 2 077 livres[20].

De là, on peut conclure que la réputation de Destouches et l'attente du public expliquent la recette très honorable de la première représentation. Une nouvelle « grande comédie » était apte à susciter un fort intérêt, et on note que *L'Irrésolu* constituait chaque soir l'unique pièce de la représentation. Mais la déception immédiate est sensible, car on discerne une tendance générale des recettes à tomber rapidement d'une représentation à l'autre (de 2 267 livres à 1 466, puis à 1 104, ensuite à 788, puis à 406, pour s'élever finalement à 459, en chiffres arrondis).

Au milieu de l'année 1713, Destouches quitta Sillery pour chercher fortune à la Cour de la duchesse du Maine à Sceaux. Là, se réunissait une société capable d'apprécier des plaisirs que Versailles avait depuis longtemps cessé d'offrir. Aux Grandes Nuits que Malezieu organisait pour la duchesse, Destouches contribua par trois ouvrages : *Le Mystère, ou les Fêtes de l'inconnu, Le Mariage de Ragonde*

---

19. Voir F. Moureau, *Dufresny, auteur dramatique,* p. 258, n. 13.

20. Après la deuxième représentation, on l'accompagna d'une comédie, sans doute pour étayer des recettes qui auraient diminué sans cela.

et de Colin, ou la Veillée de village, et *Les Champs Ély-sées, ou la Fête de la nymphe Lutèce*[21]. Les nouvelles expé-riences offertes par la vie à Sceaux s'avérèrent sans doute peu satisfaisantes, car Destouches abrégea brusquement son séjour, dans les premiers mois de 1715, peu de temps avant les remous politiques entraînés par la mort de Louis XIV. Il était habituel de demander à la duchesse la permission de quitter Sceaux, permission qu'elle se plai-sait parfois à refuser. Destouches n'en fit rien et se con-tenta à son départ de laisser dans sa chambre des vers désinvoltes[22].

Pendant son séjour à Sceaux, il composa son *Médisant,* qui fut représenté à la Comédie-Française le 20 février 1715. Le relatif échec de *L'Irrésolu* n'influa pas sur la réception de la nouvelle comédie. Elle eut une suite de qua-torze représentations jusqu'au 24 mars. La recette la plus élevée fut celle de la première, 2 038 livres 11 sols, chiffre qui ne commença à baisser sensiblement qu'à partir de la neuvième représentation. *Le Médisant* constitua le seul spectacle jusqu'à la quatorzième représentation, lorsqu'il fut présenté avec *Le Double Veuvage,* de Dufresny, pièce qui paraissait régulièrement au programme tous les ans depuis 1702[23]. Comme l'a remarqué très justement Paul Bonnefon : « [Destouches] avait maintenant un genre, auquel le public commençait à s'accoutumer : la peinture des petits travers tracée d'une plume alerte et diligente, par un esprit aussi facile que fécond »[24]. En revanche, sa *Fausse Veuve,* comédie en un acte qui connut la première

---

21. *Ragonde* fut représenté à l'Opéra le 30 janvier 1742, et ensuite aux « Petits Appartements » de Versailles ; voir A. Jul-lien, *Histoire du théâtre de Madame de Pompadour,* p. 26-27.

22. Voir A. Jullien *Les Grandes Nuits de Sceaux,* p. 72.

23. La première représentation du *Double Veuvage* eut lieu le 8 mars 1702.

24. *Op. cit.,* p. 641.

de ses cinq représentations le 20 juillet de la même année, fut un échec spectaculaire. Les recettes glissèrent de 1 573 livres 11 sols pour la première, lorsque le spectacle comprenait aussi l'*Andronic* de Campistron (1685), jusqu'à 199 livres 10 sols à la quatrième, avec *L'École des femmes*. Elles se relevèrent un peu à la cinquième représentation, jusqu'à 366 livres 6 sols, lorsque *La Fausse Veuve* fut accompagnée de *L'Homme à bonnes fortunes*[25] de Baron. La déception qu'éprouva Destouches fut si cruelle qu'il ne publia jamais la pièce (comme tout auteur dramatique, il avait fait imprimer auparavant ses ouvrages immédiatement après la fin de la première série de représentations), et plus tard il en récusa la paternité — vainement, puisqu'elle figure dans les *Registres* de la Comédie[26].

A l'exception de *La Fausse Veuve,* toutes les comédies de Destouches avaient été, jusque-là, des comédies de caractère. Après l'échec de la pièce en un acte, il s'essaya, avec *Le Triple Mariage,* à une sorte de « dancourade », qui vit les feux de la rampe le 7 juillet 1716. L'intrigue tourne sur l'aveu des mariages secrets de Valère et d'Isabelle, le fils et la fille du vieillard, Orgon, lui-même remarié à l'insu de ses enfants. Les aveux des enfants sont provoqués par l'impossibilité où ils se trouvent de se marier avec les partenaires que leur père leur a choisis. Il paraît que la pièce de Destouches fut fondée sur une aventure dont on parlait à l'époque, arrivée à un certain Monsieur de Saint-Alausse[27]. Une série de représentations eut lieu entre

---

25. La première avait eu lieu le 31 janvier 1686.

26. Cizeron-Rival en dit autant de la comédie intitulée *Le Dépôt* (*op. cit.,* p. 227-228), mais, si son assertion est correcte, la pièce à dû échapper à l'attention de Joannidès et de Lancaster. Cette comédie fut publiée dans le cinquième volume des *Œuvres* émis par Arkstee et Merkus en 1759.

27. Ce nom est fourni par Mouhy. Lamotte de Senonnes, dans la Notice qui précède les *Œuvres de Destouches* (Paris, Lefèvre, 1811) cite le nom du marquis de Saint-Aulaire (un familier de la

le 7 juillet et le 22 août. Le spectacle groupa *Le Triple Mariage* avec *Bérénice, Phèdre, Le Cid* ou *Géta,* puis huit fois de suite avec *Œdipe.* Les recettes des trois premières représentations sont en moyenne de 1 000 livres chacune, suivies d'une baisse jusqu'à 391 livres 10 sols lorsque la pièce fut représentée avec *Géta.* Quand elle parut ensuite avec *Œdipe,* les recettes remontèrent à des sommes allant de 556 à 1 103 livres. Mais la part de l'auteur n'excéda pas les 230 livres au total. A cette époque, Destouches vivait uniquement de sa plume, et, pour augmenter ses revenus, il fournissait des pièces au Théâtre de la Foire, dont aucune ne nous est parvenue. Bonnefon évoque une lettre de Destouches à Fuzelier, datée du 6 août 1716, dans laquelle il dit n'avoir osé demander à Madame de Baulne, directrice d'un théâtre à la Foire Saint-Laurent, cinquante pistoles d'avance sur les représentations d'une pièce qu'il lui avait fournie[28]. Il est évident qu'à cette époque les ressources du dramaturge étaient des plus maigres[29].

Sa pièce suivante différa encore de toutes celles qui l'avaient précédée. *L'Obstacle imprévu* est une joyeuse

---

duchesse du Maine), mais Desnoiresterres infirme l'assertion en donnant des précisions biographiques sur le marquis qui le mettent tout à fait hors de cause (*La Comédie satirique,* p. 5 et n. 1). Burner note, à propos de cet agréable divertissement, que « Destouches, qui doit vivre de son travail, semble abandonner sa manière de concevoir la comédie et s'adapte aux mœurs légères du temps ». Les domestiques seraient des « bouffons pleins de verve et d'étourderie », et il remarque l'emploi des « types de petit-maître vantard, gaspillant l'argent et se refaisant par le jeu » — « silhouettes poussées au ridicule pour forcer l'effet comique » (*op. cit.,* p. 62).

28. *Op. cit.,* p. 641.

29. Burner relève le « contraste curieux » qui existe entre le métier de fournisseur du Théâtre de la Foire et celui d'écrivain sérieux qui compose une ode pour célébrer les Académiciens en tant que gardiens de la vérité et du bon goût (*op. cit.,* p. 63).

comédie d'intrigue, compliquée à souhait, très spirituelle et offrant certaines ressemblances avec *L'Irrésolu*. Représentée pour la première fois le 18 octobre 1717, elle eut sept représentations entre le 18 et le 30, et fut remise deux fois en décembre, le 5 et le 7. De la première série, la part de l'auteur se monta à quelque trois cents livres, mais Destouches était parti à Londres depuis le mois d'août, et on allait attendre encore dix ans avant que *Le Philosophe marié* ne paraisse sur la scène.

Dans son étude du théâtre de Destouches, Smith voit une relation entre la réception de chacune des premières comédies et la forme de la suivante. Deux comédies à succès, *Le Curieux impertinent* et *L'Ingrat,* ouvrent sa carrière. Suit un échec, *L'Irrésolu,* qui entraîne le recul de l'auteur devant une réception perçue comme hostile. Passé à Sceaux, il se délasse dans des amusements précieux, et leur succès l'encourage. A la pièce suivante, il incorpore des éléments sociaux que la vie de Cour lui a rendus familiers. Le succès du *Médisant* l'encourage à oser une nouvelle manière avec *La Fausse Veuve,* mais, en l'occurrence, c'est un four, et Destouches recourt alors aux formules éprouvées de la dancourade et de la comédie d'intrigue. L'analyse semble très exacte, et prouve la souplesse du talent du dramaturge.

Au moment où Dubois allait partir en Angleterre pour entamer les négociations qui allaient aboutir au traité de la Quadruple Alliance, il lui fallait un secrétaire pour prendre des dictées. Recommandé au Régent par le marquis de Puisieulx, Destouches fut nommé à ce poste contre le gré du ministre. Les modestes origines de Dubois épargnèrent à Destouches une concurrence aristocratique. Il remplissait très exactement ses fonctions, bien que Dubois fît constamment la sourde oreille à ses demandes d'argent pour vivre[30]. En revanche, Destouches fut bien reçu par le roi Georges Ier.

---

30. Outre les nombreuses plaintes adressées à Dubois, Destouches expliqua ses griefs et la ladrerie de son maître dans une lettre

Pendant son séjour, Destouches fréquentait les théâtres de Londres où il vit des pièces de Shakespeare, de Ben Johnson, de Dryden, de Rowe, de Southerne, de Vanburgh, de Congreve et d'Addison[31]. Il laissa une traduction de quelques scènes de *La Tempête,* et apprécia particulièrement Addison qui, de tous les dramaturges anglais, était le plus ouvert à l'esthétique dramatique française. Il traduisit et adapta *The Drummer,* qu'il publia en 1736 sous le titre du *Tambour nocturne.* La pièce ne vit les feux de la rampe que le 16 octobre 1762.

De retour à Paris le 23 juin 1723, Destouches fut élu à l'Académie française le 5 août suivant. Il occupa le vingt-sixième fauteuil en succédant à Campistron, décédé le 11 mai. Il peut avoir dû son élection à ses protecteurs, car ses productions littéraires manquaient alors d'ampleur. Burner note cependant que « sa renommée d'écrivain se répandait et s'accroissait en France »[32], ce qui est certain, puisque ses œuvres étaient imprimées en recueil depuis 1716. Il ajoute que son talent dépassa celui de son prédécesseur, ce qui ne semble pas inexact — « Sur le Racine mort... ». Le Régent lui promit « des preuves de sa satisfaction qui l'étonneraient lui-même aussi bien que le royaume »[33]. Mais la mort de Dubois, survenue le 11 août 1723, et celle du Régent le 2 décembre éteignirent ses espérances, et il dut se contenter d'une gratification de 100 000 francs. Il aurait pu reprendre une carrière diplomatique l'année suivante, lorsque le cardinal de Fleury lui proposa une mission qui l'aurait mené d'abord à Moscou, puis en Écosse, mais la perspective d'un nouveau départ, et peut-être de nouvelles déceptions, ne le tenta pas. Selon Voltaire, il aurait souhaité accompagner le maréchal de Richelieu dans son

de justification adressée à J.-B. Rousseau, datée du 19 avril 1727 ; voir Bonnefon, *op. cit.,* p. 649-652, surtout à la page 651.

31. Burner, *op. cit.,* p. 69.
32. *Op. cit.,* p. 70.
33. *Ibid.,* p. 68.

ambassade à Vienne[34]. Il se consacra désormais à la littérature et à cultiver les terres qu'il avait acquises, d'abord
et brièvement à Mollei-Thibergeau dans le Maine (1723),
où il composa *La Fausse Agnès,* ensuite, à partir du
1er décembre 1727, à Fortoiseau, plus près de Paris.

Le 6 décembre 1722, il avait épousé Dorothy Johnston,
originaire de Blackburn, après l'avoir convertie au
catholicisme[35]. Le mariage devait rester secret. Ce fut apparemment sa belle-sœur qui le divulgua. Destouches se ven-
gea d'elle en l'immortalisant sous le nom de Céliante dans
Le Philosophe marié, ou le Mari honteux de l'être, comédie où il mit en scène son propre dilemme[36]. D'Alembert
affirme qu'elle assista à la première représentation de la
pièce, qui eut lieu le 15 février 1727. Quoique furieuse, elle
dut ravaler son indignation, de crainte de se voir satiriser
sous les traits de la Colère dans quelques comédie future[37].

La pièce rencontra un succès extraordinaire et connut
plus de représentations qu'aucune autre de ses productions
du vivant de l'auteur. Elle fut représentée vingt-six fois
entre le 15 février et le 27 mai. Les recettes furent tout
à fait exceptionnelles. La plus élevée fut celle de la quatrième représentation et elle se monta à 3 070 livres. Sur
les vingt représentations entre la première et le relâche
annuel, qui eut lieu le 29 mars, la recette moyenne est de
2 486 livres. Pour la totalité des représentations, Destouches reçut 4 002 livres 12 sols[38]. Il assista en personne à

---

34. Lettre à Thieriot du 26 septembre 1724, Best D. 120.

35. Voir Desnoiresterres, *op. cit.,* p. 38-39 et p. 38, n. 1.

36. Voir surtout les scènes 2, 3 et 4 de l'acte II.

37. D'Alembert, « Éloge », p. 364-365.

38. Afin de comprendre ces chiffres relativement au rapport
annuel d'autres emplois, on consultera Claude Alasseur, *La
Comédie-Française au 18e siècle, étude économique,* chapitre 3.
Notons ici que l'ouvreuse, l'employée la moins payée du théâtre, gagnait 200 livres par an au début du siècle et 250 livres en
1762. Un violon gagnait 400 livres par an en 1692-1693, et la

la treizième représentation[39]. Les financiers se trouvèrent lésés par cinq vers de la treizième scène de l'acte III[40] qui mettaient en doute leur conscience, leur honneur et leur probité ; et, plus influents ou moins généreux qu'au temps de *Turcaret,* ils les firent supprimer, sauf vingt exemplaires qui parurent sans carton (Paris, B.N.F., ms., nafr. 20076, avril 1727). D'autres critiques sorties de la plume des libellistes, moitié justifiées, moitié vétilleuses, pleuvaient sur la pièce. Elles s'en prenaient particulièrement au protagoniste, peu philosophe parce qu'il se pliait aux préjugés ridicules sur le mariage, médisant, ambitieux, avare, peu scrupuleux sur la vérité, ingrat, brusque, hautain avec sa femme et trop indulgent avec sa servante, etc.[41] Parmi ces critiques, on trouvait J.-B. Rousseau, vivant alors en exil à Bruxelles à la suite de l'affaire des couplets[42], et une partie de la correspondance, dans laquelle Destouches se justifie entièrement, est reproduite par Paul Bonnefon[43]. Bonnefon fournit aussi une liste (qu'il suppose incomplète) des pamphlets publiés par les libellistes en 1727[44].

---

moyenne des cinq violons employés en 1759 fut de 440 livres par an (p. 58).

39. Burner, *op. cit.,* p. 71.

40. Vers cités par Burner, *ibid.,* p. 72.

41. *Ibid.*

42. Destouches lui avait lu une version antérieure de la pièce au temps où ils vivaient à Londres. Sur « l'affaire des couplets », on consultera A. van Bever, *Contes et conteurs gaillards au XVIIIᵉ siècle,* Paris, Daragon, 1906 ; F. Gacon, *Anti-Rousseau, par le Poète sans fard,* Rotterdam, Fritsch et Böhm, 1712, 3 vol., III ; F. Gacon, *Histoire satirique de la vie et des ouvrages de Mr. Rousseau,* Paris, Ribou, 1716 ; et Voltaire, *Siècle de Louis XIV.*

43. *Op. cit.,* p. 643-654.

44. *Ibid.*, p. 646. Ils existent en recueil factice, avec l'édition originale de la pièce, constitué pour le duc de La Vallière, actuellement conservé à la Bibliothèque de l'Arsenal sous la cote 8° BL. 13131.

La réponse publique de l'auteur fut *L'Envieux,* qu'il fit représenter à la Comédie-Française par trois fois, les 3, 7 et 10 mai 1727 — elle suivit *Le Philosophe* le 3 seulement. Reprenant le fouet de Molière et de Regnard, cette pièce éphémère est d'un intérêt certain pour connaître l'esthétique de Destouches[45].

L'installation de Destouches à Fortoiseau fut alors définitive, et il trouva une grande satisfaction à s'occuper de sa propriété, qu'il arrondit périodiquement par divers achats de terrain[75]. La fréquentation de personnages haut placés et de la bonne société, dont on trouve le reflet dans ses ouvrages, dut lui ouvrir les yeux sur un mode de vie infiniment désirable par rapport aux circonstances difficiles, voire humiliantes, où se trouvait un homme de lettres vivant de sa plume. Cependant, les dépenses que nécessitaient l'entretien et l'agrandissement de la propriété et l'entretien de sa nouvelle famille l'obligeaient à surveiller de près ses affaires financières, au contraire de la mentalité aristocratique traditionnelle. Il révélait ainsi à son correspondant La Porte (avocat du roi au Châtelet de Paris et fils de fermier général) les raisons qui le tenaient éloigné de la capitale :

Je vous avouerai donc que je serais fort aise de vivre à Paris, mais mes moyens n'y suffisent pas, parce que j'ai une femme que j'aime infiniment et trois enfants qui ne me sont pas moins chers [...] j'avais six mille livres de rentes viagères qui faisaient presque ma fortune et toute la récompense de mes services. On a eu la cruauté de m'en ôter deux mille livres. Jugez si, après une pareille réduction, je suis en état de vivre avec une femme à Paris, où je n'ai ni meubles ni maison. C'est donc par nécessité, autant pour le moins que par goût, que je me prive du séjour de la ville[47].

45. Selon la Préface, *L'Envieux* fut remanié avant de passer à l'impression en 1736 ; voir AM (1763) III, p. [235].

46. Voir Burner, *op. cit.,* p. 184, 186-7.

47. Bonnefon, *op. cit.,* p. 663 ; lettre du 6 décembre 1729.

Il agrandit ses terres ; il acquiert des titres ; il revoit ses pièces chaque fois qu'il les fait imprimer ; il marchande avec les libraires, cédant tel privilège contre telle somme d'argent tout en leur offrant l'appat de telle ou telle comédie nouvelle ; il négocie pour faire imprimer en France des œuvres diverses d'un intérêt tout à fait dérisoire pour les lecteurs du temps.

Les ressources qui lui permettaient de « vivre noblement » ne suffisaient pas pour des séjours à Paris. La correspondance avec La Porte, commencée en août 1729 et interrompue (pour des raisons de susceptibilité mutuelle) en février 1731, était censée tenir Destouches au courant de la vie littéraire et artistique de la capitale. Mais son efficacité s'avéra limitée, et on remarqua que Destouches n'était plus au courant de l'évolution des mœurs. Le 6 décembre 1729, il écrivit à La Porte : « Je conviens avec M. de Boze que la campagne me fait oublier la connaissance des mœurs, et qu'un esprit trop philosophique, que j'ai contracté insensiblement, amortit mon feu et peut à la fin émousser mon génie ; qu'il faut vivre au milieu du monde pour le représenter [...] »[48].

Burner voit dans son absence de Paris une raison possible de l'échec de sa comédie suivante, *Les Philosophes amoureux,* représentée pour la première, et seule, fois à la Comédie-Française le 26 novembre 1729. Isolé à Fortoiseau, l'auteur aurait négligé de prendre des précautions contre les efforts de la cabale[49]. Pour sa part, Destouches avait lieu de soupçonner que Boissy, ayant eu vent du contenu de sa pièce, s'en était inspiré pour sa propre comédie, *L'Impertinent malgré lui,* représentée le 14 mai 1729. Il n'arrivait pas à comprendre la chute de sa pièce sinon par

---

48. Claude Gros de Boze, trésorier de France, académicien, secrétaire perpétuel de l'Académie des Inscriptions ; lettre citée par Bonnefon, *op. cit.,* p. 663.

49. *Op. cit.,* p. 179.

l'absence de certains traits qui avaient fait réussir *Le Philosophe marié ;* il écrivait à La Porte le 6 décembre 1729 :
« La force et la régularité du style, la conduite, la variété
des caractères, les bonnes choses que mes personnages
débitaient et qui étaient à leur place devaient la soutenir
quoique dépourvue à la vérité de ces agréments piquants
dont *Le Philosophe marié* est rempli, parce que le sujet
me les a fournis ». Dans la suite de la lettre, Destouches
faisait allusion aux griefs insignifiants qu'on lui opposait[50]
et craignait d'avoir déplu en faisant d'un philosophe le
protagoniste d'une seconde pièce.

Il prit alors la résolution de ne plus écrire pour la scène,
mais uniquement pour l'impression — résolution qu'il
oublia peu de temps après, encouragé sans doute par le
contact qu'il avait repris avec le monde littéraire vers la
fin de 1731, après sa rupture avec La Porte. Le *Mercure
de France* signala une nouvelle comédie de lui, *Le Glorieux,* dès le mois de décembre 1731. Le manuscrit était
entre les mains de Quinault depuis trois ans déjà, mais il
hésitait à incarner le personnage de Tufière, dont l'orgueil
ressemblait de trop près au sien. Il exigea par conséquent
un remaniement du dénouement avant d'accepter de jouer
le rôle[51].

Entre la première, qui eut lieu le 18 janvier 1732 et le
relâche annuel (du 30 mars au 20 avril), *Le Glorieux* eut
trente représentations. La recette de la première fut de
2 801 livres 10 sols, avec *Les Plaideurs.* En quatre occasions (le 20, le 23 et le 30 janvier, et le 23 février), la recette
dépassa les 3 000 livres. Voltaire craignait que cette brillante réussite ne portât préjudice à son *Eriphyle,* représentée pour la première fois le 7 mars, mais en l'occurrence sa pièce rapporta au théâtre 3 910 livres. Le succès

---

50. Il s'agit de paroles prononcées par Damis à son entrée en
scène, du personnage d'Araminte, et des entrées et sorties insuf-
fisamment motivées ; voir Bonnefon, *op. cit.,* p. 662.

51. Burner, *op. cit.,* p. 181.

du *Glorieux* fut pour Voltaire une occasion de composer deux petits poèmes bien contradictoires[52] et d'émettre, dans une lettre à Cideville datée du 3 février 1732, l'opinion selon laquelle cette « froide » comédie était soutenue par le seul jeu des acteurs et qu'elle s'avérerait moins impressionnante à la lecture[53]. Le succès de la pièce provoqua une parodie de la part de Favart et de Largillière, *Polichinelle, comte de Paonfier,* qui fut montée au Théâtre des Marionnettes de la Foire Saint-Germain le 14 mars 1732. Boissy, pour sa part, estima que Tufière était copié sur *L'Important* de Brueys (1693), que l'intrigue n'était pas neuve, que les scènes attendrissantes étaient plus propres à la tragédie qu'à la comédie, et que le dénouement heureux était romanesque[54]. Les réflexions de Voltaire et de Boissy en disent long sur l'esthétique dramatique de l'époque. Le même Boissy, avec Lélio fils et Romagnesi (visés dans la Préface du *Glorieux*) composèrent un vaudeville dont le refrain était « Polichinelle », et qui désignait à la fois la personne de Destouches et la qualité de son théâtre. Avec sa bienveillance habituelle, Collé le reproduisit dans son *Journal* à l'occasion de la mort de Destouches[55]. Selon Hoffmann-Liponska, l'originalité de Destouches dans *Le Glorieux* consistait « à donner un échantillon [du drame] avant que Diderot en établ[ît] la théorie »[56]. Sans être complètement fausse, son assertion ne prend pas en compte les différences entre la comédie moralisante et le drame, qui sont tout aussi nettes que leurs ressemblances.

---

52. *Ibid.,* p. 183, n. 1, où Burner détaille toutes les réflexions de Voltaire sur *Le Glorieux.* Cf. Voltaire, *Correspondence,* Best. D. 4112, et Grimm, *Correspondance littéraire,* I, p. 419.

53. Best D.459. Il écrit à Destouches dans le sens contraire, Best. D. 3113, 3120 et 4112.

54. Voir Hoffmann-Lipońska, « Étapes », II, p. 79.

55. I, p. 425-427.

56. « Étapes », II, p. 80.

La même année, Destouches élabora *Prothée, ou l'Homme de tout caractère,* mais son projet avorta après trois scènes composées, lorsque *Le Complaisant* de Pont-de-Vesle eut, le 29 décembre 1732, la première des treize représentations qui continuèrent jusqu'au 13 mars suivant. Sans savoir précisément le nom de l'auteur de cette comédie, mais soupçonnant un plagiat de la part de Pont-de-Vesle et de Surgères, Destouches composa une épigramme à leur sujet ; son ami Danchet le persuada de renoncer à la faire publier : « Pourquoi irritez-vous ces deux hommes de condition et de mérite ? Pour un petit intérêt d'amour-propre faut-il offenser des personnes en place et qui peuvent [v]ous faire éprouver leur ressentiment ? »[57] En revanche, Destouches adressa à Danchet une lettre à propos du *Complaisant* par laquelle il l'assurait que la pièce n'était pas de sa composition : « Ce n'est pas que je méprise cette pièce ; au contraire, je la trouve bien écrite, mais elle n'imite point mon style »[58]. Il se peut que l'attribution à Destouches tienne à certaines ressemblances de détail entre cette pièce et *L'Irrésolu.* Les résolutions du protagoniste, Damis, changent selon ses interlocuteurs, et on l'appelle effectivement « irrésolu » (I, 5) ; il considère la possibilité de prendre une charge dans la Robe, et la frivole Madame Orgon de s'écrier : « Ah fi ! Quelle horreur ! Quoi ! Je vous verrais en perruque carrée, affublé d'un rabat, et d'une vilaine robe noire ? » (II, 2). Le Marquis tombe amoureux d'une Célimène, qui vante « la délicatesse de ses sentiments ». On s'imaginait peut-être que Destouches « se citait », comme il l'avait fait avec ses « philosophes », mais, de fait, cette comédie en prose n'a

---

57. Burner, *op. cit.,* p. 184, n. 2, attribue cette lettre à Destouches ; c'est évidemment Danchet qui la lui adressa. Cf. *Recueil de lettres inédites adressées à Danchet,* p. 11.

58. « Sixième Lettre à M. l'abbé D*** », version de Prault (1745), V, p. 162.

que peu de rapport avec *L'Irrésolu*. Les ressemblances
étaient probablement fortuites, étant donné la forte homo-
généité thématique des comédies de la première moitié du
siècle.

Après *Le Glorieux*, Destouches livra ses pièces au public
de préférence par la voie de l'impression. Ainsi *La Fausse
Agnès, Le Tambour nocturne* et *Le Dissipateur* furent toutes publiées dans l'édition de Prault en 1736 mais ne furent
représentées qu'en 1759, 1762 et 1753 respectivement. La
Préface du *Dissipateur* contient une allusion discrète aux
« fortes raisons » qui déterminèrent la décision de Destouches, qui se refusait à s'expliquer aux dépens d'autrui[59].
Il était aussi question d'un différend survenu entre l'auteur
et les comédiens, situation assez fréquente à l'époque. Le
7 mars 1744, il écrivit à Danchet une lettre où il parla de
son *Homme singulier* (dont la première n'eut lieu que le
29 octobre 1764) « que je prends le parti de faire imprimer, parce que j'ai absolument renoncé au théâtre pour
lequel je ne sens plus que du dégoût et de l'aversion, non
seulement par scrupule [nous examinerons plus loin les
'scrupules' que Destouches pouvait avoir entretenus] mais
par l'incapacité de la plupart des acteurs comiques, qui
n'ont plus que les talents nécessaires pour faire tomber
la meilleure pièce »[60]. De même, dans l'Avertissement de
la pièce, il parle de la maladie d'une actrice et d'un « obstacle » qui en aurait empêché la représentation, et il continue : « Dans cet intervalle de temps j'ai changé de résolution, et j'ai pris le parti de ne faire paraître ma comédie, que dans le recueil de mes ouvrages dont on prépa-
rait une nouvelle édition. Je ne sais si c'est pour moi un

---

59. Voir Burner, *op. cit.*, p. 185, n. 5 ; cf. la Préface du *Dissipateur* (édition de Prault, 1736, p. ii. Ce paragraphe manque
dans l'édition Arkstee et Merkus).

60. *Recueil de lettres inédites adressées à Danchet*, p. 5.

avantage ou non, qu'elle n'ait point été représentée ; quoi qu'il en soit, j'ai eu de bonnes raisons pour me restreindre à ne la donner qu'imprimée ». Cizeron-Rival fit également allusion à cet état de choses quand il écrivit à propos du *Jeune Homme à l'épreuve* que Destouches la fit imprimer « sans daigner la faire passer par les mains des Comédiens-Français, dont il avait lieu de se plaindre »[61].

Il nous semble que les raisons cachées de la décision de Destouches sont bien d'ordre personnel, qu'il s'agit, comme il le laisse entendre lui-même, de difficultés avec les comédiens. Il est certain en tout cas que le public ne boudait pas les pièces de Destouches, vu le succès du *Glorieux*. Mais il est possible que les comédiens y soupçonnaient à tort ou à raison un ton un peu passé de mode. L'information la plus précise que nous ayons, et qui nous porte à croire que Destouches avait compris qu'on trouvait ses pièces vieillies est contenue dans sa « Troisième Lettre à M. l'abbé D*** : sur le goût » :

> Vous me demandez, Monsieur, pourquoi je veux faire imprimer trois pièces nouvelles avant que de les faire passer à l'épreuve du théâtre ? Ma réponse sera bien simple et bien naïve ; c'est que je crains cette épreuve, et que je ne veux plus m'y exposer. Et depuis quand donc cette timidité, me répliquerez-vous ? Depuis que la scène est inondée d'esprit, plus de naïveté, de simplicité, de naturel, plus d'intrigue, de conduite et d'action, plus de sentiments, de mœurs et de caractères, moins de caractères vrais et ressemblants. Pièces tragiques, pièces comiques, tout roule sur l'esprit. Rois, héros, maîtres et valets, ne parlent plus qu'en épigrammes. C'est à qui en lancera de plus vives et de plus piquantes. Les acteurs et les auteurs se sont gâtés réciproquement, et les spectateurs, oserai-je le

---

61. Cizeron-Rival, *op. cit.*, p. 225. Cf. Voltaire, Lettre à Bergier du 25 septembre 1736, Best.D. 1155.

dire, qui se sont revoltés longtemps contre cet abus, s'y sont accoûtumés insensiblement ; de sorte que le goût est absolument changé. La simple nature est bannie de la scène ; on n'y veut plus que de l'esprit; de l'esprit par-tout ; de l'esprit à quelque prix que ce soit. Offrez aux acteurs une pièce où l'on ne court point après l'esprit, et où on ne veut en avoir, qu'autant que le sujet et l'occasion l'exigent, l'ouvrage leur paraît gothique. *Ce n'est plus sur ce ton-là qu'on écrit. Ce n'est pas là le goût d'aujourd'hui. Cela ne réussira pas*[62].

Il sera question de la guerre de l'auteur contre l'esprit, qu'il ouvrit à partir de 1740 dans les pages du *Mercure,* lorsque nous examinerons son esthétique. Dans le contexte de son évolution dramatique, elle explique la relative pauvreté de sa carrière précisément théâtrale dans les quatorze dernières années de sa vie, et peut-être le renouveau d'intérêt que son théâtre connut dans la décennie qui suivit sa mort.

Une tragi-comédie, *L'Ambitieux et l'indiscrète* que Destouches avait composée aux alentours de 1731, eut sa première représentation le 14 juin 1737. Elle en reçut treize jusqu'au 15 juillet. La recette fut toujours modeste, de 862 livres en moyenne, et ne valut à Destouches que 984 livres au total. Le 15 juillet, la recette globale tomba jusqu'à 166 livres, aussi l'auteur n'en reçut-il rien. Le public de l'époque, qui était toujours à l'affût d'applications possibles à des personnages en vue, identifia l'ambitieux du titre au ministre Chauvelin, qui sut persuader Destouches de la prudence qu'il y aurait à retirer sa pièce, ce qu'il fit. Hallays-Dabot cite le rapport de l'exempt attaché à la Comédie-Française lequel constate « 15 juillet 1737 — Première représentation de *L'Ambitieux,* où le public se réjouit à cause des applications à M. et Madame

---

62. « Troisième Lettre à M. l'abbé D*** ; sur le goût » AM, I, p. lxvi-lxvii.

Chauvelin »[63]. Le nombre de spectateurs fut ce soir-là de 79 seulement[64].

Une brève amitié lia Destouches avec le jeune chevalier de B*** avant 1741. Ils élaborèrent ensemble *L'Aimable Vieillard, Le Tracassier* et *Le Vindicatif.* Destouches composa le premier acte de *L'Aimable Vieillard* et les premières scènes des deux autres pièces et, suivant ses conseils, le chevalier devait les terminer. Quinault-Dufresne, qui était un ami de Destouches, devait aider le chevalier dans la mise en scène[65]. Leur correspondance s'interrompit lorsque le chevalier devint libertin et brûla ses comédies morales. Il résista aux efforts de Destouches pour le corriger mais, peu de temps après, tomba malade et se reconvertit avant de mourir. Il paraît que cette conversion fit une forte impression sur son mentor.

Dès 1740, Destouches entama une longue campagne contre l'incrédulité et le mauvais goût dans les pages du *Mercure.* Dans son idée, les deux défauts allaient de pair. Il lançait des épigrammes contre ses adversaires, mais elles ne firent rien pour sa réputation sinon de confirmer une image de vieillard jaloux et hargneux. D'une part, lorsqu'il s'en prenait aux auteurs dramatiques, on lui répondait qu'il déplorait l'esprit au théâtre parce qu'il était incapable d'en déployer lui-même. D'autre part, lorsqu'il s'attaquait à l'incrédulité — dont il estimait que Bayle, mort en 1706, était particulièrement responsable —, on

---

63. Voir V. Hallays-Dabot, *La Censure théâtrale,* p. 64-65. On notera que le 15 juillet fut la dernière et non la première représentation.

64. Lancaster, *op. cit.,* p. 725 A.

65. Burner, qui raconte l'épisode, fait remarquer que Quinault se retira du théâtre en 1741 et qu'il n'aurait donc pas été à même d'aider le chevalier après cette date. La correspondance entre Destouches et son protégé serait donc antérieure à 1741 (*op. cit.,* p. 187-88 et p. 187, n. 3), voir Hoffmann-Liponska, « Étapes », II, p. 83.

constatait que sa simple foi ne lui fournissait pas d'armes adéquates dans un débat d'ordre théologique[66]. Son ami Danchet, censeur royal, employa tout son tact pour le persuader de ne pas publier ses lettres théologiques, en lui recommandant ainsi la conduite de Corneille : « Il se servit du noble talent de la poésie pour traduire l'admirable livre de L'*Imitation,* sans vouloir faire des dissertations théologiques qui conviennent moins à un poète quelque grand qu'il soit qu'à des Arnaulds, à des Pascals et à d'autres qui avaient passé leur vie à étudier les matières de la Religion ». Il employait la même délicatesse lorsqu'il s'agissait des épigrammes : « J'ai dit et j'ose encore vous le dire, que vous devriez donner au public vos pièces dramatiques qui vous ont fait tant d'honneur dans les représentations, et qui vous en feront encore plus dans l'impression sans y joindre des lettres, des pièces fugitives, des épigrammes qui n'ont aucun rapport à votre théâtre. Un pareil assemblage n'est point convenable dans un recueil qui doit passer à la postérité aussi bien que les ouvrages de Molière »[67].

Sa comédie suivante fut *La Belle Orgueilleuse.* Burner note que les comédiens interrompirent, pour la mettre en représentation, les répétitions d'une comédie de Guyot de Merville, dont *Le Consentement forcé* est la seule pièce à succès[68]. Jouée pour la première fois le 17 août 1741, elle n'eut que six représentations[69]. Un sort encore moins

---

66. Voir Burner, *op. cit.,* p. 188-190 et 192-194. Hoffmann-Liponska fournit d'amples précisions sur le débat avec les esprits forts ; « Étapes », II, p. 83-85, et « Philippe Néricault Destouches et les ''esprits forts'' », *passim.*

67. *Recueil de lettres inédites adressées à Danchet,* p. 8.

68. D'après Petitot, *Répertoire du Théâtre Français,* t. XXII, p. 6-7, cité par Burner, *op. cit.,* p. 191.

69. Selon Joannidès. Lancaster note six représentations entre le 17 et le 28 août. La première de *La Belle Orgueilleuse* est indiquée sous le titre de *L'Enfant gâté.*

éclatant attendait *L'Amour usé, ou le Vindicatif généreux*
le 20 septembre de la même année ; la pièce fut huée, et
on ne put en terminer la représentation.

Malgré sa décision de faire imprimer *L'Homme singulier* plutôt que de le faire représenter, des embarras
d'argent étaient peut-être la raison pour laquelle il fit
l'inverse avec *La Force du naturel*[70]. Sauf pour de rares
visites à l'Académie, il avait été absent de la capitale depuis
1743. Le goût du public, comme l'avait remarqué Destouches lui-même, s'était affiné et on en était venu à accepter ou même à accueillir les comédies plus pétillantes de
Piron et de Boissy, de même que les comédies larmoyan-
tes de La Chaussée. Les échanges de lettres et les épigrammes parues dans le *Mercure* n'étaient pas aptes à lui gagner
des amitiés, même si Danchet, Saint-Roman, Tanevot, Fri-
got et La Roque le soutenaient dans sa croisade contre
Bayle. Il s'ensuit de là que la cabale rendit tumultueuse
la première représentation de *La Force du naturel,* sans
pourtant réussir à faire tomber la pièce. L'auteur assista
à la première, qui eut lieu le 11 février 1750. La recette
de la soirée fut de 4 250 livres. Comme l'année précédente,
les prix des places étaient majorées pour les premières. La
moyenne de la recette sur les treize représentations, dont
la dernière eut lieu le 11 mars, fut de 2 014 livres. L'auteur
en reçut 1 539 au total. Les comédiens profitèrent de
l'occasion de la nouvelle pièce de Destouches pour rejouer
le 15 février *Le Triple Mariage.*

La dernière pièce que Destouches fit représenter à la
Comédie-Française fut *Le Dissipateur.* Il l'envisageait
comme la contrepartie de *L'Avare* et considérait difficile
de réconcilier l'unité de temps et le processus nécessaire-

---

70. On trouve à cette date des lettres échangées entre Destouches et Voltaire où le premier s'excuse de ne pouvoir rembourser
immédiatement à son correspondant quinze guinées qu'il lui doit ;
voir Best.D. 3043 (lettre datée du 15 novembre 1744).

ment lent qui amène un homme prodigue à la ruine. Burner fait allusion à l'exemple de *Timon d'Athènes,* que Destouches aurait pu voir à Drury Lane le 20 mai 1720, mais sans le citer précisément comme une source. L'auteur cependant affirme dans sa Préface n'avoir « travaillé sur aucun modèle » — au contraire de Molière, cela s'entend. La pièce, imprimée depuis 1736, était connue et avait été jouée à la Cour et en province, mais non au Théâtre Français. Le prix des places pour les nouvelles pièces fut à nouveau majoré et la première du *Dissipateur,* qui eut lieu le 23 mars 1753, rapporta au théâtre 2 469 livres. Au cours des six représentations que la pièce connut dans sa nouveauté (elle allait être nettement plus populaire entre 1800 et 1830), la recette fluctuait entre 2469 et 993 livres. Destouches en reçut 715.

Parmi les pièces de Destouches, *Le Dissipateur, La Fausse Agnès, Le Glorieux, L'Obstacle imprévu* et *Le Philosophe marié* se maintinrent au répertoire pendant un siècle après la mort de l'auteur. A part son œuvre dramatique considérable, ses lettres et préfaces et ses quelque huit cents épigrammes, il travaillait à un traité du théâtre ancien et moderne. Dix ans de travail avaient vu l'achèvement de la partie ancienne de l'ouvrage, et la partie moderne, qui devait inclure les dramaturges modernes jusqu'à Thomas Corneille, qu'il estimait particulièrement, restait à rédiger. L'ouvrage ne vit jamais le jour et il est, selon toute probabilité, définitivement perdu.

UN CLASSIQUE ATTARDÉ

Le séjour de Destouches auprès du marquis de Puisieulx et de sa sœur lui fit concevoir une vision morale qu'il allait garder toute sa vie, et il lui donna aussi l'ambition de faire représenter ses pièces sur le théâtre officiel, prestigieux qu'était la Comédie-Française. Sa conception morale et ses ambitions dramatiques ont pour dénominateur commun la conformité à un idéal louisquatorzien ; la primauté de la morale, qui découlait de la religion catholique, et le prestige culturel sont deux faces de la même pièce[71]. Ce fut peut-être son ambition de dramaturge qui suggéra à Destouches — dont les témoignages contemporains indiquent le caractère sévère — que le chemin de la réussite passait plutôt par la comédie que par la tragédie, dont il ne composa jamais qu'un exemple[72]. D'ailleurs, la forme des pièces rédigées avant son départ pour l'Angleterre, les multiples échos à d'autres comédies de l'époque qu'elles contenaient[73], et sa morale, plus affichée dans ses préfaces que démontrée dans les textes dramatiques mêmes, font penser qu'il lui importait surtout d'*écrire* pour le théâtre, fût-ce sans inspiration précise.

Le genre comique offrait aussi la possibilité d'une réussite plus assurée, car le goût du public lui était nettement favorable. Un graphique de J. Schérer montre la montée en flèche du nombre de comédies publiées dans la décennie 1680-1690 : de 24 à 56[74], plus 56 petites comédies en un acte. Pour la période de 1680 à 1716, on a compté 206 comédies sur un total de 298 créations, dont 67 furent en cinq actes et 139 petites pièces[75]. La mode du début du siècle (1700-1708) était aux comédies en prose plutôt qu'en vers — 25 contre 13[76]. Mais, comme le montrent les cas de Regnard et de Destouches lui-même, la mode n'était

---

71. De même que ses ambitions de propriétaire évoquées plus haut.

72. *Les Macchabées,* pièce perdue de son vivant. Il la regrettait et attribuait donc quelque valeur à son texte.

73. Hankiss, *Philippe Néricault Destouches, l'homme et l'œuvre,* p. 263 et suiv.

74. *La Dramaturgie classique en France,* appendice iv, p. 457-459.

75. F. Moureau, *Dufresny,* p. 258.

76. *Ibid.*, p. 356, n. 128.

pas contraignante. Si Destouches fait un peu figure d'exception, on doit le comprendre à la lumière de la pertinente remarque d'Attinger, qui écrit : « coupée du *bas comique* qu'elle laissait aux folles *rhapsodies des forains,* la Comédie-Française prétendra au monopole de la forme et de la pensée ; elle opposera le vers à la prose coupée des vaudevilles, et, au divertissement d'intrigues folles, l'étude plus nourrissante des caractères. En bref, elle subordonnera de plus en plus le rire à l'instruction et à la morale »[77]. Destouches se plia aussi aux exigences de la maison, où on accueillait — ou plutôt *acceptait,* si l'on tient compte des difficultés que les auteurs rencontrèrent auprès des Comédiens dominés par Dancourt — des comédies de mœurs, comportant des études d'originaux ou de caractères. Au cours de sa carrière, les relations entre Destouches et la Comédie-Française allaient s'avérer inégales. Dans le Prologue de *La Fausse Agnès,* il attribuait au théâtre une mission morale éminente, et il chanta ses louanges[78]. En revanche, on le voit faire imprimer ses pièces au lieu de les faire représenter et se plaindre à Danchet de l'incompétence des acteurs[79].

---

77. G. Attinger, *L'Esprit de la Commedia dell'Arte,* p. 281.

78. Imiter la nature est ma suprême loi
   [...]
   Et bien souvent aussi le sel de ma satire
       En badinant instruit le spectateur,
           A qui sans fiel et sans malice,
   J'offre dans un miroir le portrait peu flatteur
       Et du Ridicule, et du Vice (AM II, p. 456).

79. « Je prends le parti de faire imprimer [*L'Homme singulier*] parce que j'ai absolument renoncé au théâtre pour lequel je ne sens plus que du dégoût et de l'aversion, non seulement par scrupule, mais par l'incapacité de la plupart des acteurs comiques, qui n'ont plus que les talents nécessaires pour faire tomber la meilleure pièce » (*Recueil de lettres inédites à Danchet,* p. 5 du 7 mars 1744).

A son ami La Porte, il écrit le 1ᵉʳ octobre 1729 qu'« ordinairement les Comédiens ne sont pas vifs dans l'exécution
de leurs projets, et souvent même abandonnent ceux qui
leur conviendraient le plus, pour se livrer à leurs haines,
à leurs caprices, à leurs plaisirs ; quelquefois aussi pour
goûter le plaisir de ne rien faire »[80]. Mais, en 1736 (date
de la publication de *La Fausse Agnès*), comme en 1729,
la situation n'était plus celle des débuts de Destouches,
quand la Foire existait, mais que le Théâtre-Italien était
absent. Force était, à lui et à ses confrères, de courtiser
le seul théâtre officiel, quelles que fussent les difficultés
qu'on leur opposait.

Comme nous l'avons vu plus haut, à l'exception d'une
« dancourade », *Le Triple Mariage,* le Destouches des premières comédies alignait sa pratique sur l'esthétique classique. Sur les six pièces représentées jusqu'en 1718, quatre, les comédies de caractère, sont en vers, et la comédie
d'intrigue, *L'Obstacle imprévu* et son *Triple Mariage* sont
en prose. Dans la mesure du possible, Destouches reste
fidèle à l'unité de temps. C'est ainsi qu'il explique la forme
primitive de *L'Irrésolu,* où Dorante n'affronte que le choix
d'une épouse, au lieu de montrer aussi son irrésolution
dans le domaine professionnel, car, écrit-il : « en faisant
passer Dorante par tant d'épreuves différentes, dans
l'espace étroit de vingt-quatre heures, auquel les règles du
théâtre nous asservissent, je sortirais des bornes de la vraisemblance »[81]. Dans la Préface de *L'Ambitieux et
l'indiscrète*[82], il explique la conformité entre sa pratique
dans sa révision de *L'Irrésolu* et le précepte d'Horace selon
lequel, dit-il : « un seul trait ne suffit pas pour peindre

---

80. Bonnefon, *op. cit.*, p. 659. Il écrit à propos d'une reprise
du *Curieux impertinent*.

81. Édition B, Préface.

82. Elle date de 1737, et fut donc écrite peu après celle de la
seconde édition de *L'Irrésolu*.

la ressemblance [...] elle consiste dans l'assemblage de tous les traits. Si cette règle, à cause de la difficulté de l'accorder avec celle de l'unité de jour, n'engage point un auteur à peindre le personnage qu'il a choisi avec tous les traits qui le caractérisent, elle l'oblige au moins de se servir des traits les plus marqués et les plus distinctifs, et d'en employer le plus grand nombre qu'il lui sera possible »[83]. Dès ses premières compositions aussi, Destouches s'efforce d'observer la décence théâtrale, emblème de la maison de Molière.

Burner juge Destouches « ancré dans la tradition classique du XVIIe siècle », et il ajoute : « Malgré sa bonne fortune d'avoir été mis en contact avec les idées nouvelles en Angleterre, il ne se doute pas de l'évolution que prendra l'esprit au XVIIIe siècle. Son origine, son éducation, son inclination l'empêchent de se faire le champion des idées à la mode. Certes, il est traditionaliste [...] »[84]. A la suite de travaux de Smith, nous hésiterions à sous-estimer l'influence anglaise, perceptible dans les comédies composées après son retour en France et dans l'évolution de ses idées sur les rangs sociaux relativement aux valeurs bourgeoises[85]. Les formules : « ancré dans la tradition classique » et « traditionaliste » ne sont pourtant pas inexacts.

La génération de Destouches était en porte-à-faux par rapport aux écrivains classiques. Elle les admirait ; elle se disait au désespoir de les égaler, et elle s'efforçait de le faire. Qu'on lise le Prologue du *Négligent* (1692) et

---

83. AM III, p. 279.

84. *Op. cit.*, p. 188-189.

85. Attinger attribue aussi à l'influence anglaise le repentir des méchants aux troisième ou cinquième actes de la majorité des comédies écrites après 1723 (*op. cit.*, p. 283).

celui des *Ménechmes* (1705), ou l'Épître en tête du *Médisant,* la plainte ne varie pas :

> Vous ne savez que trop qu'il n'est plus de Corneilles,
>   Que Racine est dans le tombeau,
> Que Molière en mourant a brisé son pinceau ;
>   [...]
> Pour moi, qui marche sur leurs traces,
> Mais qui les suis de loin, et toujours chancelant,
> Je crains à chaque pas de fatales disgrâces.
> Je vois le précipice, et le vois en tremblant[86].

Dans ses lettres à l'abbé Danchet sur le goût, Destouches explique la décadence du goût contemporain et cite comme modèles du bon goût les grands classiques : Corneille, Racine, Molière, Boileau, La Fontaine[87]. A cette liste s'ajoutent, dans le Prologue de *L'Ambitieux et l'indiscrète,* les noms de Rotrou, de Scudéry et de Du Ryer, que Dorimont défend contre « Mélample » comme étant « ni sots, ni grossiers », tout en signalant que « Le seul reproche à leur faire / C'est d'être venus les premiers »[88]. A l'exemple de certains de ses contemporains, son admiration de Molière le porta à l'imitation. L'*Ingrat* montre des ressemblances étroites avec *Tartuffe,* de même que son *Homme singulier* s'avère un « misanthrope bienveillant »[89]. Au moment de livrer à l'impression *La Force du naturel,* Destouches rédigea une préface où il exposa,

---

86. AM I, p.[299]. Et Lancaster de commenter sèchement : « Very true, but hardly a satisfactory attitude to be adopted by a creative dramatist » (Ce qui est bien vrai, mais qui ne démontre guère une attitude correcte chez un dramaturge de métier) (*Sunset,* p. 298).

87. AM I, p. lxx.

88. Prologue de *L'Ambitieux et l'indiscrète,* AM III, p. 262.

89. Voir W.D. Howarth, « The Theme of Tartuffe », et F. Moureau, *op. cit.*, p. 420 et n. 35 et 36 où sont citées des réminiscences analogues chez Dufresny et chez Dancourt.

comme toujours, ses intentions moralisatrices et avertit ses lecteurs qu'il y avait rétabli quelques endroits sacrifiés à l'impatience des spectateurs. Ainsi il restitue un passage où un mari donne des louanges à sa femme — acte qui « peut aujourd'hui paraître un peu ridicule ». Destouches se demande cependant « s'il n'est pas permis, pour l'avantage du public, d'imiter quelquefois le grand Corneille, en peignant les hommes, non tels qu'ils sont, mais tels qu'ils doivent être »[90]. De là, on constate que son admiration affichée pour les classiques dépasse la volonté de copier un modèle connu — comme il le fait pour *Tartuffe* — et tend à une imitation créatrice, fondée sur l'esprit qui, croit-il, avait motivé son prédécesseur.

Attinger a bien vu le sous-texte qui affleure dans la Préface du *Dissipateur,* lorsque Destouches prétend, au contraire de Molière, ne travailler sur aucun modèle. Comme ses confrères Pellegrin, Boissy, Bret, Dufaut, Fagan, etc., Destouches laisse entendre que Molière avait peint ses caractères d'une façon encore primitive, tandis qu'eux étaient plus profonds, voire plus originaux[91] ! Si l'on prend en compte aussi la vanité que Collé attribue à Destouches, la pertinente pointe de Voltaire à propos de la préface du *Glorieux,* le regret de Destouches que Rotrou, Du Ryer et leurs contemporains soient venus trop tôt, ainsi que sa volonté de faire publier même les « rogatons » les plus insignifiants de son œuvre, force nous est de constater que si les protestations d'admiration sont sincères, celles qui allèguent l'impossibilité de surpasser les classiques sont de pure forme.

A lire les écrits théoriques de Destouches (préfaces, prologues et lettres), on constate d'ailleurs qu'il se penche beaucoup plus sur les questions relatives au contenu de la comédie que sur celles qui concernent la forme. Il accepte,

90. AM IV, p. 227.
91. *Op. cit.,* p. 282-283.

grosso modo, que celle-ci soit dictée par le contenu. Lorsqu'il présente un fait divers, comme dans *Le Triple Mariage,* un acte suffit, tandis qu'une étude de caractère approfondie en demande cinq — schéma classique. Destouches estime que la prose convient davantage aux « sujets peu élevés » qui ne comportent aucun élément pathétique, mais qu'elle est plus difficile à manier que le vers. En revanche, le vers augmente le plaisir esthétique ressenti par le spectateur, mais comporte en même temps le danger de faire admirer un discours sans valeur morale[92]. Il estime aussi que les Modernes inventent de meilleures expositions et des dénouements plus satisfaisants que les Anciens. Pour sa part, il conseille à son correspondant de rechercher une méthode pour « exposer [le] sujet sans paraître en avoir le dessein ». L'exposition devait se dégager naturellement par l'action des personnages et les monologues bien placés[93].

Le troisième tome de l'*Encyclopédie* parut une année avant la mort de Destouches, et il est très peu vraisemblable qu'il ait pu lire l'article « Comédie » de Marmontel. Cependant on discerne une conformité marquée entre les principes généraux qu'énonce l'encyclopédiste et le crédo de Destouches. La nécessité de suivre les règles pour créer l'illusion théâtrale est dictée par les qualités dramatiques que Destouches ne cesse de rechercher.

L'action de la *comédie* nous étant plus familière que celle de la tragédie, et le défaut de vraisemblance plus facile à remarquer, les règles y doivent être plus rigoureusement observées. De là cette unité, cette continuité de caractère, cette aisance, cette simplicité dans le tissu de l'intrigue, ce naturel dans le dialogue, cette vérité

---

92. « Quatrième Lettre au chevalier de B*** », AM IV, p. 5 et « Lettre sur *L'Amour usé* », AM III, p. 384.

93. « Suite de la lettre V au chevalier de B*** » ; AM IV, p. 44.

dans les sentiments, cet art de cacher l'art même dans l'enchaînement des situations, d'où résulte l'illusion théâtrale[94].

Il en est de même pour la comédie spécifiquement de caractère. Marmontel énonce le principe moral de la comédie de caractère vers lequel Destouches s'efforçait d'orienter ses œuvres.

> Des trois genres [de comédie,] le premier [la comédie de caractère] est le plus utile aux mœurs, le plus fort, le plus difficile, et par conséquent le plus rare : le plus utile aux mœurs, en ce qu'il remonte à la source des vices, et les attaque dans leur principe ; le plus fort en ce qu'il présente le miroir aux hommes, et le plus rare en ce qu'il suppose dans son auteur une étude consommée des mœurs de son siècle, un discernement juste et prompt, et une force d'imagination qui réunisse sous un seul point de vue les traits que sa pénétration n'a pu saisir en détail[95].

Destouches se montre sensible à ce qui est naturel et aux nuances qu'il convient d'apporter à ses études de caractère. Un ridicule ou un vice qui est toujours identique prend une forme particulière selon le statut social du personnage qui l'incarne[96]. Ainsi, par exemple, la préoccupation de Tufière (le glorieux) pour le rang et celle de Richesource (du *Médisant*) pour les richesses auraient pour racine commune un orgueil ridicule. Dans les pièces de Destouches postérieures à son séjour outre-Manche, les ridicules — les travers — sont susceptibles d'être guéris. Dans les premières comédies, en revanche, Destouches prend pour protagonistes des monomanes incurables, si par monomanes on entend un personnage dont le vice n'est pas le produit de la mode (ce qui en ferait plutôt un tra-

---

94. *Encyclopédie,* III, p. 666 A.

95. *Ibid.,* p. 668 A-B.

96. *L'Ambitieux et l'indiscrète,* Préface, AM III, p. 272.

vers), mais un défaut de caractère qui perturbe son entourage. Damon, le médisant du titre, dont le vice a renforcé la discorde déjà évidente dans la famille du Baron, n'est pas guéri au dénouement, mais se retire sans avoir perdu sa manie. Il en est de même pour Damon, le curieux impertinent, « jaloux du monde entier », qui reconnaît qu'il « mérite bien » d'être éconduit, sans pourtant se réformer. L'irrésolu serait dans le même cas ; malgré son honnêteté, le personnage ne sera jamais libéré de son vice. Selon D'Alembert[97], Destouches était plus expert à créer des caractères qu'à filer des intrigues, ce qui résulte probablement de sa préoccupation avec des problèmes moraux. Nombre de ses personnages sont élaborés à partir d'un modèle vivant[98]. Desnoiresterres note assez sèchement que « Destouches, avec ses prétentions à la comédie littéraire, à la comédie de mœurs, presque toujours visera quelqu'un ou quelque chose »[99]. Burner cite l'auteur lui même qui avoue, dans une lettre parue dans le *Mercure* de juillet 1747, avoir fait la synthèse de « cent mille médisants »[100], ce qui n'est qu'en apparence contradictoire avec l'idée d'un modèle unique.

Destouches n'apprécie pas l'analyse subtile des sentiments et exploite plutôt la formule qui consiste à mettre en contraste un personnage principal ayant un vice fortement caractérisé et d'autres qui possèdent les vertus contraires. Damis persiste dans son ingratitude malgré les

---

97. « Éloge », p. 384.

98. Chauvelin, dans *L'Ambitieux et l'indiscrète,* Destouches lui-même et sa belle sœur dans *Le Philosophe marié,* Saint-Alausse, dans *Le Triple Mariage.*

99. *Op. cit.*, p. 4.

100. Burner évoque aussi *La Fausse Agnès* et *L'Aimable Vieillard, op. cit.*, p. 199 et n. 3 et 4. Hoffmann-Liponska pense que *Le Dissipateur* est fondé sur le personnage d'un magistrat connu (« Étapes » II, p. 82 et n. 35, citant Hallays-Dabot, *op. cit.*, p. 63 et suiv.).

nombreux actes de bienveillance des autres personnages de la pièce, ce qui affaiblit d'ailleurs la vraisemblance que Destouches prétend priser. Pour lui, le contraste des caractères offre un moyen de divertir dans une intrigue pesante : « La gravité de la matière que j'avais à traiter, se prêtait avec peine au comique et aux agréments si nécessaires au théâtre. Je cherchai ce qui pouvait égayer mon sujet, et je le trouvai dans le contraste des caractères qui le rendaient nécessairement sérieux »[101].

Ce contraste fortement marqué n'éloigne-t-il pas la pièce du naturel que l'auteur recherche ? De sa définition du naturel découle sa conception du vrai, que Destouches définit ainsi dans sa « Cinquième Lettre au chevalier de B*** »[102] :

une pièce simplement écrite, et qui met sous [les] yeux [du spectateur] des mœurs ressemblantes, est cent fois plus estimable que tous ces chefs-d'œuvre déplacés, pur effet d'une imagination brillante, qui ne suit que ses élans et son caprice. Renfermons-nous donc dans le vrai [...] et fuyons comme peste tout ornement ambitieux, tout ornement qui n'est pas à sa place, tout ornement désavoué par la nature.

Destouches fait découler deux autres concepts de cette définition du vrai : le goût et la vraisemblance. Lui et son correspondant, le chevalier de B***, projetaient de composer une pièce, *L'Aimable Vieillard,* autour du personnage de l'oncle de celui-ci. Dans la « Quatrième Lettre au

---

101. *L'Ambitieux et l'indiscrète,* Préface, AM III, p. 275. Burner affirme qu'un personnage tel que l'ingrat Damis est odieux au point que la pièce cesse d'amuser, ce qui expliquerait sa rapide disparition de l'affiche (*op. cit.*, p. 59). Un personnage odieux émet inévitablement des maximes immorales, lorsque par exemple Damis juge que, « pour se rendre heureux, tout devient légitime » (*L'Ingrat,* I, 6).

102. AM IV, p. 32-33.

chevalier de B*** », Destouches exprime son idée que :
« tout ce que je crains, c'est que ce caractère, quoique
copié d'après nature, ne paraisse pas vraisemblable », mais
il se console par la pensée que, quoi qu'en ait pu dire Aristote, « notre peinture rendra si fidélement la vérité, qu'elle
pourra bien acquérir le mérite du vraisemblable »[103], et
il cite le cas de Céliante dans son *Philosophe marié*. Assi-
milant le vraisemblable au vrai, il n'a cure, semble-t-il,
des subtilités de d'Aubignac et, surtout, de Corneille[104].

Destouches s'intéresse autant à combattre ce qu'il prend
pour le mauvais goût qu'à en définir le bon. Cependant,
dans la « Quatrième Lettre à l'abbé Danchet : sur le
goût », il écrit que le bon goût se définit par :

> l'amour du vrai, exprimé noblement ou naïvement,
> selon que le sujet l'exige. C'est l'usage qu'on en fait
> dans la poésie, dans l'éloquence, dans tous les ouvra-
> ges d'esprit. En quoi consiste le vrai ? Le vrai est une
> imitation fidèle de la nature. Tout ce qui est vrai et
> naturel, est beau et touchant ; voilà le bon goût[105].

Que le vrai soit « une imitation fidèle de la nature » ne
suffisait pas pour justifier sa présence sur la scène. Il fallait, comme l'avaient bien compris les auteurs classiques,
l'exclure parfois du théâtre pour des raisons de bienséance.
La vérité nue n'était pas reconnue comme le critère absolu
de la théâtralité. S'il fallait traduire sur la scène le « mons-
tre odieux », il fallait qu'il fût « par l'art imité » — autrement dit réinventé, reconstitué de toutes pièces. D'ailleurs
la phrase « l'imitation fidèle de la nature » ne laisse pas

---

103. AM IV, p. 3-4.

104. Voir H. Davidson, « La Vraisemblance », *Mélanges
Garapon,* Paris, 1992. Cette tendance à la simplification se remarque également dans sa pratique dramatique et dans ses disputes
théologiques.

105. AM I, p. lxix.

de doute : il est clair que Destouches ne pense qu'au texte de la pièce, et non à la représentation. En réponse à la dernière phrase de Destouches, peut-être suffit-il de citer Diderot et de signaler que « vices et vertus, tout est également dans la nature »[106]. Destouches n'était pas à l'aise avec les abstractions, et dans la « Suite de la Quatrième Lettre au chevalier de B*** », il le laisse entendre, lorsqu'il écrit de l'acteur Quinault qu'« il a une pratique du théâtre, qui lui tient lieu de toutes les règles et de tous les préceptes d'Aristote et d'Horace »[10]. Les écrits des auteurs anciens n'ont pourtant rien à voir avec le jeu de l'acteur ; c'est aux auteurs qu'ils s'adressent. L'attitude de Destouches est surtout pragmatique. Il a assimilé les grandes lignes de la « pratique du théâtre », dérivées plutôt des œuvres dramatiques que des ouvrages savants. Lorsqu'il cherche à élaborer sa théorie dramaturgique propre, il fait fi du peu de précision que comportait la terminologie esthétique de l'époque. Il est plus sûr, lorsqu'il en vient à expliquer le détail de sa pratique et à désapprouver les développements contemporains du genre comique.

Pour trouver ses personnages, le Destouches des premières comédies s'inspirait d'autrui : de Cervantès et de Molière. L'irrésolu, Dorante, fait un peu figure d'exception. C'est un hybride qui possède certains traits qui font penser à des pièces antérieures sans qu'on puisse parler de réminiscence proprement dite[108]. Mais tout en imitant

---

106. *Supplément au Voyage de Bougainville,* in *Œuvres philosophiques,* p. 507.

107. AM IV, p. 27.

108. A lire Hankiss (p. 263 et suiv.), on conclurait que le théâtre de Destouches n'était qu'une vaste synthèse de tout le théâtre de l'époque. *L'Irrésolu* devrait ses origines au *Distrait* de Regnard et au *Capricieux* de Rousseau, mais les ressemblances, vagues d'ailleurs, qu'il signale n'ont qu'un intérêt très limité. Le caractère de Pyrante serait modelé sur le père de Montaigne, *ibid.,* p. 76-77.

Molière, Destouches croit le dépasser en approfondissant
ses portraits. Il se range parmi ceux que désigne Du Bos
lorsqu'il écrit qu'il suffit d'avoir du génie et de la péné-
tration pour voir des « faces nouvelles » dans les sujets
usés, et — de savoir s'inspirer de la nature...[109].

VERS LE RENOUVELLEMENT

Si Destouches s'avère un classique attardé, ses débuts
à la Comédie-Française se font à une époque peu glorieuse.
La maison elle-même, officielle, enfermée dans une tradition établie par le monarque et consolidée par la direc-
tion des Premiers gentilshommes de la Chambre, vivait
sur un répertoire en voie de devenir monument historique,
et l'assistance ne se soutenait que médiocrement. Dans une
période généralement difficile pour la population, les tragédies à intrigues mythologiques et les comédies où la
misère réelle n'affleurait jamais — au contraire, tout y était
idéalisé, voire aseptisé — n'étaient pas susceptible d'attirer un nouveau public, et seules les nouveautés intéressaient
vraiment le public traditionnel, bien nanti, et à l'abri des
soucis matériels[110].

Cependant, dans ces années difficiles, un renouvellement
commençait à poindre, et Destouches y contribua. Il écrit,
dans sa « Deuxième Lettre sur les spectacles » que ce fut
malgré lui qu'il devint auteur dramatique : « je voudrais
de tout mon cœur avoir tourné mes études d'un autre
côté » — le croira qui voudra — mais qu'il y était contraint par son désir de contribuer au bien de la société[111].

---

109. *Réflexions critiques,* I, p. 215-216.

110. Voir J.-P. Vittu, « La Comédie-Française », p. 100-101
et 104.

111. AM I, p. lii-liii et lviii.

Il explicite ses raisons et précise son système dès le début de sa carrière dans le Prologue du *Curieux impertinent* :

> L'auteur de notre pièce, en tout ce qu'il écrit,
> Évite des auteurs les écarts ordinaires ;
>   Il a pour objet principal
> De prêcher la vertu, de décrier le vice ;
>   Ou son innocente malice
> Nous égaye aux dépens de quelqu'original ;
>   Et les oreilles les plus pures
> Ne peuvent s'offenser de ses chastes peintures :
>   En divertissant, il instruit ;
> Il peint grands et petits, mais jamais il ne nomme,
>   Et tout son effort se réduit
> A faire rire l'honnête homme[112].

Contre l'indifférence morale de Regnard et de Dancourt, Destouches ambitionne le haut comique, tel que le définit, par exemple, Alletz, dans son *Manuel de l'homme du monde* (1761) : « Le haut comique est destiné pour ce qu'on appelle la bonne compagnie, c'est-à-dire, un ordre de Citoyens où règne la gravité, où les sentiments sont délicats, et les conversations assaisonnées d'un sel fin : il ne fait que rire l'esprit »[113]. Cette ambition ne pouvait se réaliser qu'en présentant un univers moral simplifié et finalement irréel. Les conditions de la représentation dramatique entraînent nécessairement la simplification morale dans des circonstances où l'auteur vise à la prédication. François Moureau évoque la même problématique, lorsqu'il écrit, à propos des personnages du « jaloux honteux » et du « faux sincère » de Dufresny, que « ces personnages entendent trop témoigner de la confusion de l'esprit humain et de l'ambiguïté des choses pour être d'excellents personnages de théâtre »[114]. Débattre des

---

112. AM I, p. 12.
113. P. 106.
114. *Dufresny,* p. 292-293.

problèmes moraux dans leur complexité convenait, sinon à des traités spécialisés, du moins au roman contemporain qui s'y exerçait avec son propre discours[115]. D'ailleurs, à ses débuts, Destouches adoptait telle quelle la formule d'Horace, parce qu'il pensait suivre consciemment la voie classique. Mais on le voit évoluer progressivement au cours de sa carrière (plus précisément après son retour d'Angleterre), à telle enseigne qu'il constate dans la Préface de *La Force du naturel* qu'il « a fait tous les efforts dont [il] étai[t] capable, pour prêter quelque agrément à l'austère morale »[116]. A ses débuts, cette intention se déclare clairement déjà, dans les apostrophes adressées au parterre à la fin du *Curieux Impertinent :*

> Pour réfléchir, Messieurs, la matière est fort ample.
> Amants, maris jaloux, profitez de l'exemple :
> Soyez de bonne foi, croyez qu'on l'est aussi ;
> Et pour prendre leçon, venez souvent ici,

et à celle de *L'Ingrat :*

> Vous avez vu punir le plus grand des Ingrats,
> Profitez de l'exemple, et ne l'imitez pas.

La grande différence entre la méthode qu'adopte Destouches dans ses premières pièces et celle qui caractérise *Le Philosophe marié* et les pièces suivantes, est que l'instruction des premières s'adresse à l'intelligence du spectateur — classique encore que cet appel à la raison contre les manifestations de l'excentrique et de l'aberrant — tandis que, plus tard, c'est à force de toucher le cœur

---

115. On peut en juger, par exemple, par l'écart énorme entre l'examen du cœur et de l'esprit dans *L'Irrésolu* et dans *Les Illustres Françaises* de Robert Challe, parues la même année.

116. AM IV, p. 225-226.

que la catharsis comique opère[117]. Destouches estime, comme l'avaient fait Bossuet et Nicole, que le rire « dissolu, excessif et convulsif » était incompatible avec le sérieux demandé du chrétien[118]. Mais, à leur encontre, il visait l'enjouement modéré d'Aristote, justifié par saint Thomas dans le contexte de son apologie des divertissements[119]. Par la « Deuxième Lettre sur les spectacles », Destouches résume ainsi sa pensée :

> On peut faire beaucoup mieux que d'aller à la comédie ; mais je soutiens que la comédie, telle que je veux qu'elle soit, et telle que j'ai toujours tâché de la présenter, ne peut jamais [dé]tourner du Devoir et de la Vertu ; et que le moindre effet qu'elle puisse produire, c'est d'amuser innocemment des gens oisifs, qui peut-être s'ils en étaient longtemps privés, chercheraient des amusements bien plus criminels[120].

Destouches n'envisage pas sa responsabilité éventuelle à l'égard des acteurs. Quoique l'argument selon lequel l'auteur dramatique engageait les acteurs dans une activité

---

117. Voir *L'Envieux,* scènes 9 et 12. Charles Mazouer a attiré l'attention sur la « Lettre sur la comédie de *L'Imposteur* » (1667), qui développerait « une intéressante et précieuse théorie du ridicule, selon laquelle la Providence a attaché à tout ce qui marque, dans les comportements, défaut de raison, de convenance, de bienséance ». Par là, on rejoint le grand débat sur la moralité des passions, car la passion, ennemie de la raison, renvoie à la monomanie des personnages comiques de cette époque ; « L'Église, le théâtre et le rire », in *L'Art du théâtre,* p. 357. Voir aussi Jacques Morel, « Rire au XVIIe siècle », in *Agréables mensonges,* p. 257-262. Éric Smadja examine l'évolution de la pensée philosophique sur le rire depuis Platon dans *Le Rire,* p. 8-32.

118. C. Mazouer, *ibid.*, p. 355 et n. 24, 25 et 26.

119. *Ibid.*, p. 356.

120. AM I, p. lxiv-lxv.

immorale ait semblé outré au dix-huitième siècle[121], il est surprenant qu'il n'y fasse pas la moindre allusion, ne serait-ce que pour le réfuter. Cependant, sa résolution, très chancelante, de n'écrire que pour l'impression s'étaye non sur des subtilités de théologie morale, mais sur des considérations bien plus banales : engouement pour le théâtre, vanité personnelle, conseil des amis, besoins financiers[122].

La lecture des pièces de théâtre était, disait-on, moins pernicieuse que leur représentation. Qui plus est, Destouches suggère que la lecture possède cet avantage sur la représentation que les éléments moraux qui risquent d'ennuyer le spectateur sont acceptables pour le lecteur et remplissent leur fonction d'une manière plus efficace. Ainsi, il rétablit pour l'impression de *La Force du naturel* des vers que les spectateurs n'avaient pu tolérer[123]. En le recevant à l'Académie, Fontenelle lui avait fait ce compliment : « [...] vos pièces se lisent, et cette louange si simple n'est pourtant pas fort commune »[124]. On ne saurait de nos jours deviner l'effet d'une représentation éventuelle d'une de ses comédies, mais, abstraction faite de son moralisme, il est indéniable que la lecture favorise l'appréciation de son talent dans d'élégants jeux stylistiques.

Cependant, si ces jeux sont manifestes dans ses premières pièces, Destouches se livra très tôt à une polémique contre *l'esprit,* visant à cette époque Dancourt et

---

121. Voir Sylviane Leoni, « Le Poison et le remède ; discours sur la légitimité du théâtre en France et en Italie (1694-1758) », thèse de doctorat, Université de Grenoble III (1993), à paraître dans les *Studies on Voltaire and the Eighteenth Century*.

122. Les arguments d'ordre théologique que Destouches oppose aux esprits forts sont d'une faiblesse notables.

123. AM IV, p. 227.

124. In AM I, p. xx-xxiv (p. xxiii).

Dufresny. Plus tard, Marivaux, Piron et Poisson allaient, de sa part, être passibles de la même critique. Destouches fut loin d'être le seul à déplorer le foisonnement de l'esprit dans la société de l'époque et partant dans les comédies qu'elle produisit. Le portrait que fait Monsieur Argant d'un homme d'esprit dans *L'École des mères* de La Chaussée (1744 ; III, 3) est souvent cité, et Destouches évoque, de son côté, la manifestation littéraire du phénomène dans les œuvres de « Mélample » :

> Le jugement, c'est l'esprit même ;
> Convenez de ce point, et nous sommes d'accord.
> Ce qu'on appelle esprit, n'en est que l'apparence.
> Cet esprit prétendu n'est souvent que l'essor
> D'une brillante extravagance :
> C'est un feu qui voltige, et s'éclipse d'abord.
> Avouez-le, Monsieur Mélample,
> Vos écrits en offrent l'exemple.
> Sans vous embarrasser du soin de raisonner,
> Que vous abandonnez à des esprit vulgaires,
> Par vos écrits hardis et téméraires,
> Vous cherchez à nous fasciner ;
> Et vous bornant à ce qui brille ;
> Le solide, le vrai vous semble une vétille[125].

Dans un long passage de la « Cinquième Lettre à Monsieur le chevalier de B*** », il fait le parallèle entre l'esprit, qui fausse le naturel d'un caractère qui devrait être copié d'après nature, et un portrait auquel le peintre aurait ajouté des grâces que l'original ne possédait pas. Les deux cas témoignent d'un même manque de goût et de jugement[126]. Destouches ne réclamait pas d'exclure l'esprit de la comédie (comme le prouvent ses propres œuvres), mais il le jugeait déplacé, lorsqu'il ne ressortissait

_____

125. *L'Ambitieux et l'indiscrète,* Prologue, AM III, p. 260.
126. AM IV, p. 31-32.

pas naturellement du sujet et de l'occasion[127]. Les frères
Parfaict citent avec approbation un passage tiré des *Obser-*
vations sur la comédie et sur le génie de Molière de Luigi
Riccoboni, où l'auteur affirme que l'esprit s'empara de
la scène française après la mort de Molière et qu'il y per-
sistait toujours. Ce qui « révolte ceux qui ont su se pré-
server de la contagion », c'est de voir la grande réputation de comédies en cinq actes dont l'intrigue ne rempli-
rait qu'un seul si la pièce n'était pas truffée de saillies et
d'épigrammes. Il y discerne « un remplissage de dialogues
semés de bons mots, de traits satiriques, qui séduisent le
spectateur par leur brillant, et l'empêchent de remarquer
le vide et le défaut d'action »[128].

Destouches menait de front deux batailles en même
temps, car dans les pages du *Mercure,* il faisait également
la guerre à l'incrédulité. Par un glissement de sens sur le
mot d'*esprit,* il en arriva à assimiler ses adversaires à un
seul groupe. Dans sa « Sixième Lettre à M. l'abbé Danchet [contre les libertins et les mauvais auteurs] »[129], il évoque ses ennemis : « les ignorants, les libertins, les mauvais auteurs, et leurs zélés partisans ». Qui plus est, il

---

127. *Ibid.*, p. 31.

128. *Histoire du théâtre français,* XI, Préface, p. iii-vii. Cf.
la lettre de Destouches à La Porte, datée du 19 février 1731, où
il critique l'*Alcibiade* de Philippe Poisson. Il reproche à l'auteur
de montrer « les amours de Socrate et les espiègleries d'Alcibiade », au lieu de faire voir au spectateur ses propres vices et
ridicules. Il constate que de tels éléments ne constituent que « des
puérilités indignes d'occuper un esprit solide et d'amuser des spectateurs raisonnables » (cité par Bonnefon, *op. cit.*, p. 677-678).
Ailleurs, il constate que l'engouement de l'esprit marque la décadence du goût ; « Quatrième Lettre à Monsieur l'abbé D*** sur
le goût », AM I, p. lxix. Il y voit aussi l'ennemi de l'instruction
morale qui, elle, provient de la peinture du vrai : *L'Ambitieux*
et l'indiscrète, Prologue, AM III, p. 261.

129. AM I, p. lxxxiv-lxxxv.

constate que le grand nombre de ceux qui réagirent contre ses lettres insérées dans le *Mercure* prouvait la justesse de son diagnostic et de sa cause, et il affirme son intention de redoubler son « secours » à ces « malades ».

Les œuvres majeures de Destouches connurent un regain de popularité dans la décennie qui suivit sa mort, et un autre dans le premier quart du dix-neuvième siècle. On suppose que leur moralisme les recommandait particulièrement à la génération qui accueillit les drames bourgeois. Les jugements sur l'œuvre de Destouches émis par ses contemporains ne sont pas pour surprendre. Les opinions de Voltaire varient selon qu'il cherchait le soutien de Destouches pour entrer à l'Académie, ou qu'il voulait faire jouer une pièce à laquelle une œuvre de notre auteur risquait de faire concurrence. On le voit louer « la vraie morale » de ses œuvres dans une lettre du 8 mai 1745[130], de même qu'on le voit le traiter de « glorieux », et prédire que *Le Glorieux* même devrait avoir moins de succès à la lecture qu'aux représentations, étant une pièce « froide par le fonds [*sic*] et par la forme », soutenue par le seul jeu des acteurs[131]. Cizeron-Rival, ami de l'auteur, est, pour cette raison même, favorable dans ses jugements. Fréron nous laisse une panégyrique conçu dans la terminologie rebattue de la critique de l'époque[132]. D'Alembert en fait autant, éloge oblige ; d'ailleurs, sa manière habituelle de s'exprimer l'y prédisposait. Grimm se montre généralement hostile, non sans reconnaître certaines qualités

---

130. Best. D. 3113.

131. Lettre à Cideville, du 3 février 1732 ; Best. D. 459. Voltaire recherche le soutien de Destouches dans sa tentative de se faire élire à l'Académie : Best. D. 3353 et 3336 ; et voir la lettre 3043 de Destouches.

132. Cité par Myers, *The Dramatic Theories,* p. 74.

indéniables aux pièces les plus réputées[133]. Tout cela est bien décevant, inspiré par des intérêts où le jugement littéraire est souvent dicté par des critères qui n'ont que peu de rapport avec l'esthétique dramatique. Clément et La Porte lui consacrent des éloges choisis dans leur répertoire habituelle (« une versification facile, abondante, un comique noble, une richesse immense de morale, un jugement le fruit du génie [...], partout la nature, le vrai et l'honnête », etc.) avant de lui attribuer sa place, la deuxième, dans l'éternel palmarès où Molière remporte toujours le premier prix[134]. Pour des jugements exempts de prévention et de conventionnalité, on se reporterait de préférence à d'Argenson, qui, malheureusement, ne vit pas *L'Irrésolu* et n'en parle donc pas.

L'IRRÉSOLU : LA SCÈNE ET LE COSTUME.

La localisation de la scène, un hôtel garni, est un environnement précis et parfaitement intégré à l'action de la pièce[135]. La qualité de ces logements variait à l'époque depuis les appartements luxueux des hôtels nobles jusqu'aux plus modestes. Ils étaient en grand nombre dans

---

133. Voir la *Correspondance littéraire,* I, p. 414-417, 422 ; II, p. 20-21, 242-243, 263, 333 ; VI, p. 123.

134. *Anecdotes dramatiques,* III, p. 153-154.

135. Ainsi se trouve satisfaite l'unité de lieu. Celle de temps est marqué par les mariages qui se font le soir du jour où l'action commence. Classique, Destouches leur accordait de l'importance. Pour des précisions sur les hôtels garnis de l'époque, voir Du Pradel, *Le Livre commode des adresses de Paris,* I, p. 317-321 et p. 317, n. 1. Les hôtels garnis sont évoqués dans *La Comtesse d'Escarbagnas,* sc. 11, et un hôtel garni fournit le décor du *Joueur* de Regnard, où un assemblage de personnages analogue à celui de *L'Irrésolu* se montrait également.

le Faubourg Saint-Germain et, à la suite de la paix de la fin du dix-septième siècle, ils s'étaient multipliés pour accueillir les étrangers qui visitaient la capitale. Le nombre de ceux-ci s'élevait à 36 mille au tournant du siècle. Le statut social de Lysimon et de Pyrante laisse supposer un certain prestige à l'hôtel. Précis, ce lieu est aussi vraisemblable, car il offre un cadre où des pères, qu'on présume veufs, se trouveraient sous le même toit que Mme Argante et ses filles.

Les indications touchant le costume sont généralement pauvres dans les comédies de l'époque. Les acteurs s'en tenaient la plupart du temps à leurs habits de ville, et on n'achetait ou louait des costumes que dans les cas de nécessité absolue. Mais Destouches évoque la tenue vestimentaire de manière à faire comprendre qu'il savait exploiter les ressources assez restreintes de la mise en scène. A la première scène du second acte (v. 428-429), Nérine commente l'aspect physique inattendu de Célimène que l'amour a encouragée à se parer, à se mettre des mouches, des rubans et du rouge. Le cas de Célimène nous permet de deviner à peu près quels auraient été les habits de Julie. De Madame Argante, nous savons qu'elle s'habille à la façon des jeunes beautés (voir les indications de Nérine, v. 573-582) et la nature caricaturale du personnage laisse présumer des excès vestimentaires. Les portraits du type du chevalier ne manquent pas dans la littérature du temps. La Nérine du *Joueur* de Regnard en fournit un, par exemple (I, 2). Cela nous permet de nous former une idée générale du costume du petit maître, une tenue débraillée avec ses accessoires à la mode. Mais les modes évoluaient très vite, et nos idées les plus précises à ce sujet se fondent sur les gravures spécialisées (Bonnard, etc.) plutôt que sur des indications scéniques précises. La question ne se pose guère pour Dorante, car son habit militaire, que l'on devine dans l'édition originale du texte, lui est expressément restitué dans le texte augmenté de 1735, lorsque Julie et Frontin lui enlèvent la toge et la perruque d'avocat qu'il a endossées.

LES THÈMES ET LES PERSONNAGES.

Comme dans la majorité des grandes comédies, l'intrigue tourne autour d'un mariage projeté, celui de Dorante et d'une des filles de Madame Argante. Tandis que le thème fréquent du mariage traversé suppose que l'amant sait du moins préciser l'identité de la future épouse, le grand problème dans *L'Irrésolu* est précisément qu'il n'y parvient pas. Deux autres mariages sont en jeu — celui du Chevalier — cadet de famille, donc un parti ayant d'habitude peu d'espérances — et Madame Argante, veuve désireuse de se remarier. Comme Dorante, mais pour des raisons différentes, elle est incertaine de l'identité de son futur époux, si futur il y a. Alors que Lysimon, père du Chevalier, se soucie peu de le voir se marier, celui de Dorante, Pyrante, souhaite seulement qu'il arrête son choix sur un parti convenable. Son irrésolution retarde jusqu'à la fin de la pièce — et même au-delà — sa décision.

Cette intrigue est encadrée par un débat, hérité de Térence et de Molière (*Les Adelphes* et *L'École des maris*) entre un père sévère (Lysimon) qui veut imposer son autorité dans l'éducation de ses fils, et Pyrante, le père « ami de son fils » (qu'on présume unique) qui lui a appris depuis son jeune âge à raisonner par lui-même, et qui ne l'a conduit qu'à l'irrésolution[136]. Ce débat aboutit à une conclusion en faveur d'une éducation fondée sur la raison. Conclusion truquée en fait, car Lysimon est gagné à la cause de Pyrante, non par les raisonnements de celui-ci, mais par une apparente preuve d'obéissance de la part de Dorante : celui-ci ne fait d'ailleurs que suivre une inclination si récente que son père l'ignore. Pyrante est le père rêvé du fils, moins raisonnable que bonasse et facile à

---

136. *L'Ingrat* s'ouvre également sur une querelle au sujet de l'autorité paternelle, scène entre deux vieillards, les frères Géronte et Ariste.

convaincre ; il suffit de le contredire[137]. Lysimon, en revanche, souffre de l'esprit de contradiction. Toujours attentif à déplaire, il exerce son autorité dans le seul but de contrecarrer systématiquement la volonté d'autrui[138]. Ainsi qu'on s'y attendait, le Chevalier déteste son père, le vitupère et affiche publiquement un profond irrespect à son égard (I, 10).

Ce schéma du père autoritaire et du père libéral s'offrit-il à Destouches parce qu'il l'avait trouvé chez ses prédécesseurs ou parce que la question était d'actualité en 1713 ? Maurice Daumas, dans son étude sur *Manon Lescaut*, évoque le problème de l'autorité paternelle dans le premier dix-huitième siècle, et moins de vingt ans séparent les deux ouvrages[139]. Simplement posé, le problème est que le père autoritaire échoue à remplir son rôle parce qu'il n'apprend pas à son fils à le remplacer dans sa fonction. Il faudrait qu'il l'habitue à prendre seul des décisions, ce qui reviendrait à restreindre sa propre autorité[140]. Destouches n'a pu ignorer ces problèmes, peut-être à connotation intime.

Jacques Morel évoque « le thème obsédant de l'éducation », et rappelle que les jeunes gens et jeunes filles de naissance aristocratique ou bourgeoise avaient peu d'accès à la liberté à l'époque classique. Par réaction, le rêve comi-

---

137. Voir III, 1. La tirade ampoulée de Dorante qui convainc Lysimon est mimée par Frontin (v. 829-830), lequel ne reçoit pour toute réponse que le seul « Maraut », contraste amusant avec l'intervention précédente de son maître.

138. V. 106. Ce vers illustre bien la mécanique du personnage dont la réaction habituelle serait des plus faciles à utiliser pour autrui. Madame Argante possède aussi l'esprit de contradiction (II, 4), car elle n'autorise à ses filles de se marier qu'avec les partenaires dont elles ne veulent pas, mais elle est plus difficile encore à manier que Lysimon.

139. Voir *Le Syndrome des Grieux, passim*.

140. V. 756. Le Chevalier dit précisément des pères : « Ils enragent morbleu de nous quitter la place ».

que consistait donc à imaginer des parents indulgents et à privilégier le personnage de la veuve, seule maîtresse de ses volontés — réaction dont les traces sont très en évidence dans *L'Irrésolu*. Et le critique de conclure : « La littérature théâtrale a tantôt poussé jusqu'au sacrifice l'acceptation des sujétions socio-politiques, tantôt dénoncé leurs abus et leur a parfois substitué un idéalisme qui est encore, indirectement, forme de dénonciation »[141].

Déjà dans ses premières comédies, Destouches examine minutieusement le thème des relations familiales. Le pouvoir que la société contemporaine — et les traditions comiques — accordaient au père, amenèrent Destouches à élaborer des portraits contrastés, voire contradictoires : le Marquis, père de Léandre dans *Le Médisant,* détache brutalement son fils de son amante Marianne (I, 4), et reconnaît ensuite mériter les conséquences de son humeur tyrannique (V, 1). Marianne, pour sa part, est soumise aux caprices de parents qui ne s'entendent sur rien (I, 2). Dans *L'Ingrat,* Isabelle, fille plutôt soumise, est victime de l'autorité d'un père qui ruse pour lui faire avouer un amour qu'il interdit aussitôt (I, 3). Dans *Le Triple Mariage,* comme dans *L'Avare,* Isabelle et Valère comptent moins que l'argent dans les affections de leur père, Oronte, qui, un peu comme Madame Argante, se réjouit de son veuvage et de la liberté qu'il lui permet. La pièce s'ouvre sur un monologue d'Oronte révélateur d'un égoïsme aussi féroce qu'éhonté.

Dans *L'Irrésolu*, la conclusion du débat est loin d'être satisfaisante : le libéralisme raisonnable de Pyrante s'avère paralysant, et le fils qui a joui de sa liberté n'est pas plus heureux au dénouement que le Chevalier jusque-là opprimé ; il se demande même s'il ne voudrait pas se trouver à sa place. La critique a souligné l'absence de moralité apparente de cette comédie. Si elle n'est pas évidente

---

141. *Agréables Mensonges,* p. 97-99.

dans *Le Curieux impertinent* ou *Le Médisant,* elle est expri-
mée par d'autres aspects de la pièce : l'éducation et ses
effets, la discorde familiale, l'amour et la jalousie, le pouvoir de l'argent, etc. L'éducation qu'a reçue Dorante ne
lui a pas appris à prendre une décision et à s'y tenir. Mais
ce serait une erreur de tenter la psychanalyse de personnages de fantaisie. Destouches préférait les contrastes de
personnages à l'analyse « métaphysique », et une analyse
psychologisante ne peut aboutir qu'à des conclusions qui
condamnent la pièce pour ses invraisemblances.

    Les deux pères, amis de longue date, vieillards liés par
l'habitude de la discorde modérée, ont des fils assez différents l'un de l'autre et qui s'entendent néanmoins très
bien[142]. Dans l'autre camp se rangent les personnages féminins : Madame Argante, jalouse de ses deux filles parce
que ces jeunes beautés constituent la preuve vivante de ses
cinquante ans passés, et celles-ci, aussi différentes entre
elles que le Chevalier et Dorante, s'entendent bien jusqu'au
moment où survient l'hypothèse d'un futur mari que toutes
deux convoitent. Madame Argante est, comme Lysimon,
un ascendant autoritaire, mais ses filles sont intimidées
et apparemment soumises. Elles se limitent aux solutions
des impuissants : les grimaces, le calcul, l'action clandes-
tine et les manœuvres, au contraire du Chevalier qui
s'oppose de front à l'autorité paternelle.

    Cette sorte de jalousie n'est pas la seule que la pièce évo-
que. Dorante est d'un naturel jaloux, ce qui lui fait appré-
hender d'être éloigné de Julie par son service aux armées.
Nérine juge cette jalousie prémonitoire : ce lien matrimo-
nial est voué à l'échec (v. 1539-1540). Les deux mariages
qui terminent la pièce ne constitueraient donc un dénouement heureux qu'« en peinture ».

---

142. Il est, bien entendu, invraisemblable en ces circonstances que le Chevalier interroge Dorante sur l'éducation que celui-
ci reçoit de son père (I, 10).

Le contraste entre les deux filles de Madame Argante s'affirme aussi bien dans leur aspect physique que dans leur caractère. Julie est blonde et enjouée, alors que Célimène est brune et introvertie, avec des teintes de prude et de femme savante, ou du moins de précieuse, peu soucieuse (avant de connaître l'amour) de son aspect physique et habituée à se nourrir de lectures solitaires. Quoiqu'elle ne soit pas sans rappeler le portrait délicat de la Célimène de Rotrou dans la pièce du même nom (1637), les résonances les plus marquées sont avec l'héroïne féminine du *Misanthrope,* qui serait plus ou moins le portrait en négatif de celui de Destouches.

Un des apports principaux de Destouches à la comédie du dix-huitième siècle (dont nous trouvons déjà les indices chez Dufresny) est l'introduction d'éléments pathétiques au sein d'une intrigue par ailleurs amusante[143].

Si cette tendance est plus nette dans la maturité de son œuvre, elle est présente dans *L'Irrésolu,* par le personnage de Célimène, tendre prude s'éveillant à l'amour et à ses déceptions. Au contraire de sa sœur, Célimène laisse échapper quelques pleurs et adresse des reproches à son amant (III, 6, v. 1173-1176), avant de recouvrer ses esprits

---

143. Nous ne pouvons suivre Smith, qui voit dans le pathétique un élément incorporé aux comédies composées après le séjour en Angleterre (*op. cit.*, p. 171). Myers (*op. cit.*, p. 141 et n. 15) affirme que Destouches vise toujours « le vrai comique » et que le pathétique ne s'y rencontre que par accident (!). Lanson estime que Destouches serait arrivé au genre larmoyant « par hasard ou malgré [lui, et en] le voulant par accident, [...] par la force des choses, et sans le vouloir [...], il voulait être plaisant » (*Nivelle de La Chaussée et la comédie larmoyante,* 2ᵉ édition, 1903, p. 44-45), ce qui revient à supposer que Destouches écrivait par mégarde des comédies qui se composaient elles-mêmes en dépit de ses intentions de dramaturge. Sur le « comique triste » de Dufresny, voir F. Moureau, *Dufresny,* p. 399-414.

(V, 1). A une époque où un certain nombre d'ouvrages réorientent graduellement la comédie vers le sérieux, le personnage de Célimène associe le comique de la jeune fille trop rangée qui commence à connaître les désordres de l'amour et le pathétique de la première déception amoureuse d'un cœur innocent.

Classique, une troisième source de conflit familial est présente dans *L'Irrésolu* : l'argent[144]. Lysimon a établi son fils aîné, mais d'une santé faible et sans progéniture, sa mort prochaine est envisagée. Victime de l'autoritarisme paternel, son deuxième fils est un abbé malgré lui. Le Chevalier, à présent démuni mais rongé par le désir de « peupler », s'avère donc un parti prometteur. Pyrante a pu acheter un régiment à Dorante ; son établissement est solide. Madame Argante, type de coquette surannée habituelle dans les comédies de l'époque (Dufresny, etc.), est une bourgeoise nantie qui compte sur son argent pour suppléer à des charmes fanés. Il est donc évident que le mariage est autant une affaire de finance que d'amour.

Car si l'on parle de l'amour à propos de cette comédie, ce n'est pas sans faire quelques entorses à la signification du mot. Dorante fait alternativement sa cour aux deux sœurs, et brièvement à leur mère. Il est permis de penser qu'il n'en aime véritablement aucune. Mais Julie est trop enjouée pour être longtemps fidèle (surtout à un mari officier en campagne) ; et la prude Célimène assez susceptible de contester le rôle de maître de maison que Dorante entend garder pour soi. (Ce n'est que dans ces comédies de haute fantaisie qu'on peut envisager d'épouser

---

144. Destouches évoque l'argent à maintes reprises, surtout dans *L'Ingrat,* où Damis se montre particulièrement avide et où Lisette rappelle à sa maîtresse, Isabelle, que le couvent n'est pas un choix viable pour une fille qui possède cent mille écus (I, 4).

quelqu'un qu'on connaît aussi mal[145]). Dans tous les
domaines, surtout dans celui de l'amour, Dorante cède
aux impressions que vient de susciter chez lui son dernier
interlocuteur[146].

Dans cet ensemble d'incertitudes et de contradictions,
la notion d'amour se perd entièrement. On dirait que c'est
moins l'amour que la nécessité sociale de se marier qui
motive le protagoniste, malgré la rhétorique dévaluée, dont
elle est enrobée[147]. Néanmoins, la peinture de l'amour chez
Dorante esquisse un certain cynisme social[148]. Dans le cas
du Chevalier, le cynisme est plus que certain. Deux motifs
rendent compte de son désir de se marier : le besoin
d'argent et celui de « peupler », comme il dit avec toute
la décence de son créateur. Mais son cynisme outré n'a
rien du goût amer qu'on discerne dans *Turcaret* ou dans
Le Légataire universel, par exemple, car il est doublé d'une
franchise et d'une spontanéité qui rendent le personnage
plutôt attachant[149]. Il est l'ami fidèle de Dorante et, si on
le voit injurier un père peu amène, il ne fait qu'exprimer

---

145. « La comédie est une action feinte, dans laquelle on représente le ridicule, à dessein de le corriger. Tout, jusqu'aux noms
est feint dans la comédie » (*Manuel de l'homme du monde,* 1761,
p. 106) : idée largement reprise de la tradition aristotélicienne.

146. En cela, il rejoint *Le Complaisant* de Pont-de-Vesle.

147. L'emploi, satirique ou non, de la métaphore militaire pour
traduire les sentiments amoureux est aussi fréquent dans *L'Irrésolu* que dans bien des comédies contemporaines ; voir, par exemple, les v. 650, 657-658. Cf. aussi la cour que le Marquis fait à
la Comtesse dans *Le Joueur* de Regnard, où la métaphore de l'un
est prise par l'autre dans un sens littéral (IV, 6, v. 1307-1311).

148. Vu l'âge de l'auteur en 1713, le ton des autres comédies
du temps, sa recherche de modèles dans ses premières pièces et
sa vie conjugale postérieure apparemment très satisfaisante, il est
loisible d'attribuer plutôt ce cynisme à la mode littéraire qu'à ses
convictions intimes.

149. Il fait son autoportrait sans ironie (de sa part, non de celle
de l'auteur) aux vers 772-778.

le sentiment que Destouches a très probablement voulu suggérer au lecteur. Les auteurs de la nouvelle comédie latine jouaient de la même manière sur les sentiments naturels de l'assistance — ce rêve de libération impossible, pour reprendre la formule d'Emelina[150] — lorsqu'ils faisaient triompher les jeunes amoureux et les esclaves du personnage du père tyrannique. Ce mécanisme se retrouve également, selon Robert Darnton, dans la forme caractéristique que revêtent dans la civilisation française les histoires qui font partie du folklore européen[151].

Dans une culture qui connaissait depuis longtemps le charivari, il est normal que les prétentions amoureuses de Madame Argante, et de toute coquette surannée de comédie, soient présentées sous un jour ridicule. Il est à noter que c'est sous la persuasion de la servante Nérine, figure populaire et directrice de conscience résolument réaliste, que Madame Argante renonce à ses projets de mariage. Nérine évoque précisément le charivari aux vers 1763-1764. L'arithmétique de l'argent cède le pas à celle des années et, si Madame Argante doit absolument se remarier, on ne lui conseille ni un jeune ni un vieil époux (qui l'entretiendrait d'histoires du passé, dit la conseillère, v. 1776-1777), mais avec un homme d'une quarantaine d'années. Ni scandale, ni ennui donc. Le problème qui est abordé pour être immédiatement tourné en ridicule est celui de la sexualité féminine après le retour d'âge. Si la procréation était le but officiel du mariage (et l'Église ne reconnaissait pas d'autre fin à la sexualité), une femme âgée qui se mariait représentait une perte sociale. Tel serait bien le cas ici, si Madame Argante réussissait à prendre le Chevalier pour elle et forçait ainsi Célimène à rester fille.

Depuis les travaux de Jean Emelina, l'importance des

---

150. *Valets et servantes,* p. 109.

151. « Peasants tell Tales », in *The Great Cat Massacre,* Londres, Penguin, 1984 (réimpr. 1988), p. 17-78.

personnages des serviteurs dans la comédie classique est bien reconnue. Son étude fut largement mise à contribution par Jean Gutton qui, pour sa part, poursuivait une recherche sur la réalité de la vie des domestiques. Ceux de *L'Irrésolu* sont des personnages de premier plan. Seul le rôle de Dorante est plus long que ceux de Frontin et de Nérine, qui s'équivalent à peu de vers près[152]. Frontin[153] et Nérine sont de ces serviteurs de comédie, nombreux dans les pièces de Destouches, qui prennent une part très active au déroulement de l'intrigue[154]. Conformément à l'usage habituel des comédies de la même époque, c'est le valet Frontin qui « présente » son maître au spectateur avant qu'on ne le voie pour la première fois : il décrit aux vieillards « le manège ordinaire » de Dorante (v. 114-122). En ces circonstances, la description ne pouvait être un jugement de valeur, mais elle se limitait à des faits qui n'avaient pas besoin de commentaire. Il fait aussi le portrait de Julie et de Célimène (v. 177-188). La confiance en soi et l'énergie du personnage sont soulignées dans la même scène aux

---

152. Le manuscrit de théâtre (terme qui désigne un exemplaire imprimé et annoté par le souffleur pour servir aux représentations) conservé à la Bibliothèque Mazarine (sous la cote Rés. 46258) avec les annotations de La Porte (dit Delaporte) attribue 437 vers à Dorante, 379 à Frontin, et 388 à Nérine. On tiendra compte cependant du fait que ce texte, quoique proche, n'est pas tout à fait conforme à notre édition A, et que la totalité des vers comptés par La Porte est de 1 877, ce qui suggère — mais non de façon certaine — une erreur de calcul de sa part. Pour de plus amples précisions sur cet exemplaire, voir notre inventaire des éditions du texte.

153. Nom entré en usage dans les comédies du dernier quart du dix-septième siècle, d'après Emelina, *op. cit.*, p. 349.

154. Les portraits de serviteurs sont très nuancés ; voir, par exemple, Frontin et Lisette dans *Le Médisant* et Pasquin dans *L'Ingrat,* dont la moralité rappelle celle de Sganarelle dans *Dom Juan.*

vers 132-133. Les serviteurs sont traditionnellement les adjuvants indispensables des jeunes premiers qui restent sous l'autorité de leurs parents[155]. J. Emelina a remarqué que Destouches a systématiquement ponctué *L'Irrésolu* de conversations entre Dorante et Frontin seuls (I, 5 et 7 ; II, 8, conversation tripartite avec Nérine ; II, 9 ; III, 2, 5 et 7 ; IV, 1 et V, 9), mais que, lorsque Frontin est en présence de personnes de qualité supérieure, il se cantonne dans les convenances sociales et reste silencieux ou n'émet que de rares remarques (II, 10 ; III, 1, 3, 4, 6 ; IV, 2, 3, 4, 5, 6, 7 ; V, 10 et 11)[156]. Nérine intervient assez volontiers et plus fréquemment dans les conversations « mixtes ». Il semble que cela tienne à la différence de leurs fonctions. Celle de Frontin conduit Dorante à formuler une pensée, ensuite à se résoudre à agir en conséquence. Pour ce faire, il résume, non sans ironie sur l'irrésolution de son maître, le pour et le contre de la situation[157] :

> Voyons donc maintenant à choisir des deux belles (v. 357)
>
> Il faut nous dépêcher, Monsieur, de l'épouser (v. 368)
>
> Prenons donc celle-ci (v. 377)
>
> Choisissez au hasard (v. 380)
>
> Je vais... (v. 391)

L'usage du *nous,* fréquent dans de telles situations des comédies contemporaines, souligne cette fonction de double occupé par le protagoniste. Cette relation se note aussi dans la question que Dorante adresse à Frontin : « Crois-tu que je persiste à choisir Célimène ? » (v. 884), que ce

---

155. Cf. Lisette dans *L'Ingrat,* surtout à la scène trois du premier acte.

156. A la différence de J. Emelina, nous citons les numéros de scène d'après l'édition originale (A).

157. Baron et Dancourt avaient déjà exploité le personnage du valet raisonneur ; voir F. Moureau, *op. cit.*, p. 393.

dernier commente en tant que personnage indépendant :
« La belle question que vous me faites là ! ».

En revanche, Nérine qui conseille les personnages féminins, le prend sur un ton plus décisif, et commente ou critique leur comportement présent (surtout celui de Madame
Argante) conformément au caractère réaliste et à la sagesse
populaire qu'on associe au personnage de la servante. Elle
donne l'impression de peu ménager leurs susceptibilités.
En général, elle intervient dans l'action d'une manière plus
efficace que Frontin. Pourtant, si Frontin est complice de
Dorante seul, la complicité de Nérine est partagée, avec
une légère prédilection toutefois pour Célimène, qui en
a le plus besoin. La remarque d'Emelina s'avère particulièrement judicieuse dans le cas des relations entre Nérine
et ses maîtresses : « on ne peut guère être à la fois complice et perpétuel censeur »[158]. Le critique note aussi la
fonction traditionnelle liée au personnage de la soubrette
qui est « d'éclairer les esprits aveugles »[159]. Nérine remplit cette fonction lorsqu'elle amène Célimène à s'avouer
à elle-même que son sentiment nouveau d'insatisfaction
provient de son amour naissant pour Dorante (II, 2).

L'intrigue « en miroir », celle des amours du valet et
de la servante, n'existe pratiquement pas dans L'Irrésolu.
« Elle m'aime », dit Frontin (v. 388), et il peut par conséquent lui demander un service. Dans un vers un peu cru
(supprimé par la suite), il lui demande si elle a de la pudeur
(v. 665). Mais le thème n'est pas développé.

---

158. *Op. cit.*, p. 104. Nous ne pouvons cependant partager son
opinion selon laquelle Dorante serait « un être de caractère, plein
d'activité qui fait lui-même son destin [...] pas un homme à se
laisser mener » (*ibid.*). (Nous mettons au singulier une phrase au
pluriel qui traitait aussi de Dom Juan). Il nous semble que l'intrigue de la pièce se fonde précisément sur le cas inverse.

159. *Ibid.*, p. 240.

PROCÉDÉS DE LANGUE ET JEUX VERBAUX[160]

D'une façon générale, les conventions de la haute comédie demandaient que l'auteur s'éclipsât derrière les énoncés de ses personnages, tout en lui permettant de signaler sa présence de temps en temps par des moments de complicité avec la salle. Aussi la comédie offre-t-elle un mélange de procédés linguistiques dont la forme s'efface au profit du contenu, ce qui donne l'impression d'une suite d'énoncés « naturels », aussi bien que de procédés qui révèlent ou affichent la présence de l'auteur. Il existe aussi un champ « entre les deux » qui se révèle au lecteur averti plutôt qu'au spectateur du fait qu'ils appartiennent à un répertoire de procédés verbaux assez étudiés pour donner l'impression d'un dialogue spontané. Telle est, par exemple, la concision lorsqu'elle s'effectue, non par un énoncé grammaticalement complet quoique réduit à un minimum de mots, mais par la suppression de la partie prévisible de l'énoncé. La présence de l'auteur se révèle aussi par tel ou tel procédé qui fait partie de la langue quotidienne mais qui se rencontre ici avec une fréquence particulière de façon à devenir « la griffe » de l'auteur.

Nous avons vu que Destouches visait un dialogue « naturel », mais les éléments du dialogue en vers de *L'Irrésolu* qui nous semblent remplir ce critère sont en très petit nombre. Même en prose le théâtre ne peut se permettre un dialogue qui reproduise constamment les fausses pistes, les reprises, les approximations, les hésitations, etc., de la conversation quotidienne.

Les échanges verbaux de *L'Irrésolu* sont généralement constitués d'éléments brefs (les tirades sont placées pour faire contraste en tant que récits ou ratiocinations, par

---

160. Notre discussion ne portera ici que sur les procédés de langue et jeux verbaux dans *L'Irrésolu*, très présents dans les autres premières comédies de Destouches.

exemple), mais cette brièveté, caractéristique de la langue parlée, se trouve dépourvue de son apport « naturel » par la présence des éléments manifestement construits, qui sont en plus grand nombre. Qu'il surgisse une tirade, un ballet de paroles, etc., on oublie vite la forme du dialogue qui paraît « normal », donc terne, au profit de l'exceptionnel. La conversation spontanée permet, ou plutôt exige, l'interruption, et *L'Irrésolu* en offre de nombreux exemples qui en imitent la pratique[161]. Parfois il nous arrive aussi de terminer la phrase qu'un interlocuteur a commencée, pratique reproduite au vers 797 — suivie immédiatement par une phrase développant le jeu verbal qu'elle contient (« je la livre à mes pieds... »). Il nous arrive aussi, en badinant, de répéter de manière infidèle une intervention qu'un interlocuteur a mal entendue : ce procédé se note aux vers 1027 et 1028, où le vers facilite précisément un tel badinage. Là encore, le jeu « naturel » est renforcé par un calembour qui identifie Madame Argante à l'amour. Un autre procédé de la conversation quotidienne est la reprise d'un adjectif pour qualifier un deuxième substantif qui contredit le premier ; Nérine l'emploie au vers 474 (« curiosité pure – pure hypocrisie »).

Indispensable dans l'écriture dramatique, l'ellipse peut revêtir différentes formes, et Destouches, comme Beaumarchais, l'emploie fréquemment. L'économie de paroles qu'elle comporte permet au dramaturge d'accélérer (ou du moins de ne pas ralentir) le dialogue, et de passer sous silence ce qui pourrait l'alourdir sans le rendre plus intéressant ou plus clair. Parfois la suppression de mots qu'elle permet est minime (v. 683), mais généralement Destouches l'emploie pour éliminer des phrases entières :

LE CHEVALIER. — Je suis jeune, elle est vieille et j'ai lieu d'espérer [qu'elle mourra en me laissant maître de sa fortune] (v. 802)

---

161. Aux vers 142, 1109, 1163, 1601 et 1911, par exemple.

PYRANTE. — Et si vous y pensiez pendant quelques momens [vous verriez pourquoi votre maxime est fausse] (v. 865).

DORANTE. — ...que je ne voulois plus [me marier ni avec l'une ni avec l'autre d'entre elles]
FRONTIN. — Elles sont toutes deux instruites là-dessus (v. 1241-1242).

NÉRINE. — Et ne devoit-il pas [s'occuper de son mariage] ?
FRONTIN. — [Oui, mais en fait] Il revient de la ville (v. 1827)[162].

La présence d'un auteur s'affirme de manière plus nette dans des tics verbaux. Chez Destouches, le plus commun est, de loin, la répétition de mots. Souvent il fait reprendre par un interlocuteur un mot ou une phrase. On en trouve la forme la plus simple dans la répétition de : « Écoutez »/« écouter » (vers 55), de : « Tout de bon » (vers 253), de : « Quatre fois » (vers 308-309), d'« Ensuite » (vers 531) ou de : « quarante » (vers 606-607), cas où il s'agit d'un échange du type question-réponse. Parfois cette répétition est reprise une troisième fois en écho quelques vers plus loin ; tel le cas, par exemple, du : « Depuis trois jours » (v. 417-423), des : « cent mille écus » (v. 710-713) et du : « heureux »/« malheur »/« malheurs » (v. 702-706). Une répétition en forme de chiasme : « honte »/« dépit » se trouve aux vers 52-53. Une autre forme de répétition est celle où les mots reviennent en série au cours d'une même scène, comme dans III, 1 (v. 855 et suivants), où les termes de « raison », de « maxime » et d'« estime » jouent entre eux.

Ainsi qu'on s'y attend dans une comédie « morale », le dialogue développe les sujets moraux. A part des réflexions brèves, intégrées au dialogue (par exemple, celles

---

162. Autres exemples : v. 593-595, 957, 1109, etc.

qui se rapportent à la fidélité conjugale et à son contraire dans la société contemporaine, telles qu'on en trouve aux vers 535-544), il y en a qui sont de véritables pièces détachées, ainsi l'élégante tirade de Nérine qui dépeint le contraste entre les mœurs amoureuses des siècles passés et celles du présent (v. 1631-1644), vers que les éditeurs Arkstee et Merkus publièrent en 1755 parmi les « poésies diverses » de l'auteur[163]. Telles aussi les considérations de Nérine sur le sort des épouses âgées de jeunes maris (v. 1729-1744).

Des jeux verbaux confirment l'attention particulière que l'auteur accorde à la forme de l'énoncé. Ainsi s'intègrent au dialogue une parodie légale (v. 311-326) et une parodie de compliment en vers (v. 1039-1054). Dans une parodie de l'amour précieux, bien conçue pour rappeler les beaux jours de Madame Argante, Dorante envisage de « mourir à [ses] genoux » (v. 1462) pour un refus qui va « terminer [sa] vie » (v. 1476). Plus sinistre : l'interrogatoire que subit Dorante de Frontin et de Nérine aux vers 696 à 703. Le Chevalier adresse un calembour à Madame Argante au vers 1062 (« Un Protestant tout prêt à vous donner sa foi »). La comédie morale convient aux maximes sages (et généralement fades), comme par exemple celle qu'énonce Pyrante aux vers 1885-1886 :

> ...c'est la raison seule et non l'emportement
> Qui tire les enfans de leur égarement.

Mais il est possible aussi de tirer des leçons d'une tout autre envergure du cynisme des serviteurs :

> NÉRINE. — Après quelques beaux jours,
> Le mariage éteint les plus vives amours ;
> Oüi ; l'on a le chagrin de sentir d'heure en heure.
> Que le feu diminuë, & que l'ennuy demeure
> (v. 1681-1684),
> ou, plus lapidairement :

---

163. AM IV, p. 557-558.

> LE CHEVALIER. — La vieillesse est toujours sujette
> à radoter (v. 749).

À une époque où les didascalies étaient rares, Destouches en incorpora quelques-unes au dialogue. Ainsi Frontin dit qu'il va épier son maître « Puisqu'il ne me voit pas, approchons de plus près » (v. 236) (didascalie dégonflée par les paroles de Dorante : « Ah ! te voilà, Frontin ! »). Une pause et peut-être des gestes sont suggérés par le « Bon, le voilà qui pense » de Frontin qui s'entretient avec Dorante sur le choix d'une épouse (v. 377), et la fragmentation des alexandrins qui terminent la deuxième scène du quatrième acte (v. 1307-1308) indique la confusion de Dorante dont Julie vient d'espionner la déclaration d'amour adressée à Célimène.

L'attention avec laquelle Destouches construisait son dialogue, depuis les multiples usages de l'ellipse jusqu'aux jeux de langue les plus étudiés et les plus spirituels révèlent une maîtrise indubitable de l'écriture théâtrale.

L'ÉVOLUTION DE LA PIÈCE

Destouches soumit son texte à trois révisions successives[164]. Dans la version originale, Dorante ne s'occupait que de ses amours car, explique Destouches dans la préface de l'édition B, élargir le champ des activités du héros aurait entraîné le sacrifice du détail de son indécision et lui aurait donné plutôt l'air d'un fou que d'un galant homme. D'ailleurs, trop d'épreuves ne pourraient

---

164. Procédé qu'il récuse dans sa « Troisième Lettre à Mr. Tanevot » où il est question de la reprise des *Amours de Ragonde* à l'Opéra, car il parle de « cette espèce de négligence [qui] a je ne sais quoi de facile et de naturel, qui a saisi les spectateurs ; car ordinairement ce ne sont pas les ouvrages les plus travaillés qui ont les plus grands succès ; et tout ce qui approche le plus de la nature, a presque toujours le bonheur de plaire » (AM III, 486).

rentrer dans l'espace de vingt-quatre heures sans porter préjudice à la vraisemblance. Mais, en raison des réflexions à lui adressées au cours des représentations, il se ravisa et montra aussi les atermoiements de Dorante devant le choix d'une profession. Il prit l'occasion d'une nouvelle édition pour apporter des retouches à de multiples endroits de la pièce. Ainsi que l'indique notre liste de variantes, nombre de ces retouches ne concernent que le choix du mot ou des tournures de phrase (v. 150, 270, 365, 367, 452, etc.). D'autres visent à atténuer l'expression pour la rendre moins crue (v. 665, 735, 1126), ou moins brusque (v. 702), ou à préciser sa pensée (v. 676).

Dans les éditions B et C (1735 et 1745), les corrections de ce genre témoignent pour la plupart d'une recherche de décence et de stricte correction grammaticale. Les changements mineurs apportés à l'édition D (1757) ont la même fonction que les précédents, mais ils renchérissent aussi sur la politesse (v. 1113, premier hémistiche) ; ils font plus « écrits » que « parlés » (v. 576, 598, 754 et 1113, second hémistiche) ; et parfois ils versent dans l'affectation (v. 575, 686 et 708) ou dans le ridicule (v. 684). Les multiples révisions mineures de l'édition D affadissent le texte.

Les révisions majeures ont généralement pour effet d'étoffer le texte. Dans les répliques introduites dans B, on note une plus grande attention au style « littéraire ». Tels sont, par exemple, les vers « Je suis gueux & cadet, / Une mère fort riche est justement mon fait » et « Vos traits & votre argent, votre argent & vos traits », qui figurent dans la scène substituée entre les vers 1491 et 1553 de l'édition A. Ce style verse parfois dans le verbiage pur[165]. A partir de l'édition B, on assiste à une conversation (II, 8 dans B) où le Chevalier fait entendre raison à Madame Argante à propos de son mariage projeté avec Dorante et finit par la convaincre de se marier plutôt avec lui — scène d'une maladroite longueur.

---

165. Voir, *ibid.*, le passage : « Pas tant que vous, ma Reine [...] Vous y réussissez ».

La révision la plus importante introduit l'épisode où Dorante endosse une robe d'avocat (épisode substitué aux v. 1675 à 1868 de l'édition A). Si cette réfection n'entraîne pas des révisions de conséquence dans la suite du texte et / ou dans le dénouement, il ne sert qu'à illustrer des traits de caractère des personnages. Or, il était convenu, sans doute par le parterre autant que par la critique, que le caractère de l'irrésolu n'était pas intéressant[166]. Une preuve supplémentaire de la bizarrerie de Dorante n'était pas pour modifier cette opinion. La leçon de l'épisode, qui n'est pas autrement amusant, est que l'irrésolu est condamné à voir autrui prendre ses décisions à sa place — vérité d'évidence que les débats sur l'amour dans la première version avaient déjà amplement illustrée.

LA CRITIQUE ET LES CIRCONSTANCES DE LA PIÈCE

La critique du dix-huitième siècle a généralement peu apprécié les qualités de *L'Irrésolu*. Les jugements contemporains sont illustrés par une note manuscrite, de l'écriture du marquis de Paulmy, sur la page de garde de l'exemplaire 8° BL 3557 de la Bibliothèque de l'Arsenal :

---

166. Ce qui n'empêcha pas des auteurs venant après Destouches de s'y essayer. Avec plus ou moins de justesse, on a évoqué : *La Capricieuse* de Jolly (*Nouveau Théâtre Italien,* VI, 1732), Pont-de-Vesle, *Le Complaisant* (1733), Louis de Boissy, *L'Embarras du choix* (1741), Fagan de Lugny, *L'Inquiet* (1738), Dufaut, *L'Indécis* (1759), Collin d'Harleville, *L'Inconscient* (1786), A. de Charbonnière, *L'Indécis* (1812), et Onésime Leroy, *L'Irrésolu* (1819), malgré le démenti de ce dernier. Le thème de l'irrésolu apparut de nouveau en 1994 avec le film de Jean-Pierre Ronssin, intitulé « L'Irrésolu », qui dramatisait les atermoiements amoureux d'un auteur dramatique de trente-cinq ans, célibataire endurci, partagé entre trois femmes — dont une qu'il aimait vraiment — incapable de dire non et de s'engager réellement.

L'irrésolu eut très peu de succès et M. Destouches est convenu lui-même qu'il n'en méritait pas [,] mais en quoi il se trompe c'est qu'il s'imagine que cela vient de ce que sa pièce était dans sa nouveauté en 1713 bien moins bonne qu'elle n'est ici [.] Effectivement lors des représentations et de la première édition de 1713 la poésie en était fort négligée et l'auteur l'a corrigée ainsi que quelques défauts de conduite dans les éditions postérieures. Mais il y a un défaut essentiel qui ne sera jamais corrigé, c'est que le caractère est peu intéressant et paraît celui d'un fou [.] D'ailleurs il ne produit point d'évènements qui étonnent ou intéressent[167].

Selon la notice que Cizeron-Rival consacra à la pièce dans ses *Récréations littéraires*[168], *L'Irrésolu* était « très bien écrite, et [avait] bien de beautés de détail » et « méritait plus de succès ».

La première série de représentations eut lieu, comme nous l'avons écrit, entre le 5 et le 19 janvier 1713. Or, l'hiver était généralement bon pour les représentations théâtrales, au contraire de l'été, lorsque les vacances et les chaleurs tendaient à dépeupler les villes. Lorsqu'il faisait froid à l'extérieur, l'intérieur des théâtres offrait un asile ; il était donc exceptionnel que le mauvais temps influât sur le succès d'une pièce[169]. L'insuccès ne peut donc pas être mis sur le compte de la saison. Les officiers, dont

---

167. Soulignons que cette note n'est pas du marquis d'Argenson, mais de son fils, le marquis de Paulmy (dont la collection forme la base du fonds de l'Arsenal), et ne figure donc pas parmi les *Notices* publiées par Lagrave dans les *Studies on Voltaire and the Eighteenth Century*, vol. 43-44. Les remarques de Lancaster vont dans le même sens (*Sunset*, pp. 290-293). Burner trouva que, les incidents étant trop faciles à prévoir et l'action souvent coupée de récits, l'effet de la pièce fut gâtée (*op. cit.*, p. 59).

168. P. 215.

169. Sauf indirectement en rendant les vivres plus chers ; voir Lagrave, *Le Théâtre et le public*, p. 285.

le départ entre avril et l'automne affectait l'assistance aux spectacles, étaient présents dans la capitale en janvier, et la Cour n'appauvrit pas la troupe en réclamant la présence des meilleurs acteurs. On peut donc écarter aussi ces deux raisons possibles. En fait, selon les statistiques de Lagrave (qui portent sur une période un peu antérieure), le mois de janvier était des plus favorables aux représentations.

Le 5 janvier 1713 était un jeudi, de même que le 19. Les 7, 9, 11 et 13 du mois étaient respectivement un samedi, un lundi, un mercredi et un vendredi. Pour la période qui nous intéresse, le meilleur jour de la semaine pour la Comédie-Française était le dimanche, et les plus mauvais, les mardis, les jeudis et les vendredis. Le mercredi était, après le dimanche, le meilleur jour de la semaine, et le lundi, pour la période en question, ne valait pas mieux que le jeudi[170]. De là, on peut conclure que le choix des jours pour la représentation de *L'Irrésolu* dans sa nouveauté lui était plutôt défavorable. L'évolution entre 1715 et 1750 de la popularité des divers jours de la semaine, et surtout la date limite de l'étude de Lagrave, nous empêchent d'analyser les statistiques qui se rapporteraient aux remises de la décennie 1760 à 1770. Il est à noter cependant que sur les dix-sept représentations qui eurent lieu alors, huit se concentrèrent dans les mois creux de juin à octobre. De toute façon, même si l'œuvre de Destouches connut alors un regain d'intérêt, il se limitait à des pièces qui avaient été bien accueillies dans leur nouveauté, ce qui ne fut pas le cas de *L'Irrésolu*.

LES ACTEURS EN 1713

Le « Registre journalier » de la Comédie-Française pour la saison 1712-1713 fournit les acteurs présents à la créa-

---

170. Lagrave, *op. cit.*, p. 301, statistiques.

tion de la pièce, mais il ne précise pas la distribution. D'après les emplois remplis habituellement par les acteurs qui y participèrent, il est possible de suggérer ceux qui jouèrent dans *L'Irrésolu*, sans certitude néanmoins[171]. Les rôles de Pyrante et de Lysimon furent probablement attribués aux acteurs les plus âgés : Isaac-François Guérin, sieur d'Estriché (vers 1636-1728) et Pierre Trochon, sieur de Beaubour (1662-1725). Il est probable que Quinault cadet, dit Quinault-Dufresne (1693-1767) remplît le rôle du jeune premier[172]. Telle était son habitude, et il était particulièrement lié d'amitié avec l'auteur, qui aurait indiqué aux acteurs la distribution qu'il croyait le mieux convenir. Restent deux acteurs : Georges Guillaume du Mont de Lavoy (1661-1726), qui jouait surtout des rôles à manteau, de paysans, valets et de grands confidents, et Pierre Le Noir, sieur de La Thorillière (1659-1731), qui remplissait surtout des emplois d'amoureux comiques et de grands valets — il avait créé le rôle d'Hector dans *Le Joueur,* par exemple. Vu la longueur du rôle de Frontin, il paraît vraisemblable que ce dernier l'ait pris, ce qui supposerait que le rôle du Chevalier fut dévolu à Lavoy, qui était un acteur moins prestigieux que La Thorillière, mais l'inverse ne peut être exclu.

Quoiqu'ils soient moins nombreux, les rôles féminins sont encore plus difficiles à distribuer. On peut être à peu près certain que celui de Madame Argante fut attribué à Jeanne de la Rue, dite Mlle des Brosses (1657-1722). Elle était certes la plus âgée des quatre actrices (ce qui ne comptait aucunement à l'époque dans la distribution des rôles),

---

171. Pour les biographies des acteurs, voir Henry Lyonnet, *Dictionnaire des Comédiens Français,* à leurs noms.

172. Le Registre indique seulement « Quinault », mais on peut, croyons-nous, écarter le nom de J.-B. Maurice Quinault, l'aîné, qui ne prit les premiers rôles qu'après le départ de Beaubour en 1718.

mais elle incarnait surtout des caractères, et on associe son nom à la Comtesse (*Le Joueur*), à Madame Grognac (*Le Distrait*), à la Veuve (*Le Double Veuvage*) et à Madame Patu (*Le Chevalier à la mode*). Les trois autres actrices qui participèrent à la création de *L'Irrésolu* étaient Mademoiselle Desmares (Christine Antoinette Charlotte, 1682-1753), que l'on trouvait souvent dans des emplois de tragédie ; Marie Hortense Racot de Grandval, dite Mademoiselle Dangeville (1676-1769), qui débuta à la Comédie en 1700 et, acceptée dans les deux genres, prenait habituellement des rôles d'amoureuses et de princesses tragiques, ce qui rend possible qu'elle ait accepté le rôle de Célimène ; et Françoise Quinault, dite de Nesle (1658-1713) (Le « Registre » porte la forme *Denesle*). Elle jouait surtout les soubrettes. Reçue en 1708, avait-elle une expérience suffisante pour endosser le rôle de Nérine ? On ne sait, mais il nous semble très possible qu'elle l'ait pris, ce qui impliquerait que le rôle de Julie soit dévolu à la Desmares ; mais celle-ci aurait tout aussi bien, vu sa pratique habituelle, pu prendre le rôle de Célimène. Malgré les incertitudes qui planent sur la distribution, on peut constater que les acteurs qui jouèrent *L'Irrésolu* étaient parmi les meilleurs (souvenons-nous aussi que la seule concurrence était alors celle de la Foire...) et que l'insuccès de la pièce ne leur était certainement pas imputable.

Cet insuccès est en fait doublement attribuable à Destouches lui-même. Lors de la série de représentations de janvier 1713, il avait compris qu'il existait des faiblesses au quatrième acte. Dans la préface de l'édition de 1735, il parle de réflexions qu'on lui avait adressées sur la pièce, mais il est impossible de savoir s'il comprend par ce « on » ses amis particuliers, ou s'il prend plutôt en considération les réactions du parterre. Toujours est-il que, malgré ses espoirs, elle ne fut pas reprise. La lettre qu'il adressa à un comédien est conservée à la Bibliothèque-Musée de la Comédie-Française dans le dossier Destouches :

Je vous supplie, Monsieur, de vouloir bien dire à Messieurs vos camarades que je souhaite instamment que l'on ne représente plus ma comédie qu'aujourd'hui, jusqu'à ce que j'aie corrigé le quatrième acte, et que l'on dise à l'annonce que comme le public a désapprouvé cet acte, et que je respecte trop ses décisions pour ne me pas faire une gloire de m'y conformer, je vais le retravailler tout de nouveau, afin que la pièce fût moins indigne de son attention, que par cette raison on suspendra les représentations de *L'Irrésolu*. Cependant, Monsieur, comme ce serait trop exiger de votre compagnie que de lui demander la grâce de permettre que l'on ne songe point à d'autres nouveautés jusqu'à ce que ma pièce ait été remise, je suis le premier à dire que vous ne sauriez mieux faire que de mettre sur pied quelque tragédie nouvelle qui sera représentée alternativement avec ma pièce, si on le juge à propos, ou bien on reprendra la mienne, quand la tragédie sera sur ses fins : si vous voulez absolument renoncer à *L'Irrésolu*, et l'oublier pour toujours, j'en serai fort affligé mais je ne m'en plaindrai nullement, puisque j'ai eu le malheur de vous faire perdre un temps précieux en l'employant à mettre sur pied une pièce aussi défectueuse que la mienne. Cependant si vous vouliez bien prendre le parti que j'ai l'honneur de vous proposer, cela me ferait un plaisir infini, et m'encouragerait à tout employer dans la suite pour vous donner des ouvrages qui puissent me procurer plus de gloire et à vous plus de profit. Au reste je supplie la compagnie de m'excuser si je ne suis pas allé moi-même vous dire ce que je vous écris ici ; outre que je suis assez incommodé pour ne pouvoir sortir aujourd'hui, je veux, si je le puis, employer tout mon temps à réformer mon quatrième acte [...][173].

---

173. Cette lettre nous a été gracieusement communiquée par Madame Jacqueline Razgonnikoff.

LES ÉDITIONS DU TEXTE ET LEUR TRANSMISSION

Il n'existe pas, que nous sachions, de manuscrit de *L'Irrésolu*[174]. Notre texte est celui de l'édition originale, décrite sous la rubrique A. D'abord imprimée seule, cette édition figura dans le recueil factice que Le Breton diffusa sous le titre d'*Œuvres de théâtre de Monsieur Néricault Destouches* en 1716. Parfois aussi, elle apparaît dans le recueil factice de Prault, publié en 1736, bien que ce recueil incorpore dans la majorité des cas une nouvelle édition de *L'Irrésolu* revue par l'auteur et datée de 1735. Prault lança une troisième édition des œuvres de Destouches en 1745, et le texte de *L'Irrésolu* qui y figure transcrivit de nouvelles révisions (C). Ce texte ne fut incorporé que dans ce recueil. Danchet et le fils de Destouches fournirent à l'édition préparée par l'Imprimerie Royale un texte que l'auteur avait revu avant sa mort (D). Trouvé parmi les papiers de Destouches, ce texte exprime les dernières volontés de l'auteur.

DESTOUCHES ET LA COMÉDIE IMMORALE

Les éditions que publia Benjamin Gibert à La Haye ont un intérêt particulier. Celles qui furent publiées du vivant de Destouches sont au nombre de trois, et portent respectivement les millésimes de 1742, de 1752 et de 1754. Dans une lettre datée du 18 mai 1741 et publiée par Paul Bonnefon[175], Destouches reproche à Gibert son « long

---

174. Burner affirme que les Archives de la Comédie-Française possèdent, entre autres, un manuscrit de *L'Irrésolu* qui aurait servi aux représentations (*op. cit.*, p. 210). Cela est inexact. Il s'agit peut-être du manuscrit de théâtre qui se trouve dans les fonds de la Bibliothèque Mazarine.

175. *Art. cit.*, p. 687-688.

silence » depuis la réception de « toutes les pièces qu'[il lui a] fait tenir ». « Avez-vous fini ? Etes-vous sur le point de finir ? Combien de volumes faites-vous ? Serez-vous prêt pour débiter votre édition à la Diète de Francfort ? », écrit-il. Bonnefon en concluait que ses pièces « semblent s'être toujours débitées assez mollement, car l'édition hollandaise projetée alors ne fut exécutée que treize ans plus tard ». Bonnefon ne connaissait pas l'existence de l'édition Gibert datée de 1742.

Mais, par ailleurs, Destouches se plaignait à Danchet de la lenteur de Prault à finir la composition typographique de l'édition parisienne de 1745 à laquelle il travaillait depuis la parution du recueil de 1736. Dans sa « Troisième Lettre à M. l'abbé Danchet sur le goût », il écrit :

> Vous voulez donc savoir, Monsieur, s'il est vrai qu'on fait une seconde édition de mon théâtre, et que j'y ajoute trois comédies nouvelles, et un Volume d'épigrammes et d'œuvres diverses. Il est vrai que cette seconde édition, qui devait être en quatre volumes *in*-12, est commencée depuis plus de trois ans. J'en corrigeais moi-même les épreuves ; je profitais de cette occasion pour corriger mes fautes, aussi bien que celles de l'imprimeur, et nous étions parvenus à la fin du premier volume, avec une diligence qui me faisait croire que les trois autres seraient bientôt achevés ; point du tout. Mon imprimeur s'est jeté dans d'autres entreprises, et comptant apparemment sur ma patience, ou sur la juste indifférence que j'ai pour mes productions, il a mis au jour je ne sais pas combien d'ouvrages nouveaux, et a laissé les miens à l'écart. Ni mes plaintes ni mes reproches n'ont pu l'émouvoir ; et enfin comme j'ai vu qu'il s'opiniâtrait à me négliger, j'ai pris le parti de ne m'en point soucier. Tous mes amis me font la guerre sur mon indolence ; je les renvoie à Prault le père ; ils y vont. Il leur proteste qu'il va se remettre incessamment à mon édition, il n'en fait rien ; voilà toute l'histoire[176].

---

176. AM I, lxv-lxxi.

Danchet savait que les œuvres de Destouches étaient déjà parues en Hollande, car il lui écrivit en mars 1744 : « Si vous n'êtes pas content que vos œuvres diverses soient imprimées en Hollande comme elles le sont [...] »[177]. L'édition hollandaise comprenait à la fois les œuvres dramatiques et ces autres « pièces »[178] qui étaient sans doute la raison pour laquelle Prault tardait à compléter la composition de son édition.

La solution était de faire passer l'édition de Gibert pour subreptice, et c'est bien ce qu'on fit. Si on lit les Dédicaces et Avis du Libraire des éditions Gibert (ils présentent quelques différences mineures d'une édition à l'autre, mais l'ensemble reste le même), on découvre ce qu'on prendrait pour des remerciements très ironiques adressés à un auteur dont on se moquait parce qu'on le pillait impunément. Par exemple :

> Permettez qu'en présentant au public un recueil nouveau de vos élégants ouvrages, je vous en fasse à vous-même une solennelle restitution. Recevez-la, Monsieur, comme un témoignage de mon admiration pour ces mêmes ouvrages, et de mon respect pour leur illustre auteur. Daignez en même-temps me pardonner, en faveur de mes sentiments, les larcins que je vous ai faits. [...] Oui, Monsieur, ce public, du ressort duquel sont tous les ouvrages d'esprit, souffrirait impatiemment de se voir privé de la collection des vôtres, qu'il attendait, ce semble vainement, d'une personne intéressée à en hâter l'édition. Souffrez donc, Monsieur, qu'un libraire hollandais vous venge de l'indifférence de ceux de Paris. La lenteur de l'un d'entre eux ayant excité votre mécontentement, m'a fait naître l'envie de vous donner (à votre insu) des preuves d'un

---

177. *Recueil de lettres inédites,* p. 18-19.

178. Pièces : doit-on comprendre « œuvres dramatiques » seulement, ou « écrits », « documents » ? Nous penchons pour la seconde interprétation.

zèle plus actif. Je m'y suis cru d'autant mieux auto-
risé, que les plaintes que vous avez faites à ce sujet,
subsistent dans une de vos lettres, insérée dans le *Mercure de France*. Rassuré d'ailleurs par les vœux de toutes les personnes de bon goût, j'ai saisi l'occasion de
vous donner cette marque de ma vénération pour vos
ouvrages. Vous la reconnaîtrez, Monsieur, dans le soin
extrême que j'ai pris pour rassembler précieusement
tout ce que j'en ai pû recouvrer pour grossir ce nouveau recueil. [...] j'ai ramassé toutes les pièces nouvelles qui ont paru sous votre nom. Les soins que je
me suis donnés pour la perfection de cette nouvelle édition me donnent lieu d'espérer que si j'ai fait quelques
larcins, vous n'en accuserez que mon zèle (Dédicace).
Je me serais [...] fait scrupule de profiter de ces dernières pièces, si notre illustre auteur n'avait déclaré
publiquement lui-même, qu'il était absolument résolu
de ne plus donner de comédies que par la voie de
l'impression. Cela suffit, je crois, pour me disculper
à son égard sur cet article (Avis du libraire).

Gibert prend sur lui et sur un ami anonyme la responsabilité des « larcins » et de la collecte des documents. Mais
Destouches avoue, dans sa lettre du 18 mai 1741, les avoir
fournis lui-même. Danchet savait-il que son ami y prêtait
la main ? Sa lettre ne permet pas de tirer de conclusion.

PRINCIPES DE LA PRÉSENTE ÉDITION

Nous reproduisons le texte de l'édition originale (A),
établi sur l'exemplaire GD 8° 12107 de la Bibliothèque de
l'Arsenal. Nous avons respecté l'orthographe originale,
parfois phonétique, de même que la ponctuation, sauf
dans les cas où celle-ci présentait des erreurs manifestes
— l'usage abusif du point d'interrogation, ou l'omission
de la période, par exemple. Dans ces cas, nous l'avons corrigée d'après une des éditions postérieures faisant autorité. Dans les quelques cas où ce procédé s'est avéré impos-

sible, nous avons placé notre signe de ponctuation entre parenthèses. Nous avons corrigé un certain nombre de fautes d'impression manifestes, et nous consignons leur forme originale dans notre liste de leçons rejetées. Nous avons numéroté le texte de cinq en cinq vers.

LEÇONS REJETÉES

Dédicace : A MONSIEUR
MONSIEUR LE MARQUIS...

vers

vers		vers	
3	tour	474	hypocrise
9	quoiqu'il	486	Fais
77, 81	SYLIMON	501	malgré
145	laisse-le	520	DORANTE
207	mouvemens	569	Ca[180]
299	quelle	571	flotter
334	parcr	614	fond
339	qn'il	626	Me ARCANTE
343	dégards	722	à
363	quoy que	742	volà
375	quoi que	795	ou
377	prennons[179]	887	pense-tu
429	suive	1296	permetrez
468	soâpirant	1526	appertement

---

179. Nous comptons comme coquille une orthographe qui changerait la prononciation, mais retenons des orthographes qui, quoique rares, ne le font pas. Ainsi nous retenons « interresser » (v. 451), « petulent » (v. 496) et « veüilliez » (v. 1348 et 1918). « Prennons » (v. 377) — cf. « prenons » (v. 726).

180. Pour Ç, A imprime normalement C, ou C'.

ÉDITIONS DU TEXTE[1]

ÉDITIONS AUTORISÉES, 1713-1757.

(A) Édition originale.

L'IRRESOLU, / *COMEDIE.* / *Par Monsieur* NERI-CAULT / DESTOUCHES. / [fleuron] / A PARIS. / Chez FRANÇOIS LE BRETON au bout du / Pont-Neuf, proche la ruë de Guenegaud, / à l'Aigle d'Or. / [filet] / M. DCCXIII. / *Avec Approbation & Privilege du Roy.* a³, [2a]², A-H⁸ᐟ⁴, I⁸. ix-112 p.

a1ʳᵒ-page de titre ; a1ᵛᵒ blanc ; a2ʳᵒ-a3ʳᵒ-Epître ; a3ᵛᵒ-Acteurs et lieu de la scène ; 2a1ʳᵒ-2a2ʳᵒ-Approbation et privilège ; 2a2ᵛᵒ blanc.

L'approbation est signé Danchet et datée du 11 janvier 1713. Le privilège est daté du 15 janvier 1713 et fut porté sur le Registre n° 5, p. 650, § 607. La cession du privilège de *L'Irrésolu* au libraire Le Breton suit le privilège. La signature [2a] ne figure pas dans certains exemplaires. Dans d'autres, elle est reliée à la fin de la pièce. La signature A4 est signée Aiii. La page 107 est mal numérotée 207. A la page 92 le S du titre courant (L'IRRESOLU)

---

1. Dans les listes ci-dessous, nous employons les abbréviations suivantes : B – Bibliothèque ; BNF – Bibliothèque Nationale de France ; BL – British Library ; BM – Bibliothèque Municipale ; BNU – Bibliothèque Nationale et Universitaire ; C-F – Bibliothèque-Musée de la Comédie-Française ; (rf.) – recueil factice.

est imprimé en caractère italique. A la page 104 le titre courant comporte la coquille typographique L'IRRESHLU. A partir de 1716, l'édition originale se trouve incorporée dans des recueils factices, émis par Le Breton, et intitulés *Œuvres de théâtre de Monsieur Néricault Destouches.*

BNF : Yf. 7373 ; Rés. Yf. 3354 ; Yf. 8952 (rf). Arsenal : Rf. 8981 (rf) ; Rf. 9007 ; 8° GD. 12107 ; 8° NF 4660 (rf). C-F : 1. IRR. DES. BM Marseille : 45604. BM Nantes : 79815 (rf). BM Tours : Rés. 2764.

(B)

L'IRRESOLU, / *COMEDIE.* / *Par M.* NERICAULT DESTOUCHES, / *de l'Académie Françoise.* /NOU-VELLE EDITION / Corrigée, & augmentée / considerablement. / *Le prix est de vingt-quatre sols.* / [fleuron] / A PARIS, / Chez PRAULT, Pere, Quay de Gêvres, / au Paradis. / [filet] / M. DCC. XXXV. / *Avec Approbation & Privilége du Roy.*
a⁴, A-K⁸/⁴. [viii] – 119 p.
a1ʳᵒ-page de titre ; a1ᵛᵒ blanc ; a2ʳᵒ-a4ʳᵒ-Préface ; a4ᵛᵒ-acteurs.
Arsenal : 8° GD. 12108 ; Rf. 8983 (rf) ; 8° BL 13124 (rf) ; Sorbonne : R. Bj. 158. BM Nîmes : 76848 (t. I). BM Orléans : D. 2148 (rf). BNU Strasbourg : Cd. 114 792 (rf). Les recueils factices se donnent pour une nouvelle édition des *Œuvres,* datée de 1736. La page de titre est la suivante : ŒUVRES / DE / THEATRE / DE Mr. DESTOUCHES, / De l'Academie Françoise. / *NOUVELLE EDITION,* / Revûë, corrigée & augmentée par l'Auteur. / TOME [ ] / [fleuron] / A PARIS, / Chez PRAULT pere, Quai de Gêvres, / au Paradis. / [trait] / M. DCC. XXXVI / *Avec Approbations* [sic] *& Privilege du Roi.* Le nombre de volumes qui constituent les *Œuvres* varie de deux à cinq selon la date d'acquisition de la collection, à laquelle on continua à ajouter des volumes jusqu'en 1745. *L'Irrésolu* se trouve toujours incorporé au premier volume.

(C)

In : ŒUVRES / DE THEATRE / DE M. DESTOU-
CHES, / De l'Académie Françoise. / NOUVELLE
EDITION, / *Revûë, corrigée, & augmentée par l'Auteur.*
/ TOME PREMIER. / *Seconde Partie.* / [fleuron] / A
PARIS, / Chez PRAULT pere, Quai de Gêvres, / au Para-
dis, & à la Croix blanche. / [filet double] / M. DCC. XLV.
/ *Avec Approbation & Privilége du Roi.* ; 8 tom. en 5
vol. ; I, ii, 255-406.

Approbation et privilège, tom. V, p. [409]-[411]. Approbation signée Danchet et datée du 12 décembre 1744. Privilège daté du 23 janvier 1745, enregistré le 28 janvier 1745
au Registre XI, f° 351, § 411.

Les trois premiers volumes comportent deux tomes chacun, à pagination continue. La page 440 du premier
volume est mal numérotée 540. Les pages de titre sont
imprimées en rouge et noir.

BNF : Yf. 4032-4039 ; Arsenal : Rf. 8985 ; 8° BL 13125.
BM Besançon : 205, 361. BM Rouen : Montbret P 1399.
BM Toulouse : Fa D 2825 (1). BM Troyes : 2. 15. 3485
(1). B Versailles : Rés. in-12. E. 209. d ; Réserve Bour-
riau 314 ; Lebaudy P. 704.

(D)

In : ŒUVRES / DRAMATIQUES / DE / *NERICAULT
DESTOUCHES, / De l'Académie Françoise. / [filet dou-
ble] / Tome Premier* / [filet double] / [fleuron] / A
PARIS, / DE L'IMPRIMERIE ROYALE. / [filet] /
M. DCCLVII. 4 vol. ; I, [257]-402.

BNF : Yf. 426-429 ; Rés. Yf. 197-200 ; Rés. Yf. 201-204.
Arsenal : 4° BL 3557 ; Rf. 8988. BL : 84. i. 9. C-F : 2.
DES. O. 1757. Sorbonne : R. 214 in-4° ; R. 214a in-4°.
BM Amiens : BL 2110/1C. BM Besançon : 51.098. BM
Haguenau : D/g 8.004. BM Limoges : L-1301-4°/1 ; BM

Montpellier : 10878. BM Nancy : 150.813. BM Nantes : 28676. BM Rennes : 15436. BM Toulouse : Rés. B XVIII-24 (4). BM Tours : C 5579/1. B Versailles : Réserve in-4° E. 45. d.

ÉDITION S.L.N.D. (entre 1755 et 1762)

L'Irrésolu, *comédie,* en cinq actes et en vers de Destouches ; *Représentée en* 1713. Conforme à la Représentation. 132 p. A-E 12, F 6.
Sans page de titre. Faux-titre signé A. Des bandes gravées hexagonales figurent en tête des actes ; toutes sont différentes et signées Beugner. Vignette à la page 80. Sans préliminaires[1].
Mazarine : Rés. 46258 (exemplaire avec notes manuscrites de La Porte (dit Delaporte), secrétaire-souffleur de la Comédie-Française à partir de 1763, entré en pleines fonctions à partir de 1766). Exemplaire ayant fait partie de la collection Soleinne. BM Nantes : 91713 / c. 401.

ÉDITIONS HOLLANDAISES, 1725-1754.

In : *Théâtre de Monsieur N. Destouches, nouvelle édition augmentée de deux comédies du même auteur,* La Haye, Jean Neaulme, 1725, 2 vol. ; I, [187]-294[2].
BNF : Yf. 8956. Arsenal : Rf. 8982. BM Nîmes : 25137 (t. I).

---

1. Nous constatons que cette édition est posthume, puisque le mot « Monsieur » ne figure pas dans le titre, et qu'elle fut préparée afin de fournir aux acteurs de la Comédie-Française un texte jouable pour les représentations qui eurent lieu à partir d'août 1762.

2. Vu les infidélités de Destouches envers Prault, on ne peut exclure la possibilité — même faute de documents à l'appui — que l'édition Neaulme représente une infidélité analogue aux dépens du libraire Le Breton.

In : *Œuvres de M. Néricault Destouches, Nouvelle édition considérablement augmentée,* La Haye, Benjamin Gibert, 1742, 4 vol. ; I, 203-322.
BNF : Yf. 8958. Sorbonne : R. ra. 793 (le t. I seul).
BM Nîmes : 25137 (t. I). BM Orléans : D. 2148bis.

In : *Œuvres de Monsieur Destouches, Nouvelle édition augmentée de pièces nouvelles & mises en meilleur ordre,* La Haye, Benjamin Gibert, 1752, 8 tom. en 4 vol. ; I, 199-320.
Arsenal : Rf. 8986. BM Toulouse : Fa D. 471 (1).

Idem. Nouvelle émission en 10 tom. et en 5 vol., 1754.
Arsenal : 8° BL 13126. BM Dijon : 7227. BM Nîmes : 15910 (t. I). BM Périgueux : D. 2680. BM Tours : 2996 / 1.

(Nous signalons l'existence des éditions posthumes des œuvres de Destouches publiées à Amsterdam et Leipzig par Arkstee et Merkus ; en 4 volumes en 1755, édition à laquelle un cinquième volume fut ajouté en 1759, et en cinq volumes en 1763, etc. Elles sont très correctes pour le texte aussi bien que pour la présentation matérielle. Les éditions posthumes hollandaises incorporent la majorité des œuvres diverses et ne souffrent pas des suppresions de tout ce qui pouvait révéler aux lecteurs la carrière d'acteur de Destouches. Tel est le cas de l'édition de 1757 et de celles préparées par Senonnes au XIXe siècle).

BIBLIOGRAPHIE

SOURCES MANUSCRITES

Registres des privilèges

BNF, ms. fr. 21942, f. 138 : privilège général de huit ans, à Destouches, pour ses pièces de théâtre, daté du 12 janvier 1713 (Cf. ms. fr. 21950, f. 550).

BNF, ms. fr. 21953, f. 485-486 : privilège général (n° 457) de huit ans, à Destouches, pour plusieurs pièces de théâtre de sa composition, daté du 20 mars 1727. Cession à Mademoiselle Le Breton, datée du 27 mars 1727.

BNF, ms. fr. 21955, f. 708 : « Cession de M. [*sic*] [Ribou, *biffé*] Le Breton a [*sic*] M. Prault de differens ouvrages » (Contient le texte d'un contrat passé entre Thérèse Le Breton, qui n'était pas libraire, et Destouches, datée du 18 mars 1727, et la cession du privilège des œuvres de Destouches, par Thérèse Le Breton, à Prault, datée du 21 mai 1734).

BNF, ms. fr. 21956, f. 63. Privilège de huit ans, à Destouches, pour « Diverses Pieces de Theatre de sa Composition », daté du 20 février 1735. *Ibid.*, f. 101 : cession du privilège à Prault, datée du 2 mai 1735 (enregistrée le 23). Cf. ms. fr. 22136, f. 1-2, pour les textes de ces contrats ; et *ibid.*, f. 2-4 pour d'autres négociations jusqu'en 1750.

BNF, ms. fr. 22136, f. 1-2 : document qui concerne l'impression et le paiement par Prault d'un recueil des œuvres diverses de Destouches ; signé par Destouches, et daté du 10 août 1737.

SOURCES IMPRIMÉES

ABIRACHED, Robert, *La Crise du personnage dans le théâtre moderne,* Paris, Grasset, 1978.

ALASSEUR, Claude, *La Comédie-Française au 18ᵉ siècle, étude économique,* Paris et La Haye, Mouton & Co., 1967.

ALEMBERT, Jean Le Rond d', « Éloge de Monsieur Destouches, lu le 25 août 1776 », in *Éloges lus dans les séances publiques de l'Académie Françoise,* Paris, Panckoucke, Moutard, 1779.

ALLETZ, Pons Augustin, *Leçons de Thalie,* Paris, Nyon, Guillyn, 1751, 2 vol.
— , *Manuel de l'homme du monde,* Paris, Guillyn, 1761.

ARGENSON, René Louis de Voyer de Paulmy, marquis d', *Notices sur les œuvres de théâtre,* publiées par H. Lagrave (*Studies on Voltaire and the Eighteenth Century,* 43-44), Genève, Institut et Musée Voltaire, 1966, 2 vol.

ATTINGER, Gustave, *L'Esprit de la Commedia dell'Arte dans le théâtre français,* Paris, Librairie Théâtrale, et Neuchâtel, La Baconnière, 1950.

BEAUCHAMPS, P.-F. G. de, *Recherches sur les théâtres de France,* Paris, Prault, 1735, 3 vol.

BENICHOU, Paul, *Morales du Grand Siècle,* Paris, NRF-Gallimard (coll. « Idées »), 1967.

BERGSON, Henri, *Le Rire ; essai sur la signification du comique,* 273ᵉ édition, Paris, Presses Universitaires de France, 1969.

BLANC, André, *F.C. Dancourt (1661-1725) ; la Comédie française à l'heure du Soleil couchant,* Tübingen, Gunter Narr, et Paris, Jean-Michel Place, 1984.

BLEGNY, Nicolas de (*dit* Abraham du Pradel), *Le Livre commode des adresses de Paris pour l'année 1692,* Paris, Daffis, 1878, 2 vol.

BLUCHE, François, *La Vie quotidienne de la noblesse française au XVIIIᵉ siècle,* Paris, Hachette, 1973.

BOILEAU-DESPRÉAUX, Nicolas, *Œuvres complètes,* introduction par Antoine Adam, textes établis par Françoise Escal, Paris, NRF-Gallimard, Bibliothèque de la Pléiade, 1970.

BOISSY, Louis de, *L'Embarras du choix,* Paris, Prault, 1742.

BONNEFON, Paul, « Néricault Destouches intime (lettres et documents inédits) », *Revue d'Histoire littéraire de la France* 14 (1907), p. 637-695.

BURNER, A., « Philippe Néricault Destouches (1680-1754) ; essai de biographie », *Revue d'Histoire littéraire de la France* 38, (1938) p. 40-73 et 177-211.

CALAME, Alexandre, *Regnard, sa vie et son œuvre,* Paris, Presses Universitaires de France, 1960.

CALDER, Andrew, *Molière ; the theory and practice of comedy,* Londres, Athlone Press, 1993.

CALLIÈRES, F. de, *Des mots à la mode (1692) ; Du bon et du mauvais usage dans les manières de s'exprimer (1693),* éd. : Genève, Slatkine Reprints, 1972.

CANOVA, Marie-Claude, *La Comédie,* Paris, Hachette, 1993.

CHALLE, Robert, *Les Illustres Françaises,* éd. F. Deloffre et J. Cormier, Genève, Droz, 1991.

CHEVALLEY, Sylvie, « Les Premières Assemblées des Comédiens Français », in *Mélanges offerts à Georges Couton,* Presses Universitaires de Lyon, 1981.

CIZERON-RIVAL, François-Louis, « Mémoire historique sur la vie et les ouvrages de feu Monsieur Néricault Destouches de l'Académie Françoise », in *Récréations littéraires,* Paris, Dessaint, 1765, p. 207-230.

CLÉMENT, Jean-Marie-Bernard et LA PORTE abbé Joseph de, *Anecdotes dramatiques,* Paris, Veuve Duchesne, 1775, 3 vol.

COLLÉ, Charles, *Journal et mémoires,* éd. H. Bonhomme, Paris, Firmin Didot, 1868, 3 vol.

COLLIN, Jean-François, dit d'Harleville, *L'Inconstant,* Paris, Prault, 1786.

CORVIN, Michel, *Dictionnaire encyclopédique du théâtre,* Paris, Bordas, 1991.

DAUMAS, Maurice, *Le Syndrome Des Grieux ; la relation père/fils au XVIIIᵉ siècle,* Paris, Seuil, 1990.

DAVID, Henri, « Un peu d'ordre dans la jeunesse orageuse de Néricault Destouches (1680-1710) », *Revue du dix-huitième siècle,* 1915-1918, vol. 3 (réimpr., Genève, 1970).

DAVIDSON, Hugh M., « La Vraisemblance chez d'Aubignac et Corneille ; quelques réflexions disciplinaires », in *L'Art du théâtre, mélanges en hommage à Robert Garapon,* Paris, Presses Universitaires de France, 1992, p. 91-100.

DESNOIRESTERRES, Gustave, *La Comédie satirique au XVIIIᵉ siècle,* Paris, Perrin, 1885.

DESTOUCHES, Philippe Néricault, *Œuvres de Monsieur Destouches,* de l'Académie Françoise. Nouvelle édition, revue, corrigée, considérablement augmentée [...], Amsterdam et Leipzig, Arkstée et Merkus, 1755-1799, 5 vol.
— , *Œuvres dramatiques de Néricault Destouches,* éd. A. de Lamotte Baracé, vicomte de Senonnes, Paris, Lefèvre, 1811, 6 vol.
— , *Théâtre de Destouches,* éd. L. Moland, Paris, Garnier, 1878.

Dictionnaire de l'Académie Françoise, Paris, J.-B. Coignard, 1694, 2 vol.

Dictionnaire universel français et latin, vulgairement appelé Dictionnaire de Trévoux, Paris, Les Libraires Associés, 1771, 8 vol.

DIDEROT, Denis, *Supplément au Voyage de Bougainville,* in *Œuvres philosophiques,* éd. P. Vernière, Paris, Garnier, 1964.

DUBOIS, Jean, LAGANE, René et LEROND, Alain, *Dictionnaire du français classique,* Paris, Larousse, 1971.

Du Bos, Jean-Baptiste, *Réflexions critiques sur la poésie et sur la peinture,* Paris, Jean Mariette, 1719, 2 vol.

Duckworth, George E., *The Nature of Roman Comedy, a study in popular entertainment,* Princeton, Princeton University Press, 1952.

Émelina, Jean, *Le Comique, essai d'interprétation générale,* Paris, SEDES, 1991.
— , *Les Valets et les servantes dans le théâtre comique en France de 1610 à 1700,* Grenoble, Presses Universitaires de Grenoble, 1975.

Fagan, Barthélémy-Christophe, *L'Inquiet,* in *Théâtre de M. Fagan et autres œuvres du même auteur,* Paris, Duchêne, 1760, 4 vol. : II

Fairchilds, Cissie, *Domestic Enemies ; servants and their masters in Old Regime France,* Baltimore et Londres, The Johns Hopkins University Press, 1984.

Furetière, Antoine, *Dictionnaire universel,* éd. : La Haye, Pierre Husson *et al.,* 1727, 4 vol.

Garapon, Robert, *La Fantaisie verbale et le comique dans le théâtre français du Moyen Âge à la fin du XVIIᵉ siècle,* Paris, Armand Colin, 1957.
— , « Sensibilité et sensiblerie dans les comédies de la seconde moitié du XVIIᵉ siècle », *Cahiers de l'Association Internationale des Études Françaises,* nᵒ 11 (mai 1959), p. 67-76 ; Paris, Les Belles Lettres.

Gouhier, Henri, *Le Théâtre et l'existence,* nouvelle édition, Paris, Vrin, 1980.

Grange, G., *Recueil de lettres inédites adressées à Danchet [...] par différents personnages et auteurs célèbres du XVIIIᵉ siècle,* Clermont-Ferrand, Imprimerie Ferdinand Thibaud, 1866.

Grimm, Friedrich Melchior, baron, *Correspondance littéraire, philosophique et critique,* éd. M. Tourneux, Paris, 1877-1882, 16 vol., t. I, II, VI, XI.

Gutton, Jean-Pierre, *Domestiques et serviteurs dans la France de l'Ancien Régime,* Paris, Aubier Montaigne, 1981.

HAASE, A., *Syntaxe française du XVIIe siècle,* nouvelle édition traduite et remaniée par M. Obert, 4e édition, Paris, Delagrave, 1935.

HALLAYS-DABOT, Victor, *La Censure théâtrale,* Paris, Dentu, 1862.

HANKISS, Jean, *Philippe Néricault Destouches, l'homme et l'œuvre,* Debreczen, François de Csathy, 1918.

HOFFMANN-LIPONSKA, Aleksandra, « Destouches et Voltaire, relations et correspondance », *Cahiers de Varsovie* 10 (1982), p. 251-258 et (discussion) 275-276.
        — , « Les Eléments bourgeois dans la comédie de Ph. Néricault Destouches », in *Le Théâtre dans l'Europe des Lumières, Acta Universitatis Wratislaviensis* 845, Wroclaw, 1985, p. 113-123.
        — , « Philippe Néricault Destouches et les "esprits forts" ; la polémique dans le *Mercure de France* », *Studia Romanica Posnaniensia* 7, (1981), p. 17-28.
        — , « Philippe Néricault Destouches ; étapes d'une carrière dramatique (1) », *Studia Romanica Posnaniensia* 8 (1981), p. 105-121.
        — , « Philippe Néricault Destouches ; étapes d'une carrière dramatique (2) », *Studia Romanica Posnaniensia* 10 (1983), p. 73-90.
        — , « Sur les Épigrammes de Philippe Néricault Destouches », in *Autour du XVIIIe siècle en France et en Pologne,* éd. E. Rzadkowska, Éditions de l'Université de Varsovie (*Les Cahiers de Varsovie* 12), 1985, p. 39-46.

HOWARTH, W.D., « La Notion de catharsis dans la comédie française classique », *Revue des Sciences Humaines* (1973), p. 521-539.
        — , « The Theme of Tartuffe in eighteenth-century comedy », *French Studies* 4 (1950), p. 113-127.

JOANNIDES, A., *La Comédie-Française de 1680 à 1920 ; dictionnaire général des pièces et des auteurs,* éd. : Genève, Slatkine Reprints, 1970.

— , *La Comédie-Française de 1680 à 1920 ; tableau des représentations par auteurs et par pièces,* Paris, Plon, 1921.

JOLLY, François-Antoine, *La Capricieuse,* in *Nouveau Théâtre Italien,* Paris, Briasson, 1733-1736, 9 vol., t. VI (1733).

JULLIEN, Adolphe, *Histoire du théâtre de Madame de Pompadour, dit théâtre des petits cabinets : Les Grandes Nuits de Sceaux : le théâtre de la duchesse du Maine, d'après des documents inédits ; L'Opéra secret au XVIII*^e *siècle (1770-1790),* éd. : Genève, Minkoff Reprint, 1978.

KARSTAN, David, *Roman Comedy,* Ithaca et Londres, Cornell University Press, 1983.

LAGRAVE, Henri, *Le Théâtre et le public à Paris de 1715 à 1750,* Paris, Klincksieck, 1972.

LANCASTER, Henry C., *The Comédie Française, 1680-1701, plays, actors, spectators, finances,* Baltimore, The Johns Hopkins Press et Londres, Oxford University Press, 1941.
— , *The Comédie Française, 1701-1774, plays, actors, spectators, finances,* Philadelphia, The American Philosophical Society, 1951.
— , *Sunset : a History of Parisian Drama in the Last Years of Louis XV, 1701-1715* (1945), réimpr. Westport (Conn.), Greenwood Press, 1976.

LARTHOMAS, Pierre, *Le Langage dramatique* (1972), éd. : Paris, Presses Universitaires de France, 1989.

LECLERC, Ludovic (dit Ludovic Celler), *Études dramatiques* II, Paris, J. Baur, 1875.

LEROY, Onésime, *L'Irrésolu,* in *Suite du répertoire du Théâtre Français ; comédies en vers,* Paris, 1823, vol. XII.

LOTTIN, Auguste-Martin, *Catalogue chronologique des libraires et des libraires-imprimeurs de Paris, depuis l'an 1470,* Paris, J.-R. Lottin de Saint-Germain, 1789.

LOUGH, John, *Paris Theatre Audiences in the Seventeenth and Eighteenth Centuries,* Londres, Oxford University Press, 1957 (réimpr. 1972).

LYONNET, Henry, *Dictionnaire des Comédiens Français (ceux d'hier) ; biographie, bibliographie, iconographie* (1904), éd. : Genève, Slatkine, 1969, 2 vol.

MARMONTEL, Jean-François, « Comédie », in *Encyclopédie...,* éd. D. Diderot et J. Le Rond d'Alembert, vol. III (Paris, 1753), New York, Readex Microprint Corporation, 1969.

MAUREL, André, *La Duchesse du Maine, reine de Sceaux,* Paris, Hachette, 1928.

MAZA, Sarah C., *Servants and Masters in Eighteenth-Century France ; the uses of loyalty,* Princeton, Princeton University Press, 1983.

MAZOUER, Charles, « L'Église, le théâtre et le rire au XVIIe siècle », in *L'Art du théâtre* (Mélanges Garapon, voir Davidson, *supra*).

MÉLÈSE, Pierre, *Répertoire analytique des documents contemporains d'information et de critique concernant le théâtre à Paris sous Louis XIV, 1659-1715,* Paris, Droz, 1934.
— , *Le Théâtre et le public à Paris sous Louis XIV, 1659-1715,* Paris, Droz, 1934.

MOLIÈRE, Jean-Baptiste Poquelin, *Œuvres complètes,* éd. G. Couton, Paris, NRF-Gallimard, Bibliothèque de la Pléiade, 1971, 2 vol.

MORAUD, Yves, *La Conquête de la liberté de Scapin à Figaro,* Paris, Presses Universitaires de France, 1981.

MOREL, Jacques, *Agréables mensonges ; essais sur le théâtre français du XVIIe siècle,* Paris, Klinckseick, 1991.
— , *Jean Rotrou, dramaturge de l'ambiguïté,* Paris, Armand Colin, 1968.

MOUHY, Charles de Fieux, chevalier de, *Tablettes dramatiques,* Paris, S. Jorry, 1752-1753, 2 pt.

MOUREAU, François, *Dufresny, auteur dramatique (1657-1724),* Paris, Klincksieck, 1979.
— , *Les Presses grises ; la contrefaçon du livre (XVIe-XIXe siècles),* textes réunis par François Moureau, Paris, Aux Amateurs des Livres, 1988.

MYERS, Robert L., *The Dramatic Theories of Elie-Catherine Fréron,* Genève, Droz, et Paris, Minard, 1962.

ORLÉANS, Élisabeth Charlotte, duchesse d', *Correspondance,* 3e éd., traduction et notes par Ernest Jaëglé, Paris, E. Bouillon, 1890, 3 vol.

PARFAICT, François et Claude, *Dictionnaire des théâtres de Paris,* Paris, Lambert, 1756, 7 t.
— , *Histoire du théâtre français depuis son origine jusqu'à présent,* Paris, Le Mercier et Saillant, 1745-1749, 15 vol.

PEIRCE, Walter, « Destouches and Molière », *Modern Language Notes* 29, 4 (1914), p. 104-105.

PONT-DE-VESLE, Antoine de Ferriol, comte de, *Le Complaisant,* Paris, Le Breton, 1733.

REGNARD, Jean-François, *Œuvres de Regnard,* éd. E. Fournier, Paris, Laplace, Sanchez et Cie., 1876, 2 vol.
— , *Attendez-moi sous l'orme, La Sérénade et Le Bal, comédies,* éd. C. Mazouer, Genève, Droz, 1991.
— , *Le Joueur,* éd. J. Dunkley, Genève, Droz, 1986.
— , *Le Légataire universel,* suivi de *La Critique du* « Légataire », éd. C. Mazouer, Genève, Droz, 1994.

ROUGEMONT, Martine de, *La Vie théâtrale en France au XVIIIe siècle,* Paris et Genève, Champion-Slatkine, 1988.

ROUSSEAU, Jean-Baptiste, *Le Capricieux,* in *Pièces de théâtre,* vol. III, Paris, Ribou, 1716.

SCHERER, Jacques, *La Dramaturgie classique en France,* Paris, Nizet, 1950.

SEGUIN, Jean-Pierre, *La Langue française au XVIIIe siècle,* Paris, Bordas (coll. « Études »), 1972.

SMADJA, Éric, *Le Rire,* Paris, Presses Universitaires de France (coll. « Que sais-je ? »), 1993.

SMITH, Marie-France Caulry, « Comedy and Social Criticism ; the peaceful revolution of Philippe Néricault Destouches » (thèse en microfiches), Ann Arbor (Mi), University Microfilms International, 1991.

STREICHER, Jeanne (éd.), *Commentaires sur les « Remarques » de Vaugelas,* Paris, E. Droz, 1936, 2 vol.

TRUCHET, Jacques (éd.), *Théâtre du XVIIIᵉ siècle,* Paris, NRF-Gallimard, Bibliothèque de la Pléiade, 1972-1974, 2 vol.

TRUCHET, Jacques, et BLANC, André (éditeurs), *Théâtre du XVIIᵉ siècle,* III, Paris, NRF-Gallimard, Bibliothèque de la Pléiade, 1992.

UBERSFELD, Anne, *Lire le théâtre,* 4ᵉ édition, Paris, Éditions Sociales, 1982.

VAUGELAS, Claude Favre de, *Remarques sur la langue française,* éd. J. Streicher, Paris, Droz, 1934.

VITTU, Jean-Pierre, « Public et folies dramatiques : la Comédie-Française (1680-1716) », in *Problèmes socioculturels en France au XVIIᵉ siècle,* Paris, Klincksieck, 1974, p. 89-145.

VOLTAIRE, François Marie Arouet de, *Correspondence,* éd. T. Besterman, Genève et Banbury, The Voltaire Foundation, 1968-1977, 51 vol.

— , *Le Siècle de Louis XIV,* éd. A. Adam, Paris, Garnier-Flammarion, 1966, 2 vol.

VOLTZ, Pierre, *La Comédie,* Paris, Armand Colin, 1964.

WADE, Ira O., « Destouches in England », *Modern Philology,* août 1931, p. 27-47.

L'IRRESOLU,

COMEDIE.

Par Monsieur NERICAULT DESTOUCHES.

A PARIS.

Chez FRANÇOIS LE BRETON au bout du
Pont-Neuf, proche la ruë de Guenegaud,
à l'Aigle d'Or.

M. DCCXIII.

Avec Approbation & Privilege du Roy.

Page de titre de l'édition originale.

Il est ordonné par Edit de Sa Majesté de 1686. & Arrest de son Conseil, que ses Livres dont l'impression se permet par chacun des Privileges, ne seront vendus que par un Libraire ou Imprimeur.

Registré sur le Registre N. 331. de la Communauté des Imprimeurs & Libraires de Paris, page 322. conformement aux Reglemens, & notamment à l'Arrest du 13. Aout 1703. Fait à Paris ce 31. jour de Mars 1712. **L. Josse.** *Syndic.*

Et ledit sieur Destouches a cedé & transporté son droit à François le Breton, suivant l'accord fait entr'eux.

APPROBATION

J'ay lû par ordre de Monseigneur le Chancelier, les Piéces de Theatre du sieur NERICAULT DES-TOUCHES : sçavoir, *le Curieux impertinent, l'Ingrat, l'Irresolu, Comedies,* & j'ay cru que le Public en verroit avec plaisir l'impression. Fait à Paris ce 11 Janvier 1713.

DANCHET.

PRIVILEGE DU ROY.

LOUIS par la grace de Dieu Roy de France & de Navarre à nos amés & Feaux Conseillers, les Gens tenant nos Cours de Parlement, Maîtres des Requêtes ordinaires de nôtre Hôtel, Grand Conseil, Prevôt de Paris, Baillifs, Sénéchaux, leurs Lieutenans Civils & autres nos Justiciers, & Officiers qu'il appartiendra ; SALUT. Notre amé le sieur NERICAULT DESTOUCHES nous ayant fait remontrer qu'il desireroit faire imprimer *les piéces de Theatre de sa composition,* s'il nous plaisoit luy accorder nos Lettres de Privilege sur ce necessaires, nous avons permis & permettons audit Exposant par ces Presentes, de faire imprimer lesdites piéces de Theatre en telle forme, marge, caractere, & autant de fois que bon luy semblera, par tel Imprimeur & Libraire qu'il voudra choisir, & de les faire vendre & débiter par tout notre Royaume pendant le tems de huit années consécutives, à comter du jour de la datte d'icelles ; faisons deffences à toutes sortes de personnes de quelque qualité & condition qu'elles soient, d'en introduire d'impression étrangere en aucun lieu de notre obéissance, & à tous Imprimeurs, Libraires & autres, d'imprimer, faire imprimer, vendre & contrefaire lesdites Piéces en tout ni en partie, sous quelque prétexte que ce soit, sans la permission expresse, & par écrit dudit Exposant, ou de ceux qui auront droit de luy ; à peine de confiscation des exemplaires contrefaits, de quinze cents livres d'amende contre chacun des contrevenans, dont un tiers à l'Hôtel-Dieu de Paris, un tiers au dénonciateur, & l'autre tiers audit exposant ; & de tous dépens, dommages & interêts ; à la charge que ces Presentes seront enregistrées tout au long sur le Registre de la Communauté des Imprimeurs & Libraires de Paris, & ce dans trois mois du jour & datte desdites Presentes : Que l'impression desdites Piéces sera faite dans notre Royaume & non ailleurs, & ce conformement aux Reglemens de la Librairie, & qu'avant de l'exposer en vente il sera mis deux exemplaires dans notre Bibliotheque publique, un dans notre Château du Louvre, & un dans celle de notre trés-cher & feal Conseiller-Chancelier de France le sieur Phelypeaux, Comte de Ponchartrain, Commandeur de nos Ordres ; le tout à peine de nullité des Presentes, du contenu desquelles vous mandons & enjoignons de faire joüir & user ledit Exposant ou ses ayant cause pleinement & paisiblement, sans souffrir qu'il leur soit causé aucun trouble ou empêchement : Voulons que la copie d'icelles qui sera imprimée au commencement ou à la fin desdites Piéces, soit tenue pour bien & duëment signifiée, & qu'aux copies collationnées par l'un de nos amés & feaux Conseillers & Secretaires, foy soit ajoûtée comme à l'original ; commandons au premier notre Huissier ou Sergent, de faire pour l'exécution des Presentes tous actes requis & necessaires sans autre permission, nonobstant clameur de Haro, Chartre Normande & autres Lettres à ce contraires : Car tel est notre plaisir. Donné à Versailles le quinziéme jour de Janvier ; l'an de grace mil sept cens treize, & de notre regne le soixante-dix ; Par le Roy en son Conseil.

DE LA VIEUVILLE.

Il est ordonné par Edit de sa Majesté de 1686. & Arrêt de son Conseil, que les livres dont l'impression se permet par chacun des Privileges, ne seront vendus que par un Libraire ou Imprimeur.

Registrée sur le Registre N° 5. de la Communauté des Libraires & Imprimeurs de Paris pag. 650. N° 607. conformément aux Reglemens de la Librairie, & notamment à l'Arrêt du 13. Aout 1705. Fait a Paris le 21. Janvier 1713.

L. JOSSE Syndic.

Et ledit sieur Nericault Destouches a cedé son Privilege pour l'Irrésolu seulement, audit sieur le Breton, suivant l'accord fait entr'eux.

A MONSIEUR

LE MARQUIS

DE COURCILLON,

Gouverneur de la Province de Touraine.

Monsieur,

Il y a long-tems que je reçois des marques de la protection dont vous m'honorez : Il y a long-tems aussi que je souhaite de vous en témoigner ma reconnoissance. Mais, MONSIEUR, par quel moyen puis-je m'acquiter de ce devoir ? sera-ce en vous dédiant l'Irrésolu ? il ne merite pas de vous être presenté. S'il partoit de la plume de ces grands Hommes, qui par des traits qu'on admirera toujours, ont sçû se rendre les délices du Public ; vous pourriez le recevoir comme un hommage qui seroit dû, à un esprit aussi éclairé, à un goût aussi délicat que le vôtre. L'Ouvrage seroit digne de vous, MONSIEUR, l'accueil que vous luy feriez seroit digne de l'Ouvrage. Mais la Comedie que je prends la liberté de vous dédier, ne peut me faire esperer un sort si glorieux. *Cependant quelque imparfaite qu'elle ma paroisse à moy-même, vous avez bien voulu permettre qu'elle vous fût presentée. Muni d'un secours aussi puissant, j'ose esperer quelque grace des Lecteurs, sur des défauts que j'aurois certainement évitez, si j'avois autant de lumieres & d'experience, que j'ay de désir d'amuser le Public par des productions dignes de ses suffrages. Ce sera donc l'honneur de votre protection, MONSIEUR, qui fera seul le merite de cette Comedie. C'est une nouvelle grace que vous ajoûtez à toutes celles dont je vous suis redevable. Quelle generosité ! Pour répondre en quelque sorte à tant d'obligations, je devrois presentement aux yeux du public, vous donner toutes les loüanges que vous meritez : Quel éloge ne ferois-je point de vous ? Oüi de vous-même, MONSIEUR, quelque ennemi que vous soyez des loüanges. Je parlerois des marques également tristes & glorieuses, que vous portez de votre valeur. Je dirois qu'après s'estre signalée dans les occasions les plus périlleuses, elle a fait voir en vous une constance & une fermeté, à l'épreuve du plus terrible appareil, & des douleurs les plus insuportables. Mais je ne puis entreprendre de traiter ce sujet ; mes forces ne répondent point à mon zele : Je ne dois aspirer qu'à vous le faire connoître : Daignez en agréer les témoignages, & souffrez, MONSIEUR, qu'avant que de finir, j'ose faire éclater ici ma joye, & celle de toute la Province où je suis né. Le Roy vient de vous donner le Gouvernement de la Touraine. Que nous partageons bien la recompense de vos services ! Accoutumée aux graces & aux bienfaits de Mr. le Marquis de Dangeau votre Père, la Touraine doit se flater de recevoir de vous, des traitemens aussi doux & aussi favorables.*

Toutes vos belles qualités les luy promettent ; aussi puis-je vous assurer que sa reconnoissance, & la haute idée qu'elle a conceuë de vous, MONSIEUR, l'engagent à faire incessamment des vœux au Ciel pour votre Personne, & pour toute votre illustre Maison. Je pourrois vous répondre de ses sentimens sur ce sujet, s'ils ne vous estoient pas aussi connus qu'à moy-même. Pour moy je prens la liberté de vous assurer, que je serai toute ma vie, avec beaucoup de respect & de dévouëment,

MONSIEUR,

Votre trés-humble & trés-obéissant serviteur,

NÉRICAULT DESTOUCHES.

ACTEURS

PYRANTE, Vieillard.

LYSIMON ancien ami de Pyrante.

Madame ARGANTE, Veuve.

CÉLIMÈNE,
JULIE,   } Filles de Madame ARGANTE

DORANTE, Fils de Pyrante.

LE CHEVALIER, Fils de Lysimon.

NÉRINE, Femme de Chambre de Me. ARGANTE

FRONTIN, Valet de Chambre de DORANTE

La Scene est à Paris dans un Hôtel garni.

---

1. L'édition A imprime « Me. » pour Madame.

ACTE I

PYRANTE, LYSIMON.

PYRANTE

Oui cette Veuve est folle, & son extravagance
A souvent, j'en conviens, lassé ma patience,
Mais depuis tout le tems que vous êtes ici,
Vous vivez avec elle, & j'y puis vivre aussi.

LYSIMON

5 J'y vis en enrageant, & maudis cent fois l'heure
Où dans cette maison j'ay choisi ma demeure.
Allons loger ailleurs.

PYRANTE

Je n'y puis consentir.

LYSIMON

Vous aurez bientôt lieu de vous en repentir.

PYRANTE

Enfin quoi qu'il en soit, une raison pressante
10 M'oblige à demeurer avec Madame Argante

LYSIMON

Mais vous n'y reveniez que pour l'amour de moy,
Disiez-vous.

PYRANTE

Je conviens...

LYSIMON

                    Parlons de bonne foy.
Cette raison pressante est facile à connoître,
Et de vos volontés votre Fils est le maître,
15 C'est lui qui vous oblige à vous loger ici

PYRANTE

Comme il l'a souhaité, je le souhaite aussi.

LYSIMON

Voulez-vous que je parle avec franchise entiere ?
Il est trés-mauvais Fils, & vous trés-mauvais Pere,
A ce Fils trop aimé vous ne refusez rien.

PYRANTE

20 Non.

LYSIMON

    Il fait votre office & vous faites le sien.
O quel renversement ! N'avez-vous point de honte ?

PYRANTE

Vous desaprouvez donc ma conduite à ce compte ?

LYSIMON

En doutez-vous morbleu ? Qui voudroit l'approuver ?

PYRANTE

Tous ceux qui comme moy pourroient s'en bien trouver.
25   Imitez mon exemple, & dans huit jours je gage...

LYSIMON

Autoriser mon Fils dans le libertinage ?

PYRANTE

Bien loin de l'y plonger vous l'en retirerez.

LYSIMON

C'est en vain sur cela que vous me prêcherez,
Vous blâmez ma conduite, & je blâme la vôtre.

PYRANTE

30   Oüi, mais la plus heureuse est préferable à l'autre.

LYSIMON

Et que fait donc ce Fils de beau, de merveilleux ?

PYRANTE

Apprenez-le en deux mots, il fait ce que je veux.

LYSIMON

Je trouve qu'en cela sa peine n'est pas grande,
Car vous voulez toujours tout ce qu'il vous demande.

PYRANTE

35 Moy ? je cherche son goût, il se conforme au mien,
    Mon fils est mon ami, comme je suis le sien.

LYSIMON

Ma foy vous radotez, je vous croyois plus sage.

PYRANTE

Je ne me repens point de suivre cet usage.
Dès ses plus jeunes ans j'ay voulu le former.
40 Le succès de mes soins a droit de me charmer.
    D'abord en lui parlant je pris un air severe
    Pour lui faire sentir l'autorité de Pere :
    La crainte & le respect ayant saisi son cœur,
    A la severité je joignis la douceur.
45 Je lui parlois raison dès l'âge le plus tendre
    Et je l'accoûtumois tous les jours à l'entendre.
    Il connût ses devoirs, non par le châtiment,
    Mais par l'obéissance & le raisonnement.
    S'il y manquoit par fois, la rougeur dès cet âge,
50 Quand je l'en reprenois luy montoit au visage.
    Et je reconnoissois en sondant son esprit
    Qu'il rougissoit de honte, & non pas de dépit.

LYSIMON

Moy, je rougis pour vous de depit & de honte,
De voir que vous puissiez me faire un pareil conte.

PYRANTE

55 Écoutez jusqu'au bout.

LYSIMON

                            Je suis las d'écouter.

PYRANTE

Écoutez-moy, vous dis-je, afin d'en profiter.
Quand j'eus formé son cœur...

LYSIMON

Son cœur ! le beau langage !

PYRANTE

Eh bien il ne faut pas vous parler davantage.

LYSIMON

Oh ça, sans vous piquer de ma sincerité,
60 Dites-moi si ce Fils si sage, si vanté
N'a point quelque défaut.

PYRANTE

J'ay pris un soin extrême
De connoître mon Fils aussi bien que moy-même.
Son cœur est excellent, il a beaucoup d'esprit,
Ce que je vous dis là, tout le monde le dit :
65 Mais pour avoir trop jeune acquis trop de lumieres,
Il est irresolu sur toutes les matieres,
Chaque chose a pour lui mille difficultés,
Il l'examine à fond, la prend de tous côtés,
Et ses reflexions font qu'en chaque rencontre,
70 Après avoir trouvé cent raisons pour & contre
Il demeure en suspens, ne se résout à rien,
Et voilà son défaut, car chacun a le sien.

LYSIMON

Et vous voyez cela, sans vous mettre en colere ?

PYRANTE

Oüi, mais je le plains fort. Je vis son caractere
75   Lorsqu'il fut question d'embrasser un état.

LYSIMON *à part.*

Bon, le Fils extravague, & le Pere est un fat.

PYRANTE

Plaît-il ?

LYSIMON

                    Rien.

PYRANTE

                    Sa raison fut long-tems occupée
A le déterminer pour la robe ou l'epée :
Enfin il souhaita d'avoir un Régiment.
80   J'y souscrivis d'abord, j'en obtins l'agrément.

LYSIMON

Fort bien.

PYRANTE

          Deux jours après il crut tout au contraire,
Qu'une charge de Robe étoit mieux son affaire.

---

79   **souhaita d'avoir** : L'emploi de *de* après souhaiter était moins
rare dans la langue classique que dans la langue moderne.
Th. Corneille accepta la présence de *de* tout en notant qu'elle
n'était pas nécessaire. Richelet affirma que l'usage voulait que
souhaiter fût suivi de *de* lorsque ce verbe se construisait avec un
infinitif ; voir Haase, § 112, 1°, Rem. I.

LYSIMON

Eh bien, que fîtes-vous ?

PYRANTE

            Je me fis un plaisir
De pouvoir en cela contenter son desir.
85 J'avois mis cette affaire en train d'être concluë
Quand mon Fils tout à coup vint s'offrir à ma vûë,
Les yeux baignez de pleurs, embrassant mes genoux,
Avoüant qu'il avoit merité mon couroux,
Mais que si je voulois terminer ses allarmes,
90 Je le destinerois pour le métier des armes :
Il s'est dans ce métier distingué de façon,
Que j'ai connu depuis qu'il avoit eu raison,
Et que j'ay résolu le reste de ma vie
De le laisser en tout contenter son envie.

LYSIMON

95 C'est fort bien fait à vous : Pour moy j'ai résolu
Que mes enfans feront ce que j'aurai conclu,
Point de quartier morbleu. Mon Fils aîné Clitandre
Vouloit être d'Epée, & loin d'y condescendre
J'ai voulu qu'il portât la Robe & le Rabat.

PYRANTE

100 Et vous en avez fait un mauvais Magistrat.

LYSIMON

Bon, il n'est pas le seul, c'est ce qui me console,
Le second de mes Fils n'est qu'une franche idole,

---

102 **idole** : L'ancien sens de *spectre* était vieilli au dix-huitième siècle. Ici il faut entendre un « être qui n'éprouve ou n'inspire aucun sentiment, qui n'exerce aucune action » (*Dictionnaire du français classique*).

Vous le sçavez.

PYRANTE

Eh bien.

LYSIMON

          J'en ay fait un Abbé.
On m'a parlé pour lui, je n'ay point succombé.
105 Quand j'ay pris un parti, rien ne peut m'en distraire,
Lors qu'on est d'un avis, j'en prens un tout contraire.

PYRANTE

Et votre Chevalier ?

LYSIMON

          Ce n'est qu'un étourdi.
J'en fais un Mousquetaire. Il s'est long-tems roidi
Contre un pareil dessein, mais il a du courage,
Il faut...

PYRANTE

110   N'en dites pas s'il vous plaît d'avantage.
Un si dur procedé me fache au dernier point,
Et je vous promets bien de ne l'imiter point.

SCENE II

PYRANTE, LYSIMON, FRONTIN

FRONTIN *à Pyrante*.

Je vous cherche, Monsieur, avec impatience.

PYRANTE

Eh bien, que fait mon Fils ?

FRONTIN

                    Il réfléchit, il pense,
115 Il me chasse, il m'appelle, il est assis, debout,
     Il court, puis il s'arrête, il balance, il résout,
     Il est joyeux, rêveur, plaisant, mélancolique ;
     Il approuve, il condamne, il se taît, il s'explique,
     Il sort de la maison, il y rentre aussi-tôt,
120 Il veut, il ne veut plus, ne sçait ce qu'il lui faut,
     Et voilà pour vous faire un récit bien sincere,
     De Monsieur votre Fils le manege ordinaire.

PYRANTE

     Il n'est pas question de ce beau récit-là,
     Et depuis trés long-tems, je connois tout cela.
125 Tu sçais que me trouvant sur le déclin de l'âge,
     Je voudrois voir mon Fils songer au mariage.

FRONTIN

     De vos ordres secrets je me suis acquité
     Avec beaucoup de zéle & de dexterité :
     Hier au soir j'employai mes soins & mon adresse
130 Pour luy persuader de prendre une Maîtresse
     Qui portast ses desirs au lien conjugal,
     Je le prêchai long-tems, & ne prêchai pas mal.
     Je suois sang & eau.

PYRANTE

                    Quelle fut sa réponse ?

FRONTIN

     Ah belle tout-à-fait & digne qu'on l'annonce !

PYRANTE

135   Eh bien il répondit ?

FRONTIN

Il ne répondit rien,
Mais, Monsieur, mon discours l'endormit assez bien.

LYSIMON

Il se moque de vous.

FRONTIN

Non, je me donne au Diable.

PYRANTE

Je crois que ce qu'il dit est assez veritable.
Ainsi donc tes discours ont esté sans effet ?

FRONTIN

140   Pardonnez-moy vraiment. J'en suis trés-satisfait.
En voici les raisons en fort peu de paroles.
Ce matin...

LYSIMON

Il vous va conter des fariboles.

FRONTIN

Eh mais, si Monsieur veut contrarier toujours,
Je ne finirai pas mon récit en deux jours.

PYRANTE

145   Eh laissez-le parler.

FRONTIN

                    Ce matin donc mon Maître,
Au moment que le jour commençoit à paroître,
S'est levé tout joyeux. Cher Frontin, m'a-t-il dit,
Tes discours ont long-tems occupé mon esprit.
Tout bien consideré je me trouve en un âge
150 Où je dois en effet songer au mariage.
Je ne balance plus, le dessein en est pris.

PYRANTE

Plus agreablement pouvois-je être surpris ?
Tien ; voila deux Louis pour la bonne nouvelle.

FRONTIN

Trés-obligé. Je sors. Mon Maître me rappelle,
155 Je l'habille, il se taît. Quand il est habillé,
Je rêvois, me dit-il, tantôt tout éveillé.
Qui moy me marier ? Ah je n'ai point d'envie
D'aller risquer ainsi le repos de ma vie.

LYSIMON

Je vous l'avois bien dit, qu'il se moquoit de vous.

PYRANTE

160 Allons Coquin, rends-moy mes deux Louis.

FRONTIN

                              Tout doux.
Ceci ne finit pas comme on pourroit le croire.
Ecoutez, s'il vous plaît, la fin de mon histoire.
Il sort : A son retour il paroît tout changé ;
Il brûle de se voir par l'hymen engagé.
165 D'un semblable projet je ne faisois que rire :

Mais comme il m'a permis de venir vous le dire
Et de vous assûrer qu'il ne changera point,
Je crois qu'il ne peut plus reculer sur ce point.

PYRANTE

C'est bien dit : Il me craint, il m'aime, il me respecte.
170   Sa résolution ne peut m'être suspecte.
Mais dis-moy...

FRONTIN

Quoi, Monsieur ?

PYRANTE

Je serois curieux
De sçavoir s'il n'a point encor jetté les yeux
Sur quelque objet...

FRONTIN

Eh oüi. C'est ce qui fait sa peine.

PYRANTE

Comment ? A-t-on pour lui du mépris, de la haine ?

FRONTIN

175   Non ce n'est point cela. La peine où je le vois,
C'est qu'il aime, Monsieur, deux Belles à la fois.
L'un de ces deux objets est une jeune Blonde
Qui paroît à ses yeux la plus belle du monde ;
Et l'autre est une Brune aux yeux vifs & perçans

---

177 **objet :** *femme aimée ;* emploi fréquent dans la langue
classique.

180   Dont les charmes sur lui ne sont pas moins puissans.
      Le serieux de l'une & sa langueur touchante
      Lui disent qu'elle est tendre, & fidelle & constante,
      Mais l'enjouëment de l'autre, & sa vivacité
      Ont un attrait piquant dont il est enchanté.
185   Enfin passant toujours de la Blonde, à la Brune,
      Il les veut toutes deux & n'en choisit aucune,
      Et quant à moy, je crois que pour le rendre heureux,
      Il les luy faudroit faire épouser toutes deux.

PYRANTE

      Finis ce badinage, & tire-moy de peine.
190   Qui sont ces deux objets ?

FRONTIN

                Julie & Celimene.

PYRANTE

      Je ne m'étonne plus s'il a tant souhaité
      Que je logeasse ici.

FRONTIN

              Pour sa commodité.
      Il a voulu loger avec Madame Argante,
      Et la chose en sera beaucoup moins fatigante,
195   Car nous ferons l'amour-sans quiter la maison.

---

183 **vivacité** : Les dictionnaires de Trévoux et de Furetière citent
des exemples qui soulignent la nuance péjorative de ce mot ; ainsi
Furetière : « La *vivacité* n'a d'ordinaire rien de solide » et « Des
qualitez aussi opposées, que la *vivacité* & le bon sens, ne se ren-
contrent pas toûjours ensemble ».

PYRANTE

Je m'étois bien douté que c'étoit la raison...

LYSIMON

Si vous vous en doutiez, c'est par là ce me semble,
Qu'il falloit éviter de loger tous ensemble.

PYRANTE

Pourquoy ?

LYSIMON

     Vous souffrirez sans en être honteux,
200 Qu'à vos yeux votre Fils fasse le langoureux ?

PYRANTE

Sans doute.

LYSIMON

     Vous pourrez avoir la patience
De l'entendre parler de flâme, de constance,
Et vous tiendrez enfin à tous ces sots discours
Que nos Amants transis rebattent tous les jours ?

PYRANTE

205 Oüi : mon Fils est d'un âge à sentir dans son ame
Les tendres mouvemens d'une amoureuse flâme.

LYSIMON

Les tendres mouvemens ! Quels termes doucereux !
Je crois qu'en un besoin vous seriez amoureux.

PYRANTE

Non mon tems est passé : Mais comme en ma jeunesse
210　J'ai goûté les plaisirs d'une vive tendresse,
Je dois trouver fort bon que mon Fils à son tour
S'abandonne aux transports d'un legitime amour ;
Je ne condamne point ce que j'ay fait moy-même.
J'aimois quand j'étois jeune, il faut que mon Fils aime.

LYSIMON

215　Mais pouvez-vous souffrir qu'il songe à s'allier
Avec Madame Argante ? Elle est folle à lier.

PYRANTE

Oüi, mais ses Filles sont aussi sages que belles.

LYSIMON

Elles ont peu de bien.

PYRANTE

Mon Fils en a pour elles.

LYSIMON

Je ne replique rien tant je suis en couroux.
220　Mais je vous avertis que je romps avec vous.
Plus de commerce ensemble... Adieu, je me retire.

PYRANTE

Adieu donc.

LYSIMON

Serviteur.

Scene III

PYRANTE, FRONTIN

PYRANTE

Il faut le laisser dire.
Que Dorante choisisse en toute liberté
J'y consens, mais voici ce que j'ay projetté.
225 Je vais tout au plutôt trouver Madame Argante
Pour tâcher d'obtenir qu'elle accorde à Dorante
Julie ou Celimene, après qu'il m'aura dit
Celle qui luy convient.

FRONTIN

Voyla sans contredit
Le plus sage dessein que l'on pût jamais prendre.
230 Allez l'exécuter, & moy je vais attendre
Que Dorante...

PYRANTE

Sur tout, parle luy sagement,
Et ne luy marque rien de mon empressement.

Scene IV

FRONTIN *seul.*

Jamais Pere fut-il ni meilleur, ni plus sage ?

---

225 **tout au plutôt** : Haase note qu'on écrivait souvent *plutôt*
pour *plus tôt* au dix-septième siècle. Le sens de *tôt,* surtout dans
les écrits poétiques de l'époque, était : vite, rapidement, immédiatement (*op. cit.,* § 96, « Tôt »).

Mais j'apperçoy mon Maître. On voit sur son visage
235 L'irresolution peinte avec tous ses traits.
     Puisqu'il ne me voit pas, approchons de plus près.

SCENE V

DORANTE, FRONTIN

DORANTE

Ah ! te voilà Frontin

FRONTIN

Oüi, Monsieur, c'est moy-meme.

DORANTE *se promenant*

Frontin...

FRONTIN

Monsieur.

DORANTE

Je suis dans une peine extrême...
Le Carrosse est-il prêt ?

FRONTIN

Oüi, depuis ce matin.

DORANTE

240 Je m'en vais. Tu diras à mon Pere... Frontin,
     Tu ne lui diras rien.

FRONTIN

Bon, la chose est facile.

DORANTE *s'en va, puis il revient.*

Qu'on ne m'attende point. Je dois dîner en Ville.

FRONTIN

Cela suffit.

DORANTE *se promenant toujours.*

Je croy qu'il seroit a propos...
Frontin. Dis au Cocher qu'il ôte les Chevaux,
245   Je ne sortiray point.

FRONTIN

Vous avez une affaire...

DORANTE

Fais ce que l'on te dit.

FRONTIN

Soit, je m'en vais le faire.

SCENE VI

DORANTE *seul*

Enfin... J'aurois mieux fait cependant de sortir.

_____

242 **dîner** : prendre le repas de midi.

Eh ne te presse point de l'aller avertir.
Mais il ne m'entend plus. Restons. Le Mariage
250 Est un joug trop pesant, & plus je l'envisage...
Non, ne nous mettons point au rang de ces Maris
Dont le sort...

SCENE VII

DORANTE, FRONTIN

DORANTE

Ah ! Frontin, voilà mon parti pris.

FRONTIN

Tout de bon ?

DORANTE

Tout de bon

FRONTIN

Quoy déjà ?

DORANTE

Chose sûre.

FRONTIN

Tant pis. Cela n'est pas d'un favorable augure.

DORANTE

255 Pourquoy ?

FRONTIN

Quand vous voulez decider promptement
Cela ne dure au plus que le quart d'un moment.

DORANTE

Non c'en est fait, te dis-je, & pour toute ma vie.

FRONTIN

En jureriez-vous ?

DORANTE

Ouy.

FRONTIN

      J'en ay l'ame ravie.
Laquelle épousez-vous ?

DORANTE

  Laquelle ?

FRONTIN

      Ouy dittes-moy,
260 Est-ce Julie à qui vous donnez votre foy ?
C'est elle assûrément. Je voy que je devine.
Mais vous tournez la tête, & vous faites la mine.
Prenez-vous Celimene ? hem ? vous ne dites mot.

DORANTE

Ne cesseras-tu point de parler comme un sot ?

FRONTIN

265 Comment ?

DORANTE

J'épouserois Julie ou Celimene ?

FRONTIN

Oüi, vrayment, & je croy la chose bien certaine.

DORANTE

Et sur quoy le crois-tu ?

FRONTIN

Plaisante question !
N'en aviez-vous pas pris la resolution ?

DORANTE

Oüi, tu dis vray. Mais grace à mon heureuse étoile,
270 Je ne suis plus aveugle, & j'ay brisé le voile
Qui cachoit à mes yeux les dangers & l'ennuy
Que dans le Mariage on essuye aujourd'huy.
      Ouy, tout ce que je voy m'attriste ou m'épouvente.
Ma Femme sera prude, ou bien sera galante.
275 Prude, elle m'ôtera toute ma liberté,
Et voudra gouverner avec autorité.
Inquiette, jalouse, altiere, soupçonneuse,
Triste, vindicative, & sur tout, querelleuse.
      Si ma Femme est galante, à quoy suis-je exposé ?
280 Mari très-incommode, ou très apprivoisé,
Par trop de complaisance, ou par trop de scrupule,
D'un ou d'autre côté, je deviens ridicule.
      Si je me mets au rang des maris trop prudents
Tranquille aux yeux de tous, jurant entre mes dents,
285 Je n'entretiendray seul mon infidelle épouse,
Que pour donner carriere à ma fureur jalouse,
Et je ne réponds pas qu'enfin cette fureur...
Non, en fuyant l'hymen, j'évitte mon malheur.

FRONTIN

Tenez[,] vos sentimens ne sont plus à la mode.
290 Et tout cela, Monsieur, sent l'ancienne methode.
Autrefois sur l'honneur on étoit delicat,
Un Mari qui s'en pique à present, est un fat.
Mais d'ailleurs ce qui peut calmer votre épouvente,
Toute Femme après tout, n'est pas prude ou galante,
295 Il en est d'une espece... ah ! d'une espece...

DORANTE

Et bien ?

FRONTIN

Des Femmes qui jamais ne chicannent sur rien,
Et de qui la douceur égalant la sagesse...
La difficulté gît à trouver cette espece ;
On dit qu'elle est fort rare, & je le dis aussi,
300 Mais je crois tout de bon qu'elle se trouve ici,
Celimene & Julie...

DORANTE

Oüi, l'une & l'autre est sage,
J'en augure fort bien, mais point de mariage.

FRONTIN

Mais tout à l'heure encor, vous m'avez assûré...

DORANTE

J'ay changé de pensée & je m'en sçay bon gré.

---

301 **est** : sur la relation sujet-verbe, voir J.-P. Seguin, *La Langue française au XVIIIᵉ siècle,* p. 112 et suiv.

FRONTIN

305   Monsieur, permettez-moy de vous dire une chose.
Ne resolvez plus rien sans y mettre une clause.

DORANTE

Une clause ? & pourquoi ?

FRONTIN

C'est qu'en peu de moments
Vous avez quatre fois changé de sentimens.

DORANTE

Quatre fois !

FRONTIN

Tout autant.

DORANTE

Je ne le sçaurois croire.

FRONTIN

310   J'en vais faire le compte il est dans ma memoire.
Item, en s'éveillant, mon Maître que voilà
Souhaittoit une Femme.

---

306   **clause** : terme de droit qui signifie une condition, la disposition particulière d'un acte. Frontin va se lancer dans une tirade à coloration juridique, v. 310 et s.

311   **Item** : « s'emploie dans les comptes, les états pour éviter une répétition avec le sens de même, de plus, en outre » (Robert). Terme de notaire (inventaire). Pour d'autres parodies de la langue juridique et administrative, voir, par exemple, *Le Médisant,* I, 2, et Regnard, *Le Joueur,* III, 3.

DORANTE

Oüi, je sçay bien cela.

FRONTIN

Plus, s'étant habillé, mon-dit Maître trop sage
A blasphemé vingt fois contre le mariage.
315 Item, il est sorti disant que son retour
Ne seroit au plutôt que vers la fin du jour,
Mais un quart d'heure après est rentré pour me dire
Qu'il s'alloit marier, ce qui m'a fait bien rire.
Item, le susdit Maître, en ce susdit moment
320 Dit au susdit Frontin, que craignant prudemment
Pour son front delicat quelque sensible outrage,
Ou d'une prude au moins l'humeur fiere & sauvage,
Il renonce à jamais au lien conjugal,
Le tout bien supputé se monte le Total
325 Qui ne me paroît pas rehausser votre gloire,
A quatre sentimens, sauf erreur de memoire.

DORANTE

Quand il est question, Frontin, de s'engager
Par les nœuds de l'hymen, on n'y peut trop songer.

FRONTIN

Mais sur tout autre fait, comme sur cette affaire
330 Vous ne sçavez jamais ce que vous voulez faire.
Vous resvez ?

DORANTE

Après tout, de l'humeur dont je suis
Je pourrai mieux qu'un autre éviter les ennuys
Et tous les accidens dont l'hymen nous menace.
Oüy, je sçai les moyens de parer ma disgrace,
335 De faire que pour moy l'hymen ait des douceurs ;

Quand on fait un bon choix, c'est le lien des cœurs,
Un Mari complaisant, liberal, jeune & tendre,
Au bonheur d'être aimé peut aisément prétendre,
Si lors qu'il se marie il possede le cœur
340 De celle dont il veut faire tout son bonheur.
Son exemple est puissant sur l'esprit de sa femme.
Vertueux, il soutient la vertu dans son ame,
Rempli d'égards pour elle, il en est respecté,
Fidele, il la maintient dans la fidelité.
345 Mille exemples enfin font aisément connoître
Que souvent les Maris sont ce qu'ils veulent être.
Malgré les mœurs du tems, je veux me rendre heureux,
En bornant à ma Femme & mes soins, & mes vœux,
Et plus amant qu'Epoux, toujours la politesse
350 Suivra les doux transports de ma vive tendresse.
Voilà le vrai moyen d'être en repos, cheri,
Et de faire au galant preferer le mari.

FRONTIN

La chose en ce tems-ci me paroît difficile.
Quiconque y réüssit peut passer pour habile,
355 Mais ce miracle-là vous étoit reservé.

DORANTE

Oüi, je prétends me faire un bonheur achevé.

FRONTIN

Voyons donc maintenant à choisir des deux belles.
Votre cœur penche-t-il également pour elles ?

DORANTE

Si je l'en crois, Frontin, mon choix est déja fait.

FRONTIN

360 N'aimez vous point Julie ?

DORANTE

                    Oüi, je l'aime en effet.
Son aimable enjouëment me ravit & m'enchante.
Quel brillant ! Quel éclat !

FRONTIN

                    Elle est vive & piquante.
Ses yeux quoyque muets demandent clairement,
Ce que sa bouche n'ose expliquer nettement.

DORANTE

365 Je l'avoüe entre nous, dès que je l'envisage,
Je n'ai plus de raisons contre le mariage.

FRONTIN

Je suis de même avis. Or donc sans biaiser,
Il faut nous dépêcher, Monsieur, de l'épouser.

DORANTE

M'y voilà resolu... Mais pourtant quand j'y pense,
370 Sa Sœur est bien aimable.

FRONTIN

                    Elle est d'une indolence...

DORANTE

Tu nommes indolence un gracieux maintien,
Une douce langueur, un modeste entretien,
Tout ce qui fait enfin que l'on ne peut sans crime

Lui refuser au moins la plus parfaite estime.
375 Oüi, quoique malgré moi Julie ayt tous mes vœux,
Je sens qu'avec sa Sœur, je serois plus heureux.

FRONTIN

Prennons donc celle-ci. Bon, le voilà qui pense ;
Votre choix est-il fait ?

DORANTE

                         Non, je suis en balance,
Je ne sçai que resoudre, & d'une & d'autre part...

FRONTIN

380 Ma foy m'en croirez-vous ? choisissez au hazard.

DORANTE

Non Frontin, mais je sçais un moyen infaillible
Pour sortir d'embarras.

FRONTIN

                      Seroit-il bien possible ?

DORANTE

Si l'une des deux Sœurs a du penchant pour moy,
Dès que je le sçauray je lui donne ma foi.
385 Celle qui m'aimera sera la plus aimable.

FRONTIN

Parbleu cette pensée est assez raisonnable.
Nerine peut sçavoir leurs secrets sentimens,
Elle m'aime, il est sûr que jamais deux Amants

N'ont de secrets entr'eux, outre que d'ordinaire,
390 Toute Fille suivante est peu propre à se taire.
Je vais sur ce sujet la faire raisonner.

DORANTE

J'attendray ton retour pour me déterminer.

Fin du premier Acte.

ACTE II

NÉRINE *seule.*

Allez, Monsieur Frontin, comptez sur mon adresse,
Je mourrai dans la peine, ou tiendray ma promesse.
395 Je puis fort aisément sonder deux jeunes cœurs
Dont le monde n'a point encor gâté les mœurs,
Et quand je n'aurois pas toute leur confiance,
Comme je l'eus toujours dès leur plus tendre enfance,
Je suis fine, & je sçay du cœur le plus discret,
400 Arracher quand je veux, un amoureux secret.
Sur tout je voudrois voir Celimene amoureuse,
Car elle me paroît un peu trop dédaigneuse ;
Elle fait vanité de n'avoir nuls desirs,
Et dans l'indifference elle met ses plaisirs.
405 Triste etat, à mon sens, que cette lethargie.
Mais, pour moi, sans l'amour j'estime peu la vie.
Finissons : & tandis que Madame est dehors,

---

403 **nuls** : comme *aucuns, nuls* s'employait fréquemment au pluriel au dix-septième siècle. Haase cite des exemples chez Molière,
La Fontaine, etc. (*op. cit.*, § 50, Rem III).

407 **tandis que** : comprendre *pendant que*. Dans ses *Remarques
sur la langue française* (1647), Vaugelas avait observé que *tandis
que* était très à la mode et que *pendant que* était plutôt en usage
à la Cour (p. 64-65). Pour les opinions de Ménage, de Patru, de
Corneille et de l'Académie, voir les *Commentaires sur les
« Remarques » de Vaugelas,* I, p. 132-134.

En faveur de Dorante employons nos efforts.
Voici tout à propos, la prude Celimene.

Scene II

CELIMENE, NERINE

NERINE

410 Vous êtes bien rêveuse.

CELIMENE

Ouy, je suis fort en peine.

NERINE

Et de quoy ?

CELIMENE

Je ne sçay. Je venois te trouver.
Dis moy, ne sçais tu point ce qui me fait rêver ?

NERINE

Tout franc, la question me paroît fort plaisante.
Comment vous ignorez ?...

CELIMENE

Je ne suis pas contente.
415 C'est tout que je sçais.

NERINE

Examinez-vous bien.

CELIMENE

Je cherche, j'examine, & ne découvre rien.

NERINE

Mauvais mal ! depuis quand êtes-vous si rêveuse ?

CELIMENE

Depuis trois jours.

NERINE

                    Oh, oh, l'affaire est serieuse.
Depuis trois jours ?

CELIMENE

                    Tu sçais que naturellement
420 Je me plais à rester dans mon appartement,
Que j'évite le monde, & que toujours tranquille,
Je nourris mon esprit d'une lecture utille.

NERINE

Eh bien ?

CELIMENE

        Depuis trois jours je ne me connois plus ;
Pour me tranquiliser mes soins sont superflus.
425 Je vais, je viens, je suis inquiette, agitée.

NERINE

Pauvre enfant ! Je vous trouve aussi plus ajustée
Qu'à l'ordinaire.

CELIMENE

Oüi, mais je ne sçai pourquoi.

NERINE

Des mouches, des rubans. Ah qu'est-ce que je voy !
Vous avez mis du rouge !

CELIMENE

Il faut suivre la mode.

NERINE

430   Quoy, vous qui la trouviés ridicule, incommode ?

CELIMENE

Ah ma chere ! Aide-moy de grace à deviner
D'où vient ce changement qui paroît t'étonner.

NERINE

Ne le sçavez-vous pas ?

CELIMENE

Non, ma peine est extrême,
Je ne sçaurois encor me deviner moy-même.

NERINE

435   Je m'en vais vous ayder. Là ; regardez-moy bien.
Bon.

---

428   **mouches** : « un petit morceau de taffetas noir, que les
Dames mettent sur leur visage par ornement, ou pour faire paroître
leur teint plus blanc » (Furetière, « Mouche »).

CELIMENE

Parle franchement & ne me cache rien.

NERINE

Non, non. Depuis un tems je me suis aperçûë
Que notre Chevalier jette sur vous la veuë,
Qu'il vous dit des douceurs... Je crois que m'y voilà.

CELIMENE

440   Si tu ne sçais pas mieux deviner que cela,
Nous ne pourrons jamais sçavoir ce que je pense.

NERINE

Excusez, s'il vous plaît, mon peu d'experience.
Je viens de m'essayer dans l'Art de deviner,
Et dans un coup d'essay l'on peut mal raisonner,
445   Voyons si cette fois je serai plus habile.
Ça, depuis quand Dorante est-il en cette Ville ?

CELIMENE

Eh mais... depuis trois jours, justement.

NERINE

                              Justement.
Vous avez remarqué la chose, exactement.

CELIMENE

Eh bien Nerine.

NERINE

              Eh bien... Je n'ay plus rien à dire.

CELIMENE

450   Cela ne suffit pas, acheve de m'instruire.

NERINE

Ceci commence donc à vous interresser ?

CELIMENE

Plus que le Chevalier.

NERINE

                              Je le puis bien penser.

CELIMENE

Poursui donc.

NERINE

                         Vous étiez solitaire & tranquille,
      Nourissant votre esprit d'une lecture utille,
455   Maintenant tout cela ne vous divertit plus :
      Pour vous tranquiliser vos soins sont superflus,
      Et c'est depuis trois jours sans en sçavoir la cause
      Que vous sentez en vous cette metamorphose.

CELIMENE

Il est vrai.

NERINE

                         Confrontons bien curieusement
460   Le retour de Dorante, & votre changement,
      Et si ces deux faits-là forment la même époque,
      Nous connoîtrons bientôt le mal qui vous suffoque.
      Depuis trois jours Dorante est de retour ici.
      Votre humeur à changé depuis trois jours aussi,

465 Donc, ce que je conclus, la belle serieuse,
C'est que depuis trois jours vous êtes amoureuse.

CELIMENE

Crois-tu cela ?

NERINE

Sans doute, & dès hier je vis...

CELIMENE *en soûpirant.*

A te dire le vrai, je suis de ton avis.
Adieu. J'ay trop parlé... Mais dis-moy, pour m'instruire,
470 N'aurois-tu point encor quelque chose à me dire ?

NERINE

Non.

CELIMENE

Crois-tu que Dorante ait du goût pour ma Sœur ?
Ce n'est pas que Dorante ait fort touché mon cœur,
C'est curiosité plutôt que jalousie.
Curiosité pure.

NERINE

Ouy. Pure hypocrisie.

CELIMENE

475 Que dis-tu ?

NERINE

Que je vais travailler de mon mieux,

Afin de contenter vos desirs curieux.
Mais si vous m'en croyez, & si vous voulez plaire,
De toutes ces façons tâchez à vous défaire,
Et pour vous dire net, ce qu'il faut sur ce point,
480 Vous faites l'innocente & vous ne l'êtes point.

SCENE III

NERINE *seule.*

La solitaire en tient, & me voilà contente.
Nous pourrons à present déterminer Dorante.

SCENE IV

JULIE, NERINE

JULIE *entre en chantant & en dansant.*

Je ne sçay pas pourquoy mille gens chaque jour
Sur un ton langoureux se plaignent de l'amour,
485 Et comment on soutient qu'une vive tendresse
Fait soupirer, gemir, & languir de tristesse ;
Pour moy, Nerine, j'aime, & j'aime de bon cœur.
Cela n'a pourtant rien changé dans mon humeur.

NERINE

Vous aimez ? Cet aveu me paroît fort sincere.

JULIE

490 Oh ! je ne suis pas Fille à t'en faire un mystere.

NERINE

J'en sçay qui ne sont pas aussi franches que vous.

JULIE

Moy j'aime & je le dis, l'amour en est plus doux.
D'Amantes & d'Amans chaque Païs abonde ;
Pourquoy rougir d'un feu qui brûle tout le monde ?

NERINE

495   L'amour est en effet un puissant Potentat,
Le guerrier petulent, le grave Magistrat,
Le doucereux Abbé, le Procureur avide,
L'Avocat babillard & l'usurier perfide,
Le Vautour son Confrere & tous les animaux,
500   Jeunes, vieux, doux, cruels, sur terre, dans les eaux,
Tout est bon gré, mal gré, soumis à son Empire,
Ainsi l'on peut aimer sans craindre de le dire.

JULIE

Les exemples du moins ne me manqueront pas.

NERINE

Celuy que vous aimés adore vos appas
505   Sans doute ?

JULIE

A dire vray, je n'en sçay rien encore.

---

495   Fantaisie verbale qui rappelle celle de Matamore (Corneille,
L'Illusion comique, III, 4). Nous avons déjà indiqué l'admiration que Destouches portait à cet auteur.

NERINE

Comment ! vous l'ignorez ?

JULIE *en sautant*.

Vrayment ouy, je l'ignore.

NERINE

Mais je ne voy pas là de quoi rire & sauter.

JULIE

J'aime pour mon plaisir, & non pour m'attrister.

NERINE

Vous m'avoüerez du moins que cette incertitude
510   Doit mettre en votre esprit un peu d'inquiétude.

JULIE

Point. Si celuy que j'aime a de l'amour pour moy,
Je veux pour l'en payer l'aimer de bonne foy.
S'il prétend m'honorer de son indifference,
Bien loin de me piquer d'une sotte constance,
515   Avant qu'il soit huit jours je m'en consoleray,
Et par quelque autre amour je me détacheray.
De l'humeur dont je suis, vois-tu, rien ne m'afflige.

NERINE

J'aime assez cette humeur.

JULIE

                    Point de chagrin, te dis-je.
Il faut prendre l'amour comme un amusement.

DORANTE

520 Ne me direz vous point quel est l'heureux amant ?...

JULIE

C'est Dorante.

NERINE

Dorante ?

JULIE

Ouy, Dorante lui-même.
Ne te paroît-il pas meriter que je l'aime ?

NERINE

Je le trouve au contraire un Cavalier parfait,
Et j'approuve le choix que votre cœur a fait.

JULIE

525 Ah ! je voudrois qu'il sçût à quel point je l'estime.

NERINE

Ne souhaitez-vous rien de plus ?

JULIE

Seroit-ce un crime
De souhaiter aussi qu'il m'aimât tendrement ?

NERINE

Non. Ne desirez-vous que cela seulement ?

JULIE

Mais je voudrois aussi pour me prouver sa flame,
530 Qu'il pût me demander & m'obtenir pour Femme.

NERINE

Ensuite ?

JULIE

     Ensuite, ensuite ; Oh demeurons-en là,
Mes vœux jusqu'à present ne passent point cela.

NERINE

Dorante, à ce qu'on dit, vous croit un peu volage,
Et craint votre inconstance après le mariage.

JULIE

535 Non. Dussent me railler les Femmes d'aujourd'huy,
Tous mes vœux, tous mes soins ne seront que pour luy,
Mais à condition, pour prix de ma tendresse,
Que je lui tiendrai lieu de femme & de maîtresse.
S'il s'en tient à l'estime & porte ailleurs l'amour...

NERINE

540 Vous n'êtes point ingrate, à beau jeu, beau retour.

JULIE

Non, mais...

NERINE

     Si vous voulez suivre cette methode,
Je garantis bien-tôt le futur à la mode.
Car il est statué par les loix d'aujourd'huy
Qu'un Mari du bel air n'aime jamais chez luy.

JULIE

545   Ma Mere vient, adieu, garde toy de lui dire...

SCENE V

Mme ARGANTE, JULIE, NERINE

Mme ARGANTE *à Julie.*

Que faites-vous ici ? Vîte, qu'on se retire,
Et sur tout, ayez soin de rester là dedans.

NERINE

Ouy.

JULIE *faisant la reverence, & des mines à Nerine.*

Je m'en vais.

SCENE VI

Mme ARGANTE, NERINE

Mme ARGANTE

Quelqu'un est-il venu ceans ?

---

548   **céans** : Furetière cite le compliment « Dieu soit céans », et
propose les synonymes : « ici, en ce lieu-ci, dans cette maison ».
Le *Dictionnaire de l'Académie* (1694) propose : « icy-dedans »,
et ajoute que le mot ne s'emploie que par rapport aux maisons.
En 1772, le *Dictionnaire de Trévoux,* indique que « ce mot n'est
que du familier ».

NERINE

Ouy, Madame, j'ay vû le bon homme Pyrante
550 Qui venoit vous parler d'une affaire importante.

Mme ARGANTE *vivement.*

Et dis moy, ma mignone, étoit-il avec lui ?

NERINE

Qui donc ?

Mme ARGANTE

Dorante

NERINE

Non.

Mme ARGANTE

                     Se peut-il qu'aujourd'hui
Il ne soit pas venu pour me rendre visite ?

NERINE

Non, je ne l'ay point vû. Vous êtes interdite.

Mme ARGANTE

555 Mais de sa part au moins, on est venu sçavoir
Comment je me portois, & s'il pouvoit me voir.

NERINE

Encor moins.

Mme ARGANTE

Comment donc ?

NERINE

Ouy, j'en suis bien certaine.

Mme ARGANTE

Dis-moi, n'a-t-il point vû Julie ou Celimene ?

NERINE

Tout aussi peu.

Mme ARGANTE

Tant mieux. Je respire.

NERINE

Comment ?

Mme ARGANTE

560   Je ne me sens pas d'aise & de ravissement.

NERINE

Et d'où vous vient, Madame, un tel excès de joye ?

Mme ARGANTE

Tu le sçauras, Dorante... Il faut que je le voye.
J'acheverai bien-tôt ce que j'ay commencé.

---

560   **aise** : Furetière cite un exemple de cette expression chez
Racine : « Je ne me sens pas d'*aise* ».

Ibid. **ravissement** : Furetière note le sens fort de ce mot : « se
dit [...] des extases, des transports de la joye, ou de l'admiration, &c. ».

NERINE

Quoi donc ?

Mme ARGANTE

    Par un regard qu'hier il m'a lancé,
565 J'ay vû qu'il me trouvoit encor assez aimable...

NERINE

Fi donc, vous vous moqués.

Mme ARGANTE

           Rien n'est plus veritable.
J'ay de l'experience.

NERINE

         Oh ! je n'en doute point.

Mme ARGANTE

Et je ne prens jamais le change sur ce point ;
Ça, Nerine, après tout, est-ce que je me flatte ?
570 N'ay-je pas des attraits ?

NERINE

         Ils sont de vieille datte.

Mme ARGANTE

Nerine.

NERINE

    Quant à moi je ne sçai point flatter
Et je ne suis point fille à vouloir vous gâter.

Chaque chose à son tems. Il faut vous mettre en tête
Que jamais à vôtre âge on n'a fait de conquête ;
575   Que cette gloire est duë à des charmes naissants,
Et non à des appas âgés de cinquante ans.
En vain vous disputés contre le Baptistaire
Par vos ajustemens, par le desir de plaire,
Par le mêlange adroit des plus vives couleurs,
580   Par un ris attrayant, par de tendres langueurs,
Et par tout ce qui peut avec le plus d'adresse,
Pour conserver les cœurs imiter la Jeunesse.
L'âge est un Ennemi qui nous trahit toujours,
Jamais nous ne plaisons qu'au Printems de nos jours,
585   C'est alors que sied l'Art de la Minauderie ;
Sur l'arriere saison l'Art de la pruderie
Convient, & si le cœur se laisse encor blesser
On peut aimer sous cap, mais il faut financer.

Mme ARGANTE

Moy financer, Nerine ?

NERINE

                Ouy, la seule ressource
590   A votre âge, est d'avoir des appas dans sa bourse.

Mme ARGANTE

Soit, je financeray, mais legitimement,
Je ne veux me lier que par le sacrement.

NERINE

Avec Dorante ?

Mme ARGANTE

          Ouy.

NERINE

Mais vous seriez sa Mere.

Mᵐᵉ ARGANTE

Vous êtes une sotte.

NERINE

Et là, point de colere.
595   On ne nous entend point.

Mᵐᵉ ARGANTE

Nerine, je prétends
Estre comme j'étois à l'âge de vingt ans.

NERINE

Voilà, je vous l'avoue, une belle vieillesse.

Mᵐᵉ ARGANTE

Non, non, crois-moy, je suis encor dans ma jeunesse.

NERINE

A vos discours, Madame, on le croira fort bien,
600   Mais à votre visage, hom, l'on n'en croira rien.
Et d'ailleurs vous avez deux Filles très nubiles.

Mᵐᵉ ARGANTE

Ah ! c'est mon desespoir &...

NERINE

Plaintes inutiles.
Il faut les marier.

Mme ARGANTE

                    Sans ces friponnes là,
Je n'aurois pas trente ans.

NERINE

                    Ouy, je croy bien cela.
605 Mais malheureusement on vout en croit cinquante.
Combien vous donnez-vous ?

Mme ARGANTE

                    Mais j'en ai bien quarante.

NERINE

Quarante ?

Mme ARGANTE

                    Je te vais confier un secret ;
Garde toi bien...

NERINE

                    Je suis d'un naturel discret.

Mme ARGANTE

Feu Monsieur mon Mari... Devant Dieu soit son ame,
Mais c'étoit un grand sot.

NERINE *faisant la reverence.*

610   Je le sçay bien, Madame.

Mme ARGANTE

Or donc, feu mon Mari voulut bien m'épouser
Pour ma seule beauté. Sans vouloir me priser,

J'étois comme je suis, fraîche, vive, charmante.
Il avoit bien en fond trois mille écus de rente.
615 Mais je connus depuis qu'il avoit de surplus,
En Billets au porteur, plus de cent mille écus.
Cinq ans avant sa mort, il m'en fit confidence,
Et je sçus me contraindre à tant de complaisance
Que le pauvre benêt crut que je l'aimois fort,
620 Et qu'il me confia ses billets. Il est mort,
Grace au Ciel, & je puis en fort belles especes
Recompenser les feux...

NERINE

                  Voilà de bonnes pieces.
Aux dépens du défunt vous avez des appas,
Qu'un jeune homme à coup sûr ne méprisera pas.

Mme ARGANTE

625 Voilà ce qu'à Dorante il faudroit faire entendre.

NERINE

A Dorante ?

Mme ARGANTE

        Au plutôt.

NERINE

        Je commence à comprendre.

Mme ARGANTE

Veux-tu luy parler ?

NERINE

        Ouy.

Mme ARGANTE *l'embrassant.*

   J'ay toujours bien compté
Que tu m'aimois, Nerine, avec sincerité.
Fais donc agir pour moy tes soins & ton adresse :
630 Et dis luy que s'il veut répondre à ma tendresse
Mes billets sont à luy.

NERINE

    Fort bien : cela suffit.

Mme ARGANTE *en s'en allant.*

Ce petit fripon-là me fait tourner l'esprit.

SCENE VII

NERINE *seule.*

Me voilà, grace au Ciel, l'unique confidente
De nos deux jeunes Sœurs & de Madame Argante.
635 Qu'un petit homme aimable est dangereux ! Ma foy,
Je crains fort qu'à mon tour je ne l'aime aussi moy.
Franchement si j'étois faite pour y prétendre...

    à Dorante

Vous venez à propos.

SCENE VIII

DORANTE, NERINE, FRONTIN

DORANTE

   Et bien vas-tu m'aprendre
Quelque chose qui puisse enfin fixer mes vœux ?

NERINE

640   Je ne sçay, mais enfin, vous êtes trop heureux.
       Oh çà, pour commencer, Celimene vous aime.

DORANTE

Ne te trompes-tu point ?

NERINE

                          Je le sçay d'elle-même ;
       Avant vôtre départ je l'avois soupçonné.
       Vôtre retour fait voir que j'ay bien deviné.

DORANTE

645   Pour moi qui n'en jugeois que selon l'apparence,
       J'avois presque compté sur son indifference.

NERINE

       Aussi, quand j'ay tâché d'éclaircir mes soupçons
       Si vous sçaviez combien elle a fait de façons,
       Elle vouloit parler. Une honte secrette
650   L'empêchoit tout à coup d'avoüer sa défaite,
       Elle s'efforçoit même, admirés sa pudeur,
       Jusques à se cacher le trouble de son cœur ;
       Mais enfin son amour à trahi son adresse.
       Un mouvement jaloux m'a marqué sa tendresse.

DORANTE

655   Ah ! que cette pudeur releve ses appas !
       Et que j'aime à la voir dans un tel embarras !
       Qu'un Amant delicat, apprenant ses allarmes,
       Ses troubles, ses combats, trouve en elle de charmes !
       Quel tresor est un cœur qui n'a jamais aimé
660   Et qui n'ose avoüer que l'amour l'a charmé ;

Et qu'heureux est l'Amant à qui le sort prépare
Les solides plaisirs d'un triomphe si rare !
Conçois-tu bien, Frontin, jusqu'où va mon bonheur ?

FRONTIN

Ouy, la pudeur, Monsieur, je suis pour la pudeur.

à Nerine

665 As-tu de la pudeur toy ?

DORANTE

Sage Celimene,
D'un cœur irrésolu vous triomphés sans peine ;
Ouy, vous avez déja mon estime & mes vœux ;
Vous m'aimez, & c'est vous qui me rendrez heureux.

NERINE

Ainsi vous renoncez desormais à Julie ?

DORANTE

670 Il le faut bien, Nerine. Est-il une folie
Plus grande que d'aimer qui ne nous aime pas ?

NERINE

Elle vous aime aussi.

FRONTIN

Bon, nouvel embarras.

DORANTE

Je suis aimé, dis-tu, de Julie ?

NERINE

                    Ouy, vrayment.
Elle en a fait l'aveu tout naturellement,
675   Même elle a souhaité que l'on pût vous l'apprendre,
Et voudroit bien sçavoir ce qu'elle en doit attendre.
Si vous voulez l'aimer, elle vous aimera,
Si vous la meprisez, elle se guérira ;
Si vous êtes constant, elle sera fidelle.
680   Et si vous souhaittez vous unir avec elle,
Par les nœuds de l'hymen, elle y borne ses vœux,
Et sera très-heureuse, en vous rendant heureux.

FRONTIN

Et bien, qu'en dites-vous ?

DORANTE *aprés avoir rêvé.*

                    Ce qu'il faut que j'en dise ?
On ne peut trop louër une telle franchise,
685   Et dans ce libre aveu dont je suis enchanté,
J'admire les effets de sa sincerité.
Je voulois être aimé d'une Fille sincere,
Je la trouve en Julie, elle a droit de me plaire ;
Sans la sincerité qu'il faut toujours chercher,
690   La plus rare beauté ne sçauroit me toucher.
Une femme sincere est un tresor si rare,
Que dès qu'on la rencontre il faut qu'on s'en empare.
Et quel bonheur encor, quand l'esprit, la beauté,
Mille agrémens sont joints à la sincerité !
695   Tous ces charmes, Frontin, se trouvent dans Julie,
Et le sort m'offre en elle une fille accomplie.

FRONTIN

Vous l'épouserez donc ?

DORANTE

                         Ouy, je voy que nos cœurs
Sont...

FRONTIN

J'entens, vous allez épouser les deux sœurs.

DORANTE

Quel discours !

FRONTIN

                 Par ma foy, c'est la suite du vôtre.

NERINE

700 Les prendrez-vous ensemble, ou bien l'une après l'autre ?

DORANTE

Je voudrois n'être aimé que de l'une des deux.

NERINE

Vous ne vous plaignez donc que d'être trop heureux ?

DORANTE

Le moyen de choisir ?

NERINE

                       Vôtre malheur est rare.
Et la plainte est nouvelle autant qu'elle est bizarre.
705 Mais vous avez le don de charmer tous les cœurs,
Et vous ne sçavez pas encor tous vos malheurs.

DORANTE

Comment donc ?

NERINE

Je connois une jeune pouponne
Qui voudroit vous pouvoir offir une Couronne,
Et qui pour abreger les discours superflus,
710   Veut payer vôtre cœur plus de cent mille écus.

FRONTIN

Cent mille écus ?

NERINE

Comptants.

FRONTIN

La peste, quelle somme !
Vîte, dis nous comment cette belle se nomme !
Cent mille écus, Monsieur, en argent bien compté,
Cela vaut la pudeur & la sincerité.

DORANTE

715   Tu railles.

NERINE

Non l'amour, je croi, la rendra folle.
On vient de me charger de vous porter parole.

FRONTIN

Veut-elle épouser ?

NERINE

Ouy.

FRONTIN

Monsieur donne sa foy,
Mais il faut cent Loüis de pot de vin pour moy.

DORANTE

Nerine, quelle est donc cette beauté charmante ?

NERINE

720 Devinez.

DORANTE

Je ne puis.

NERINE

Eh bien c'est...

DORANTE

Qui ?

NERINE

Mme Argante.
Ce qu'elle sent pour vous lui cause des transports...

DORANTE

Madame Argante m'aime ?

FRONTIN

Elle a le Diable au corps.
Ça voyons qui des trois aura la marchandise.
D'un côté la pudeur, de l'autre la franchise,
725 D'autre part on nous vient offrir cent mille écus.
Ma foy prenons l'argent, & laissons les vertus.

---

720 Ce vers comporte quatorze syllabes. Les éditions B, C et
D suppriment « Eh bien ».

NERINE

Du siécle où nous vivons c'est assez-là l'usage.

DORANTE

Qui ? moi ? J'épouserois une Femme à son âge ?

FRONTIN

Fort bien.

NERINE

    Je vais les faire esperer toutes trois
730 Pour vous donner le tems de fixer vôtre choix.
Jusqu'au revoir, Frontin

FRONTIN

              Adieu, belle Poulette.

SCENE IX

DORANTE, FRONTIN

DORANTE

Conçois-tu l'embarras où tout cela me jette ?

FRONTIN

Ouy, pour vous empêcher de déterminer rien.
Toutes trois vous aimer ! Fi, cela n'est pas bien.

---

731 **Poulette** : « On appelle figurément les filles des poulettes »
(Furetière).

DORANTE

735 Oh pour leur Mere, non, mais ce qui fait ma peine,
C'est, qu'en luy demandant Julie ou Celimene...

SCENE X

DORANTE, LE CHEVALIER, FRONTIN

LE CHEVALIER *du côté d'où il entre.*

Criez, pestez, jurez autant qu'il vous plaira,
Je vous dis en un mot, que cela se fera.
Maugrebleu du vieux fou.

FRONTIN

           Vous êtes en colere.
740 A qui parliez-vous là ?

LE CHEVALIER

          Je parlois à mon Pere.
Bon jour, Frontin.

FRONTIN

         Je suis vôtre humble Serviteur.

LE CHEVALIER

J'enrage.

FRONTIN

Vous voilà de bien mauvaise humeur.

LE CHEVALIER

Et qui n'y seroit pas ? Mon Pere en est la cause ;
Il veut me gouverner.

FRONTIN

                  Voyez la belle chose.
745 Un Pere qui veut mettre un fils à la raison,
Il a perdu l'esprit.

LE CHEVALIER

          Ay-je tort, dis-moy ?

FRONTIN

                                    Non.
On devoit autrefois du respect à son Pere ;
Mais à present, Monsieur, oh ! c'est une autre affaire.

LE CHEVALIER

La vieillesse est toujours sujette à radotter.
750 Cependant les vieillards veulent nous regenter.
Mais je soutiens, morbleu, que c'est à la jeunesse
De prétendre à bon droit gouverner la vieillesse.
L'esprit des jeunes gens est mâle & vigoureux,
Et celui des vieillards est foible & langoureux.
755 Mais je voi d'où leur vient l'ennui qui nous tracasse,
Ils enragent, morbleu, de nous quitter la place [.]
Ah ! Bon jour donc Dorante.

DORANTE sortant de sa rêverie.

                  Ah ! Chevalier, bon jour.

LE CHEVALIER

Je pense qu'à la fin te voilà de retour.
T'avois-je déja vû depuis ton arrivée ?

DORANTE

760   Non. Et l'occasion ne s'en est pas trouvée.

LE CHEVALIER

Que je t'embrasse donc. Ma foi je t'aime bien,
Mon cher. Ton Pere est-il aussi fou que le mien ?
Parle donc.

DORANTE

Mon Pere est un vieillard venerable.
Pour qui j'aurai toujours un respect veritable.

LE CHEVALIER

765   Et fi ! tu parles-là comme nos vieux Gaulois.
Quitte ce sot langage, & parle moy François.

DORANTE

Je dis vray.

LE CHEVALIER

Tu fais donc tout ce que tu veux faire ?

DORANTE

Ouy. Mais je fais aussi tout ce que veut mon Pere.

LE CHEVALIER

Le mien me contredit du matin jusqu'au soir,
770   Et souvent par ses cris me met au desespoir.
A mes moindres desirs il cherche des obstacles.
J'aime le vin, le jeu, les femmes, les spectacles,
Les spectacles, s'entend, pour y faire du bruit.

J'aime à dormir le jour, puis à courir la nuit,
775   A jurer, à médire, à ferrailler, à battre,
Mon Pere sur cela me fait le Diable à quatre,
Et ne peut concevoir que c'est là mon employ,
Et que nos jeunes gens sont tous faits comme moy.

FRONTIN

Il a tort.

LE CHEVALIER

                        Ay-je lieu de l'aimer, je te prie ?
780   Il veut même empêcher que je ne me marie.

DORANTE

A te dire le vrai, je croy qu'il a raison.
Pourquoi te marier ? un Cadet de maison ?

LE CHEVALIER

Et palsanbleu, faut-il qu'un Cadet se morfonde ?
Et les aînés tout seuls peupleront-ils le monde ?
Oh je veux peupler, moy.

DORANTE

785   Mais n'ayant pas de bien...

LE CHEVALIER

Va, pour en acquerir je sçais un bon moyen.
Nôtre vieille Maman, cette Madame Argante

---

776   **Diable** : « Il fait le *Diable* à quatre ; pour dire, l'enragé ;
il le faut tenir à quatre » (Furetière). Sens analogue dans le *Dictionnaire de Trévoux* : « méchant, violent, emporté ». Pour la
même expression, le *Dictionnaire de l'Académie* note aussi le sens
de « faire merveille ».

A de l'argent, dit on, & cet argent me tente.
Je prétens au plutôt épouser ses écus.

DORANTE

790   Bon. Tu m'empêcheras d'essuyer un refus.

LE CHEVALIER

Comment ?

DORANTE

                    Je me prepare à demander Julie,
Et je brûle de voir cette affaire accomplie.

FRONTIN

Julie emporte donc la Victoire ?

DORANTE

                    Ouy.

FRONTIN

                                        Ma foy,
C'est bien fait.

DORANTE

                    Mais sa Mere a des desseins sur moy,
795   Cela peut empêcher le bonheur où j'aspire.
Et comme un jeune Epoux est ce qu'elle désire,
Dés que tu t'offriras...

LE CHEVALIER

                    Elle mourra d'amour,
Je la livre à mes piés avant la fin du jour.
Ma figure d'abord surprend, saisit, enchante.

FRONTIN

800   Et croyez-vous peupler avec Madame Argante ?

LE CHEVALIER

Non, son argent est tout ce que j'en veux tirer.
Je suis jeune, elle est vieille, & j'ay lieu d'esperer...

FRONTIN *à Dorante.*

Si vous prenez Julie, & qu'il prenne la Mere,
Monsieur le Chevalier sera vôtre beau-pere.

DORANTE

805   Ouy, vraiment.

LE CHEVALIER

                    Palsangbleu, cela sera bouffon.
Tu me respecteras.

DORANTE

                         Avec juste raison.
Ne nous amusons pas à railler davantage,
Va t'en la demander toi-même en mariage.
Ton compliment reçû j'iray la disposer...

LE CHEVALIER

810   Assuré du succès, je vais me proposer.
La vieille a le goût fin, & le cœur le plus tendre !...

DORANTE

Beau-pere, hâtons-nous.
        Il veut passer devant, le Chevalier le retient
        & passe gravement devant luy.

LE CHEVALIER

        St. Après moy, mon Gendre.

Fin du second Acte.

ACTE III

SCENE PREMIERE

PYRANTE, DORANTE, FRONTIN

PYRANTE

Je vous l'ay déjà dit, l'Irresolution,
Mon Fils, est dangereuse en toute occasion.

DORANTE

815 D'un homme irresolu la noble inquiétude
Est l'ordinaire effet d'une profonde étude,
D'un raisonnement sain, & des reflexions
D'où naissent sur un fait plusieurs opinions.
Un pareil embarras n'est connu que du sage,
820 Mais un esprit grossier suit ce qu'il envisage,
Il ne voit qu'un seul point où tendent ses souhaits,
Et l'embarras du choix ne l'arrête jamais.
Pour moy qui veux en tout agir avec prudence,
Et qui crains de me voir seduit par l'apparence
825 Je cherche, j'examine, & pour ne faillir pas,
Je crois être obligé de marcher pas à pas.

PYRANTE

Il raisonne fort juste, & qui le veut entendre
Toujours à son avis est forcé de se rendre.

FRONTIN

Moi je ne me rends point à ces belles raisons,
830 Tout irresolu vise aux petites Maisons.

DORANTE

Maraut.

PYRANTE

        Tais-toy, Frontin. Vous ne devez pas craindre
Qu'à prendre aucun parti je veuille vous contraindre.
Je ne vous ay parlé que comme vôtre ami,
Et je ne serai point complaisant à demi.
835 Pesez, examinez, j'ay resolu d'attendre
Et j'approuveray tout. Mais il m'a fait entendre
Qu'au mariage enfin vous étiez resolu.
Y pensez-vous toujours ?

FRONTIN

                    Ouy, nous avons conclu,
En concluons encor, si cela peut vous plaire,
840 Qu'une Femme nous est de tout point necessaire.

PYRANTE

Vous choisissez Julie, à ce que l'on m'a dit.
Quoy ?

DORANTE

        Tantôt ce dessein m'a passé par l'esprit ;
Mais depuis un moment j'ai changé de pensée.

FRONTIN *à part.*

Encore ? oh ! par ma foy, sa tête est renversée.

PYRANTE

845 Auroit-elle pour vous marqué quelque froideur ?
     Ou bien vous sentez-vous du penchant pour sa sœur ?

DORANTE

Point du tout.

PYRANTE

          Pourquoi donc, dites-le moy vous-même,
     N'épouser pas Julie ? hem ?

DORANTE

                    Parce que je l'aime.

PYRANTE

     Parce que vous l'aimez, vous ne l'épousez pas ?
850 C'est par là qu'il faudroit...

DORANTE

                    Non, elle a trop d'appas,
     Et mon cœur pour Julie auroit tant de foiblesse,
     Que de mes sentimens elle seroit maîtresse.
     D'abord j'avois pensé que pour se rendre heureux
     Il falloit de sa Femme être fort amoureux,
855 Mais j'étois dans l'erreur, & je tiens pour maxime,
     Qu'on ne doit pour sa femme avoir que de l'estime.

PYRANTE

Quel étrange systême !

DORANTE

                    Il est bien raisonné.

FRONTIN

Et moi je dis...

DORANTE

Quoy ?

FRONTIN

Rien. Je me tiens condamné.

PYRANTE

Vous vous formez, mon fils, de bizarres scrupules,
860   Que l'on pourra traitter de craintes ridicules,
Et je crois...

DORANTE

Permettez que suivant mon dessein
Je porte à Celimene & mes vœux & ma main.
Pour elle penetré de la plus forte estime...

PYRANTE

C'est là vous entêter d'une fausse maxime,
865   Et si vous y pensiez pendant quelques momens...

DORANTE

J'y pense, & la raison regle mes sentimens.

FRONTIN

Morbleu, vôtre raison raisonne en precieuse,
Et je croy franchement qu'elle est un peu quinteuse.

---

868   **quinteuse** : capricieux, fantasque (*Dictionnaire du français classique*).

Tantôt elle dit blanc, tantôt elle dit noir ;
870 Elle blâme au matin ce qu'elle louë au soir,
Sans cesse elle épilogue & n'est jamais contente,
Et c'est un vray lutin qui toujours vous tourmente.

PYRANTE

Tout franc pour un Valet c'est fort bien raisonner,
La raison ne sert point à vous déterminer.

DORANTE

875 Mais mon dessein est pris.

PYRANTE

                        Avant que de rien faire
Il faut examiner mûrement cette affaire.
Consultez-vous encor pour n'agir point en vain,
Et si vous persistez dans le même dessein,
Mon Fils, bien loin d'y faire aucune resistance
880 Je vous donne déja mon agrément d'avance.
Mais pour moy j'ay toujours esté d'opinion,
Qu'on doit se marier par inclination.

SCENE II

DORANTE, FRONTIN

DORANTE

Il parle sensément.

FRONTIN

Ouy, la chose est certaine.

DORANTE

Crois-tu que je persiste à choisir Celimene ?

FRONTIN

885   La belle question que vous me faites là !
Et qui peut mieux que vous repondre de cela ?

DORANTE

J'en répons. Mais enfin qu'en penses-tu ?

FRONTIN

Je pense

Que déjà sur cela vous êtes en balance.
Qu'après avoir formé vingt projets tour à tour,
890   Vous reviendrez enfin au projet de l'amour.

DORANTE

Eh bien, détrompe-toi.

FRONTIN

Je m'en ferois scrupule.

DORANTE

De tous ces changemens je sens le ridicule.
J'ay choisi Celimene, & la reflexion
Ne détruira jamais ma résolution.
895   En vain à ce projet l'amour veut mettre obstacle.

FRONTIN

Oh si vous persistez, je veux crier miracle.

DORANTE

Tu seras bien surpris ?

FRONTIN

Oüi, Monsieur, par ma foy.

DORANTE

Tu le serois bien plus, Frontin, si comme moy
Tu pouvois pénétrer jusqu'au fond de mon ame.
900 Car j'adore Julie, & pour vaincre ma flâme
Je me fais des efforts qu'on ne peut concevoir ;
Souvent de ma raison je combats le pouvoir.
Je voudrois quelquefois vaincre sa résistance,
Et quelquefois mon cœur fait pencher la balance...
Attends, Frontin.

FRONTIN

Quoy donc ?

DORANTE

905   Je croy qu'en ce moment.
L'amour sur la raison l'emporte hautement.
Julie à mon esprit s'offre avec tous ses charmes.
Qu'elle est belle, Frontin ! Je suis dans des allarmes...
Non...

FRONTIN

Ferme, resistez à la tentation.

DORANTE

910 J'auray peine à tenir ma résolution.
Je le vois à present. Même pour Celimene,
Je sens naître en mon cœur des mouvemens de haine.

FRONTIN

De haine, dites-vous ?

DORANTE

                          Oüi. C'est elle en ce jour
Qui me force à quitter l'objet de mon amour.
915 Sans cette estime enfin qu'inspire son merite
Je me livrois d'abord à l'objet que j'évite.
Cette estime m'a fait entrevoir le danger
Où guidé par l'amour je m'allois engager :
La crainte du peril n'estonnoit point mon ame.

FRONTIN

920 Et quel est ce peril ?

DORANTE

                          Celuy d'aimer ma femme.
Il n'est point de malheur égal à celuy-là,
Et j'ay mille raisons qui me prouvent cela.

FRONTIN

Il faut donc pour sa femme avoir beaucoup de haine ?

DORANTE

Non pas.

FRONTIN

                          Et pourquoy donc épouser Celimene ?
925 Si vous la haïssez, devenu son Epoux,
La haine ne fera que s'augmenter en vous.
Vous vous rappellerez les charmes de Julie,
Et cela vous fera faire quelque folie.

DORANTE

Sçais-tu que quelquefois tu raisonnes fort bien ?

FRONTIN

930 Oh, je n'en doute point, Monsieur. Le seul moyen
Pour sortir d'embarras est d'épouser la belle
Qui sçait vous inspirer une ardeur si fidelle ;
Il faut de bonne grâce affronter le danger.

DORANTE

Qui moy ? que par l'amour je me laisse engager ?
935 Non : D'ailleurs je me sens un fond de jalousie...

FRONTIN

Quoy ! vous seriez atteint de cette frenesie ?

DORANTE

Oüi, Frontin, je serois jaloux au dernier point.

FRONTIN

Sur ce pied-là, Monsieur, ne vous mariez point.
Plus on craint le malheur, plus le malheur est proche,
940 La Femme d'un jaloux, eût-elle un cœur de roche,
Si quelqu'un du dépit saisit l'occasion,
Ne sçauroit résister à la tentation.

DORANTE

Et voilà justement ce qui cause ma crainte.
Mais je ne pourrai point résister à l'atteinte
945 Que l'estime ou l'amour porteront à mon cœur
Tant que je serai libre, & pour fuir ce malheur
J'imagine un moyen...

FRONTIN

                        Quel dessein est le vôtre ?

DORANTE

Qui m'empêche à jamais d'épouser l'une ou l'autre.

FRONTIN

Quel est-il ce moyen, ne le sçauray-je pas ?

DORANTE

950   Tu seras étonné lorsque tu l'apprendras.

FRONTIN

Ma curiosité devient impatiente.

DORANTE

Je m'en vais épouser...

FRONTIN

Qui donc ?

DORANTE

Madame Argante.

FRONTIN

Madame Argante ?

DORANTE

Oüi.

FRONTIN

Je conviens avec vous ;
Que c'est le vrai moyen de n'être point jaloux.

DORANTE

955 Sans cela, tôt ou tard, je ferai la folie
D'épouser malgré moy Celimene ou Julie.

FRONTIN

D'ailleurs cent mille écus peuvent faire penser...

SCENE III

Mme ARGANTE, DORANTE, NERINE, FRONTIN

Mme ARGANTE

Oui, je veux voir Dorante.

NERINE

                    Et pourquoy vous presser ?
Laissez-le se résoudre.

Mme ARGANTE

                    Oh je perds patience.
960 Comment, depuis une heure il résoud, il balance ?
Riche comme je suis, aimable au dernier point...

FRONTIN

La voici, parlez donc, & ne balancez point.

Mme ARGANTE

Je l'apperçoy luy-même. Il me cherche, Nerine,
Il brûle de me voir.

NERINE

Oh je me l'imagine.

FRONTIN *à Dorante.*

965 Comment, vous hesitez quand il faut declarer ?...

DORANTE

Ah, Frontin, donne-moy le tems de respirer.

NERINE

Je croy que votre aspect l'embarasse, Madame.

Mme ARGANTE

Il m'aime, & n'oseroit me découvrir sa flâme.
En effet, mes appas ont jusques à ce jour
970 Inspiré du respect autant que de l'amour.
Mais je vais réchauffer le beau feu qui le guide,
Et deux de mes regards le rendront moins timide.
Bon jour, mon cher Dorante.

DORANTE

Ah, Madame... Bon jour.

FRONTIN

Oüi. Bon jour. Beau début pour lui parler d'amour.

Mme ARGANTE

975 Je vous trouve à propos & j'en suis si ravie...
Avoüez franchement que vous avez envie
De m'ouvrir votre cœur. N'est-il pas vrai, mon cher ?

FRONTIN

C'est pour ce sujet là qu'il alloit vous chercher,

Madame, vos vertus, votre argent & vos charmes,
980 Font qu'il est obligé de vous rendre les armes,
Et que lorsqu'il vous voit il sent des mouvements...
Allons, Monsieur, allons, dites vos sentimens.

Mme ARGANTE

Quoy donc ! en nous voyant nos bouches sont muettes ?
Voulez-vous que nos yeux soient nos seuls interprettes ?
985 Sortons de l'embarras où nous jettent nos feux,
Pourquoy nous en tenir aux regards amoureux ?

A Nerine

Parlez, mon cher enfant. Vois-tu comme il soupire ?

DORANTE

A Frontin

Madame, vos bontés... Je ne sçay que luy dire.

FRONTIN

Faites vous un effort au moins dans ce moment.

A Madame Argante

990 Mon Maître, à ce qu'il dit, vous aime éperdument.

Mme ARGANTE

Eperdument, Nerine. Ah quel comble de gloire !

NERINE

Ma foy je n'en croy rien.

Mme ARGANTE

Pourquoi ne le pas croire,
Insolente ?

FRONTIN

Oüi, Madame est-elle hors d'estat
De captiver le cœur d'un homme délicat ?
995 Apprenez que mon Maître est en fait de tendresse,
Plein de raffinement & de délicatesse,
Et trouve des appas quand il a bien rêvé,
Où les autres, morbleu, n'en ont jamais trouvé

NERINE

En ce cas je me rends & n'ay plus rien à dire ;
1000 Suivez les mouvemens que le cœur vous inspire.
Si Madame a pour vous de si charmants appas.
Vous pouvez l'adorer, je ne l'empêche pas.
Madame se croit belle, elle se rend justice,
D'ailleurs on voit souvent des amours de caprice.

Mme ARGANTE

1005 Des amours de caprice ? est-ce que pour m'aimer
Il faut ?...

NERINE

Non, je sçai bien que vous sçavez charmer.

Mme ARGANTE

Des amours de caprice ! Écoutez, impudente,
Si vous vous avisez... Oh ça, mon cher Dorante
Que dirons-nous ?

DORANTE

Eh mais,... tout ce qu'il vous plaira.

Mme ARGANTE

1010 Qu'il est tendre & galant ! Jamais on n'aimera
Comme nous nous aimons, n'est-il pas vray ?

DORANTE

Madame...

Mme ARGANTE

J'aime son embarras, il exprime sa flame
Mieux que tous les discours...

DORANTE

Oüi, Madame, il suffit...

Mme ARGANTE

Que sa réponse est pleine & d'amour & d'esprit !
1015 Vous sçavez bien pour vous, tout ce que je veux faire ?

DORANTE

Ah ! ce n'est point par là que je vous considere.

FRONTIN

Non. Il admire en vous une mûre beauté,
Un charmant embonpoint rempli de majesté.
Car il ne peut souffrir les tailles délicates.

Mme ARGANTE *à Frontin*

1020 Tu ne croirois jamais à quel point tu me flates.
Çà, faites moy l'aveu de tous vos sentimens,
Secondez mes soupirs par des transports charmants ;
Dites que ma beauté vous charme & vous enflamme,
Dites que mon portrait est gravé dans votre ame,
1025 Et que si notre hymen ne se fait dans ce jour
Vous allez expirer de tristesse & d'amour.

DORANTE

J'allois vous proposer... Ah, Frontin, qu'elle est folle !

Mme ARGANTE

Que dit-il ?

FRONTIN

Que l'amour luy coupe la parole.

Mme ARGANTE

C'est l'ordinaire effet des grandes passions.
1030   Mais vos tendres regards ont des expressions...
De grace finissez un si charmant langage,
Je n'y puis plus tenir. A quand le mariage ?

DORANTE

Eh mais... quand vous voudrez, dès demain, que
scait-on ?

NERINE

Quoy, Monsieur ! vous voulez l'épouser tout de bon ?

FRONTIN

1035   C'est son dessein, Nerine, & l'affaire est concluë.

NERINE

Puisque votre union est si bien résolue,
Souffrez que la premiere en ce même moment,
Je vous fasse à tous deux mon humble compliment.

A Dorante

On m'avoit déja dit, Monsieur, que la sagesse
1040   Chez vous estoit égale à la délicatesse,
Déja plus d'une fois j'en avois vû l'effet ;
Mais ceci passe encore ce que vous avez fait.

Et preferer Madame à deux Filles fort belles,
C'est avoir sur le goût des maximes nouvelles,
045 C'est un trait singulier qui sera fort vanté,
Mais qui sera, je croy, rarement imité.

A Madame Argante

Je m'en vais informer Celimene & Julie
Qu'à Monsieur, dès ce jour un doux hymen vous lie.
Puissiez-vous vivre ensemble aussi tranquilement
050 Qu'on le doit esperer d'un tel assortiment ;
Puissiez-vous à Dorante inspirer la tendresse,
Puisse Dorante en vous trouver de la jeunesse,
Et pour rendre le trait encor plus singulier,
Puissiez-vous à Monsieur donner un heritier.

Elle s'en va en riant.

FRONTIN

055 La carogne !

SCENE IV

Mme ARGANTE, DORANTE,
LE CHEVALIER, FRONTIN

LE CHEVALIER

Bon jour, Maman trop adorable,
On a beau vous chercher, vous êtes introuvable.

Mme ARGANTE

Pourquoi me cherchez-vous ?

LE CHEVALIER

Pour vous parler d'amour.
Il faut nous marier avant la fin du jour.

DORANTE *à Frontin*

Qu'il arrive à propos !

LE CHEVALIER

    Ma flâme est violente,
1060 Et je ne sçay pourquoy je vous trouve charmante.
Je viens donc vous jurer que vous avez en moy
Un protestant tout prêt à vous donner sa foy.

Mme ARGANTE

Laissez-nous.

LE CHEVALIER

    Refuser un homme de ma sorte ?
Oh ! nous nous convenons, ou le diable m'emporte.

Mme ARGANTE

1065 Fi donc, petit badin, vous vous passionnez.

LE CHEVALIER

Et peut-on retenir l'amour que vous donnez ?
Pour vous voir un moment j'ay couru comme un liévre.
Vous m'avez mis en feu. N'aurois-je point la fiévre ?
Tâtez...

1065 **se passionner** : Vaugelas accepte *affectionner* et *se passionner*, « verbes que l'usage a receus, dont on puisse se servir », mais il déplore qu'on invente des verbes « à sa fantaisie, tirez & formez des substantifs », par exemple, *ambitionner, occasionner, prétexter,* etc. (*Remarques,* p. 119). Ailleurs, il constate que « se passionner est excellent » (*ibid.,* p. 346). Cf. *Commentaires sur les « Remarques » de Vaugelas,* II, p. 589-592.

Mme ARGANTE

     Oh je vous croy, car j'ai sçu de tout tems
1070 Inspirer des transports si promts, si violents...

LE CHEVALIER *se jettant à ses genoux.*

Que je meure à vos pieds si je ne vous adore.
Vous êtes ma Beauté, mon Soleil, mon Aurore.
Ma grand'Maman, daignez m'honorer d'un regard.

Mme ARGANTE

Mon pauvre Chevalier, vous vous offrez trop tard.

LE CHEVALIER

1075 Est-il quelque Rival dont la flâme insolente ?...

Mme ARGANTE

Oüi, vous en avez un, le voilà. C'est Dorante.

DORANTE *au Chevalier, bas.*

N'en croy rien, Chevalier.

Mme ARGANTE

          Pour couronner nos feux,
Les doux nœuds de l'hymen vont nous unir tous deux.

LE CHEVALIER

Bon, vous rêvez cela.

Mme ARGANTE

          Non je vous dis qu'il m'aime.
1080 Si vous ne m'en croyez, demandez-le à luy-même.
Il vient de m'assurer qu'il seroit mon Epoux.

LE CHEVALIER

Dieu me damne, ma mere, il se moque de vous.

Mme ARGANTE

Allons, avoüez donc ce que Monsieur ignore.

DORANTE

Que faut-il avoüer ?

Mme ARGANTE

Que votre cœur m'adore,
1085 Et que vous me trouvez de si charmants appas,
Que Venus prés de moy ne vous toucheroit pas.

Au Chevalier.

Vous allez voir, Monsieur.

DORANTE

Madame, en conscience,
Rien n'est moins veritable.

FRONTIN *à part.*

Oh quelle impertinence !

Mme ARGANTE

Quoy ?

DORANTE

Mon respect pour vous ne peut être égalé,
1090 Mais pour vous aimer non, qu'il n'en soit point parlé.

Mme ARGANTE

Vous en avez menti, car je sçai le contraire.

LE CHEVALIER

Je vous avois bien dit que vous réviez, ma mere.

FRONTIN *à Dorante.*

Il falloit feindre.

DORANTE

Non, je ne puis.

LE CHEVALIER

                Sur ma foy,
Ne vous attendez point à d'autre Epoux que moy.
1095 Il refuse la main qui par vous est offerte ;
Mais qui peut mieux que moy réparer cette perte ?
Ça, je compte déjà notre hymen arrêté,
Ainsi je vais user de mon autorité.
J'entends, je veux, j'ordonne en pere de famille,
1100 Que Dorante au plutôt épouse notre Fille.

Mme ARGANTE

Ma Fille ?

LE CHEVALIER

Oüi, Julie. Il l'aime à la fureur.
La friponne pour luy ressent la même ardeur.

Mme ARGANTE

Vous ne répondez rien. Me dit-il vray, Dorante ?

FRONTIN

Quelque chose approchant.

DORANTE

　　　　　Tout franc, Madame Argante,
1105　Monsieur le Chevalier vous convient mieux que moy,
Vous êtes nés tous deux l'un pour l'autre.

LE CHEVALIER

　　　　　　　Oüi, ma foy.

Mme ARGANTE

Quoy ! par un feint amour vous m'auriez donc leurée ?

FRONTIN

C'est qu'il s'estoit mépris. La chose est réparée.

Mme ARGANTE

Répondez, répondez ; comment justifier ?...

DORANTE

1110　Je vous parle en ami, prenez le Chevalier.

1104　**quelque chose approchant** : Vaugelas consacre plusieurs
paragraphes au genre de l'expression *quelque chose* ; elle serait
neutre, si elle équivalait à *aliquid,* et féminine, si on prenait en
compte le seul genre du substantif. Il estime qu'elle est neutre.
Il constate qu'on peut « échapper la difficulté avec la préposi-
tion, ou la particule *de,* devant l'adjectif ». En l'absence de toute
règle, il trouve que l'emploi de l'adjectif au masculin est « plus
beau » (*Remarques,* p. 220 et *464-*467). Cf. *Commentaires sur
les « Remarques » de Vaugelas,* I, p. 433-434.

Mᵐᵉ ARGANTE

Traître.

LE CHEVALIER

Belle Maman, souffrez que je vous prie,
Si c'est peu d'ordonner, qu'il épouse Julie.

Mᵐᵉ ARGANTE

Vous aimez la friponne ?

DORANTE

Oüi, Madame, il est vray.

Mᵐᵉ ARGANTE

Pourquoy donc m'abuser ?...

FRONTIN

C'estoit un coup d'essay.

Mᵐᵉ ARGANTE

115   Un coup d'essay ?

FRONTIN

Sans doute, il adoroit Julie,
Mais par bonnes raisons il a conçû l'envie
De quitter cet objet qui sçavoit l'embraser,
Afin de vous servir & de vous épouser :
Mais pour votre malheur, ainsi que pour le nôtre,
120   Il n'a pû réussir ni dans l'un ni dans l'autre.

DORANTE

Oüi, j'ay fait mille efforts pour me donner à vous :
Je mettois mon bonheur à me voir votre Epoux ;

Tous ces efforts sont vains. Consentez-donc, Madame,
Qu'un prompt hymen m'unisse à l'objet de ma flâme,
1125 Et recompensez-moy d'avoir tout employé
Pour...

Mᵐᵉ ARGANTE

Vous êtes un sot.

FRONTIN

Vous voilà bien payé.

DORANTE

Madame, en verité...

Mᵐᵉ ARGANTE

Pour votre recompense,
N'attendez de ma part que haine & que vangeance,
Adieu. Vous, suivez-moy, Monsieur le Chevalier.

SCENE V

DORANTE, FRONTIN

FRONTIN

1130 Tout franc, cet adieu-là me paroît singulier.
Mais vous meritez fort une telle avanie,
Et votre incertitude est assez bien punie.

DORANTE

J'avois mille raisons...

FRONTIN

Oüi, maintenant je voy

Que vous en trouveriez pour m'épouser, je croy.
1135 Mais enfin ces raisons que vous croyez si belles,
Cedent dans le moment à des raisons nouvelles,
Vous preferiez la mere à l'une & l'autre sœur,
Et dès qu'elle paroît son aspect vous fait peur.
Ecouter votre amour, c'estoit une folie,
1140 Et l'entretien finit en demandant Julie.

DORANTE

Sa mere m'a paru si folle en ce moment,
Qu'elle m'a fait d'abord changer de sentiment,
Et Julie avec elle à l'instant comparée
M'a paru de tout point digne d'être adorée.
1145 Oüi : je luy vais offrir, & mon cœur, & ma main,
Et rien ne sçauroit plus m'arracher ce dessein.

FRONTIN

Sa mere voudra-t-elle ?...

DORANTE

On sçaura la réduire.

FRONTIN

Chut. Voici les deux sœurs. Que vont-elles vous dire ?

SCENE VI

CELIMENE, JULIE, DORANTE, FRONTIN

JULIE

Avec empressement nous accourons vers vous ;
1150 Ma mere va bien-tôt vous avoir pour Epoux,

Et nous venons, Monsieur, par un respect sincere,
Saluër, reconnoître en vous notre Beau-pere.

Elles luy font toutes deux la reverence.

FRONTIN

Ah ! le trait est malin.

DORANTE

Si j'ay pû concevoir...

CELIMENE

Loin de nous écarter des regles du devoir,
1155 Nous vous respecterons en Pere de famille,
Et chacune de nous se dira votre Fille.

Celimene fait la reverence.

DORANTE

J'avouë ingenuëment que...

JULIE

Pour moy dès ce jour
Je vais mettre mes soins à vous faire ma Cour.
De vos bontés, Monsieur, j'espere estre appuyée.
1160 Et que de votre main je serai mariée.

Elle fait la réverence.

FRONTIN

Je parlerai pour vous, je suis son favori ;
Allez, je vous promets à chacune un mari.

DORANTE

Te tairas-tu maraut ? Si vous vouliez m'entendre...

JULIE

Non, vraiment, c'est un soin que je ne veux point
                                        prendre.
1165   Je croyais que pour vous mon cœur eût du penchant,
Mais, Monsieur, sans me faire un effort violent
Je puis le reserver aisément pour un autre,
Et mon indifference est égale à la vôtre.
Je vais trouver ma mere afin de la presser
1170   De celebrer la noce où je veux bien danser.

Elle s'en va en dansant & en chantant
après avoir fait plusieurs reverences.

FRONTIN *à Celimene*

Danserez-vous aussi ? Mais vous pleurez je pense,
Hom, celle-ci n'a pas tant de goût pour la danse.

CELIMENE

Ah Dorante, Dorante, où me réduisez-vous ?
J'attendois de vous seul mon bonheur le plus doux,
1175   Je ne l'espere plus, & ma douleur extrême...
Adieu, vous voyez trop à quel point je vous aime.

DORANTE

Madame... Elle me fuit.

SCENE VII

DORANTE, FRONTIN

FRONTIN

Que vous en dit le cœur ?

DORANTE

Ah ! je suis penetré de joye & de douleur.
Je suis desesperé des mépris de Julie.
1180 Par les pleurs de sa Sœur, mon ame est attendrie.
Je retombe par là dans ma perplexité,
Et mon trouble est plus grand qu'il n'a jamais esté.
Mais le dépit enfin me domine, & je jure...
Je n'oserois, Frontin, je crains d'être parjure.
1185 Si l'une par ses pleurs a sçu gagner mon cœur,
L'autre par ses mépris irrite mon ardeur.
Allons trouver Julie, ah je veux qu'elle apprenne...

FRONTIN

Allons.

DORANTE

Non il vaut mieux parler à Celimene.

FRONTIN

Et que luy direz-vous ?

DORANTE

Je ne sçay, mais enfin...
1190 Vien, suy-moy, je pourrai me résoudre en chemin.

Fin du troisième Acte.

ACTE IV

SCENE PREMIERE

DORANTE, FRONTIN

FRONTIN

Enfin donc, Celimene emporte la balance ?

DORANTE

Je me livre au plaisir d'une juste vengeance.
Je veux braver Julie.

FRONTIN

En conscience, là,
Combien de tems encor voudrez-vous bien cela ?

DORANTE

1195   Combien je le voudrai ?

FRONTIN

Si pendant un quart d'heure
Vous suivez ce dessein, c'est beaucoup ou je meure.

DORANTE

Moy, je pourrois changer après tous les mepris ?...
Ah ! ne m'en parle point, le dessein en est pris.

FRONTIN

Mais, Monsieur...

DORANTE

    Mais, Frontin, la chose est résoluë,
1200 Je suy de ma raison la puissance absoluë ;
  Car enfin ne croy pas qu'un dépit amoureux
  Me fasse renoncer à l'objet de mes vœux.
  C'est la reflexion. Jamais un homme sage
  Ne consulte son cœur touchant le mariage ;
1205 Il ne veut point aimer celle qu'il se choisit,
  Il s'en tient à l'estime, & cela luy suffit ;
  Je te l'ai dit vingt fois, je te le dis encore :
  Mais il doit souhaiter que sa femme l'adore ;
  Estre aimé sans aimer, c'est le sort le plus doux
1210 Dont se puisse jamais assurer un Epoux,
  S'il sçait par une feinte adroite & legitime,
  Marquer beaucoup d'amour, n'ayant que de l'estime.
  La raison me contraint à prendre ce parti.

FRONTIN

L'amour luy pourra bien donner un démenti.

DORANTE

1215 Non, je ne le crains point. Je n'aime plus Julie.

FRONTIN

Mais cependant, Monsieur, vous la trouviez jolie.

DORANTE

Jolie ! Ah, dis plutôt que c'est une beauté ;
Qu'on ne sçauroit la voir sans en être enchanté ;
Qu'elle a l'esprit charmant, qu'elle a la voix divine.
1220 Que...

FRONTIN

Vous ne l'aimez plus ?

DORANTE

Mais je me l'imagine.

FRONTIN

Je m'imagine moy que vous en êtes fou.

DORANTE

Oh ! je te prouverai le contraire.

FRONTIN

Et par où ?

DORANTE

Par mes empressemens auprès de Celimene.
Mon interêt le veut, & j'y souscris sans peine.
1225 Elle m'aime ; je vais luy jurer mille fois
Que ses divins appas m'ont rangé sous ses loix ;
Moins je verray mon cœur avoüer ce langage,
Moins je redouterai les nœuds du mariage,
Plus il voudra parler en faveur de mes feux,
1230 Et plus contre son gré je serrerai ces nœuds.
Enfin tu connoîtras bien-tôt que mon sistême,
Est qu'on n'épouse point les personnes qu'on aime.

FRONTIN

Allons donc, tout coup vaille, épousons sans amour,
Mais...

DORANTE

Tu raisonnerois jusqu'à la fin du jour.
1235 As-tu vû Nerine ?

FRONTIN

Oüi, je l'ay desabusée.
La chose à dire vray n'estoit pas mal-aisée ;
Elle ne doutoit point que bien-tôt la maman
Ne vous dégoûtât d'elle, & pour moy votre plan
M'a paru...

DORANTE

Laissons là ta pensée & la sienne.
1240 A-t-elle sçû calmer Julie & Celimene ?
Et leur a-t-elle dit que je ne voulois plus ?...

FRONTIN

Elles sont toutes deux instruites là-dessus.

DORANTE

Allons donc au plutôt...

FRONTIN

Celimene s'avance.

DORANTE

Tu vas voir si l'amour emporte la balance.

Scene II

CELIMENE, DORANTE, FRONTIN

CELIMENE *entre en rêvant sans les voir.*

1245 Il a beaucoup d'esprit & beaucoup de raison.
Avoit-il pû former un pareil projet ? Non.

Mais sçachant que ma Mere est facile & credule,
Il la vouloit, je croy, tourner en ridicule.

FRONTIN *à Dorante.*

Elle donne un bon tour à votre beau projet.
1250 Laissons-la dans l'erreur.

DORANTE

C'est bien dit.

CELIMENE

En effet
Croiroit-on ?... Le voici. Tâchons avec adresse
De sçavoir quel est donc l'objet de sa tendresse.

FRONTIN *à Dorante*

Elle approche.

DORANTE

Ah ! Frontin.

FRONTIN

Quoi ! qu'avez-vous, Monsieur ?

DORANTE *à Frontin.*

Qu'elle est belle !

FRONTIN

Charmante.

DORANTE

Elle efface sa sœur.

FRONTIN

1255   Oüi.

DORANTE

Je crains qu'à la fin sa beauté ne m'enflâme.

FRONTIN

Diable, gardez-vous-en. Ce sera votre femme.

DORANTE

Madame, quel bonheur vous presente à mes yeux ?
Mais helas ! que je crains de vous être odieux !

CELIMENE

Non. Il me sieroit mal d'affecter de la haine,
1260   Et vous connoissez trop le cœur de Celimene.
Mes sentimens tantôt ont paru malgré moy.

FRONTIN à *Dorante[,] bas.*

Son cœur est bien malade.

DORANTE

                    Oüi, Frontin, je le voy.

CELIMENE

Mais n'allez pas penser qu'écoutant ma foiblesse,
Je cherche en votre cœur une égale tendresse.
1265   Quoique votre conquête eût dequoy me charmer,
Je vous ai toujours cru peu capable d'aimer ;
Ainsi je veux me vaincre, & le soin de ma gloire...

DORANTE

Peu capable d'aimer ! Avez-vous pû le croire ?
Quoy donc ! peut-on vous voir & ne vous aimer pas ?
1270 Vous présumez trop peu de vos divins appas,
Rien ne peut résister à leur éclat suprême :
Il sçauroient attendrir l'indifference même.

FRONTIN

L'indifference même ! Ah morbleu, le beau mot !
Vous mentez quelquefois joliment.

DORANTE

                                        Tais-toy, sot.

CELIMENE

1275 En vain vous me flatez d'un pareil avantage,
Ce n'est point votre cœur qui me tient ce langage.

DORANTE

Vous me faites injure & me connoissez peu.

FRONTIN

Dès que vous paroissez, mon Maître est tout en feu,
C'est ce qu'il me disoit tout à l'heure.

DORANTE

                                        Moy, feindre !
1280 A cet indigne effort qui pourroit me contraindre ?
D'ailleurs quand je voudrois feindre de vous aimer,
Mon cœur à votre aspect se laisseroit charmer,
Et l'éclat de vos yeux que personne ne brave,
D'un Amant supposé sçauroit faire un Esclave.

FRONTIN

1285   On ne badine point avec votre Beauté,
        La peste, il y fait chaud.

CELIMENE

                              Dites la verité.
        Pourquoy donc osiez-vous proposer à ma mere
        De l'épouser ?

DORANTE

                         De grace oublions cette affaire,
        J'avois quelques raisons pour en user ainsi,
1290   Mais...

FRONTIN

        Traittons le sujet qui nous assemble icy.

DORANTE

        Oüi, Madame, songez que ma plus forte envie
        Est de m'unir à vous le reste de ma vie.
        Trop heureux, si daignant approuver mon dessein,
        Vous consentez, Madame, à me donner la main.
1295   Vous ne répondez rien ! Ah ! rompez ce silence,
        Et permettez du moins qu'une douce esperance...

CELIMENE

        Une Mere a sur nous un pouvoir absolu,

1286   **chaud** : Furetière explique ainsi l'emploi du mot chaud :
« Nous nous sommes trouvez dans une occasion où il faisoit fort
chaud ; c'est-à-dire, où l'on se battoit vigoureusement ». Des
exemples analogues se trouvent dans le *Dictionnaire de l'Académie* (« Chaleur »), et dans le *Dictionnaire de Trévoux,* où on cite
un exemple puisé chez Molière.

Obtenez son aveu, notre hymen est conclu.
Mais je crains que ma Sœur...

DORANTE

Julie paroît & écoute sans être vûë.

                    Non, belle Celimene,
1300 Je veux, jusqu'au trépas, vivre dans votre chaîne :
Ce n'est que votre hymen qui peut combler mes vœux ;
Et de tous les mortels je suis le plus heureux.
Que je vous trouve en tout préferable à Julie !
Madame, c'en est fait, pour jamais je l'oublie.
1305 Puisque vous acceptez & ma main & mon cœur,
Je jure à vos genoux que jamais votre sœur...

                    Il apperçoit Julie.
Juste Ciel !

CELIMENE

Qu'avez-vous ?

FRONTIN

Achevez-donc.

DORANTE

                    Je jure... *Il se leve.*
Je ne puis.

FRONTIN

D'où vous vient ?... Ah ! Voici l'encloueure.

1307 **encloueure** : « signifie figurément tout obstacle qui empêche la reüssite d'une affaire » (Furetière). Le grammairien donne
des exemples et note que « ces manieres de parler sont basses &
populaires, & ne sont bonnes que dans le stile familier ».

SCENE III

JULIE, CELIMENE, DORANTE, FRONTIN

JULIE *à Celimene.*

Vous lui faites jurer de ne m'aimer jamais,
1310 Ma sœur ; craignez-vous tant l'effet de mes attraits ?
Monsieur à vos genoux vous livre la victoire,
S'il ne fait des sermens, vous n'osez pas le croire.
Ah ! vous ne rendez point justice à vos appas.
Qu'est-ce donc ? Vous voilà tous deux dans l'embarras !
1315 Vous ne répondez-rien ! Craignez-vous ma presence ?
Du moins honorez-moi de votre confidence.
Quoi ! pas un mot ? Frontin[?] Ils se taisent tous trois.

FRONTIN

Les transports de l'amour nous étouffent la voix.

Julie se met à rire.

CELIMENE *à Julie.*

Ce que vous avez vû vous en doit assez dire,
1320 Pour n'avoir pas besoin de vous en faire instruire :
Mais par votre discours je connois aisément
Que l'aveu qu'on m'a fait vous blesse vivement.
Et par son embarras je remarque de même
Que votre aspect le jette en un desordre extrême.
1325 Je n'examine point d'où cela peut venir,
Et vous pouvez tous deux vous en entretenir.

Elle sort.

SCENE IV

DORANTE, JULIE, FRONTIN

JULIE *à Dorante.*

Ce que je viens de voir a lieu de me surprendre ;
Et dans vos procedez, j'ai peine à vous comprendre.
Ma mere, ce matin, a reçû votre foi :
1330 Tout prêt à l'épouser, vous la quittez pour moi :
Quand j'y pense le moins, j'apprends cette nouvelle ;
Je vous dirai bien plus, car je suis naturelle ;
J'esperois que bien-tôt je la sçaurois par vous,
Et dans le même instant, je vous trouve aux genoux
1335 De ma sœur, lui jurant...

DORANTE

                    Ouy, je suis trop sincere,
Madame, pour vouloir vous en faire un mystere.
J'estime votre sœur, je l'épouse demain,
Si votre mere veut approuver ce dessein,

JULIE

Ma mere ? Vous venez de lui faire une offense
1340 Qui merite plûtôt qu'elle en tire vangeance.

DORANTE

Je ferai mes efforts pour fléchir son courroux.

JULIE

Je vous promets aussi de lui parler pour vous.

DORANTE

Vous parlerez pour moi, vous, Madame ?

JULIE

                              Moi-même,
D'où vous vient donc, Monsieur, cette surprise extrême ?

DORANTE

1345 Je m'attends bien plûtôt à vous voir tout tenter
Pour rompre mon dessein.

JULIE

                              Vous voulez vous flater
Que je ne sçaurois voir qu'àvec beaucoup de peine,
Que vous veüilliez, Monsieur, épouser Celimene.
Mais désabusez-vous ; Loin de troubler vos feux,
1350 Je m'en vais travailler à vous unir tous deux.

DORANTE

Quoi ! serieusement ?

JULIE

                              Oui, la chose est constante.

FRONTIN à *Dorante.*

Voilà ce qui s'appelle un fille obligeante.

JULIE

Dois-je pas à ma sœur ces marques d'amitié ?

DORANTE à *Frontin.*

Peut-on plus durement se voir humilié !
1355 Ah, cruelle !

JULIE

                  Comment ?

DORANTE

Vous me charmez, Madame.
Je sens pour Celimene une si vive flame,
Qui si je ne l'obtiens, je mourray de douleur.

JULIE

Cette mort vous feroit à tous deux grand honneur.
Ah ! que ne puis-je voir une fois en ma vie,
360 Quelqu'un mourir d'amour ; c'est toute mon envie.
Si vous aimez autant que vous me l'avez dit,
J'auray ce plaisir là, car je connois l'esprit
De ma Mere, & malgré les soins que je vais prendre
Je doute qu'à vos vœux elle puisse se rendre :
365 Je jurerois que non : Ainsi dés ce moment,
Vous n'avez qu'à songer à votre testament.

FRONTIN *à part.*

Je ne vis de mes jours plus maligne femelle.

SCENE V

DORANTE, JULIE, NERINE, FRONTIN

NERINE

Qu'on m'écoute : J'apporte une grande nouvelle.
Depuis une heure entiere, en son particulier
370 Madame tient conseil avec le Chevalier.
Voici le résultat de leur haute folie.
Pour vous punir, Monsieur, d'avoir aimé Julie,
Et d'avoir témoigné la vouloir épouser,
On a pris le parti de vous la refuser.

JULIE

375 On a bien fait.

NERINE

Comment ?

JULIE

Oüi, j'en suis trés-contente.

NERINE

Vous m'étonnez. De plus, comme on sçait que Dorante
N'aime point Celimene, on consent de bon cœur
Qu'il l'épouse au plutôt.

JULIE *à Dorante.*

Allez trouver ma sœur.
Qu'elle apprenne par vous ces heureuses nouvelles.

DORANTE

1380 J'y cours.

FRONTIN

Allons. L'amour nous prêtera ses aîles.

DORANTE

Adieu, Madame.

JULIE

Adieu.

FRONTIN *à part.*

Je crains quelque retour.

DORANTE

Vous souhaitiez de voir quelqu'un mourir d'amour,

Et tous vos vœux étoient que ce fût moy, Madame.
Un refus, en effet, alloit me percer l'ame.
385 Sans votre aimable Sœur le jour m'est odieux.
Notre hymen va bien-tôt se conclure à vos yeux,
Qu'un autre par sa mort contente votre envie,
Puisque je suis heureux je dois cherir la vie.

NERINE

Qu'est-ce donc que ceci ? Depuis quelques moments
390 Il s'est fait entre vous d'étranges changements ?

FRONTIN

Oüi, mon cœur, nous allons épouser Celimene,
Et l'arrêt prononcé ne nous fait point de peine.

DORANTE

Oüi, Nerine, le Ciel exauce tous mes vœux,
Je vais trouver l'objet qui doit me rendre heureux.

A Frontin

395 Elle rêve, Frontin.

FRONTIN

395   Oüi, je croy qu'elle enrage.

DORANTE

Voy comme le dépit paroît sur son visage.
Je suis charmé.

FRONTIN

                    Morbleu, ne songez qu'à sa sœur.

DORANTE

Oüi, sortons.

NERINE à *Julie*.

Qu'est-ce donc ? vous changez de couleur !
Allez, consolez-vous, vous serez mariée.

JULIE

1400   Comment ?

NERINE

Au Chevalier vous êtes destinée.

Dorante revient & écoute.

JULIE

Juste Ciel !

DORANTE

Ah, Frontin !

NERINE à *Julie*.

Montrez presentement
Que l'amour n'est pour vous qu'un simple amusement.
C'est ainsi que tantôt vous traitiez cette affaire.
Quoi ! voulez-vous sortir de votre caractere ?

JULIE *d'un ton qui marque son dépit.*

1405   Non, je crains ce reproche, & j'ay pour l'éviter,
L'exemple de Monsieur, dont je veux profiter.
Epousez donc ma Sœur, & moy sans plus attendre,
Je vais trouver l'Epoux qu'on m'ordonne de prendre.

A Nerine

Me reconnois-tu là ?

NERINE

Vous voilà trait pour trait.

DORANTE *la retenant.*

1410 Madame, demeurez.

JULIE

Non, Monsieur, c'en est fait.

DORANTE

Pouvez-vous consentir que l'hymen vous unisse
Avec le Chevalier ?

JULIE

Il faut que j'obéisse.

DORANTE

Si vous obéissez, ordonnez donc ma mort.
Vous seule vous pouvez me faire un heureux sort.

JULIE

1415 Vous juriez à ma Sœur...

DORANTE

Croyez-vous que je l'aime ?
Je la trompois, Madame, & me trompois moy-meme.

NERINE *à Dorante.*

Je m'en vais l'informer de votre changement.

JULIE *voulant retenir Nerine*

Nerine.

NERINE

Ne songez qu'au raccommodement.

Le dessein qu'il a pris d'épouser Celimene,
1420 Ne peut s'exécuter, & j'en suis bien certaine.

A Julie.

L'hymen du Chevalier vous plairoit encor moins ;
A vous cacher vos feux vous mettez tous vos soins.
Mais vos yeux, vos discours, tout parle de tendresse.
Ce sont-là les retours de l'humaine foiblesse.
1425 Allons, tenez-vous-en à votre premier choix ;
L'amour veut que l'hymen vous range sous ses loix.

JULIE

Qui pourra me répondre...

DORANTE

Ah ! divine Julie,
Je veux vous adorer le reste de ma vie.

Nerine sort.

SCENE VI

DORANTE, JULIE, LE CHEVALIER, FRONTIN

LE CHEVALIER *à Dorante*

Je te cherchois.

DORANTE

Pourquoy ?

LE CHEVALIER

Pour te voir enrager.
1430 Le parti qu'on a pris doit beaucoup t'affliger,

Tu filois le parfait avec cette charmante.
On te donne sa Sœur, la chose est assommante,
D'autant plus que ce soir j'épouse cet enfant.

FRONTIN

Monsieur le Chevalier a l'air bien triomphant.

LE CHEVALIER

1435 L'amoureuse Maman est fort vindicative
Et plus elle t'aimoit, plus sa colere est vive.

JULIE

Elle peut se vanger par un autre moyen ;
Mais moy, vous épouser ? Ah je n'en ferai rien.

LE CHEVALIER

Vous n'en ferez rien ? Vous ? Oh palsembleu, Madame,
1440 Je vous garantis, moy, que vous serez ma femme :
Malgré vous, malgré luy vous nous obéïrez,
Et je réponds de plus, que vous m'adorerez.

DORANTE

Chevalier.

LE CHEVALIER

 Quoy ?

DORANTE

   Sçay tu que la plaisanterie
Convient ici fort mal ? Tréve de raillerie.

1431 **filer le parfait** : « On dit proverbialement [...] qu'un
homme *file* le parfait amour, pour dire, qu'il cageolle une femme
dans les formes » (Furetière).

JULIE

1445   Croyez-moy, Chevalier, vous vous flatez en vain
De posseder bien-tôt & mon cœur & ma main.
Je ne vous aime point, & contre votre attente
Je vais me declarer en faveur de Dorante.

LE CHEVALIER

Ceci merite bien quelque reflexion :
1450   En conscience, là, parlez vous tout de bon ?

JULIE

Oüi, vrayment.

LE CHEVALIER

          Je me pique aussi d'être sincere,
Si vous ne m'aimez point je ne vous aime guere ;
Dorante est mon ami, vous vous charmez tous deux,
J'aurois tort sans amour d'aller troubler vos feux,
1455   Et d'ailleurs votre Sœur, vous, ou la bonne femme,
Tout m'est bon.

SCENE VII

Mᵐᵉ ARGANTE, DORANTE, JULIE,
LE CHEVALIER, NERINE, FRONTIN

Mᵐᵉ ARGANTE *dit du côté d'où elle entre.*

Oui, Dorante est pour vous.

NERINE

Mais, Madame...

Mme ARGANTE

Non, non, ma volonté doit luy servir de loy.
Pourquoi le refuser, je le prendrois bien moy.
Mais tien, je l'apperçois, que je le trouve aimable !

DORANTE *à Mme Argante.*

1460 Madame, vous voyez la douleur qui m'accable.
Ne pourrai-je fléchir votre injuste courroux ?
Et voulez-vous me voir mourir à vos genoux ?

Mme ARGANTE

Ah petit scelerat !

DORANTE

           Si l'on commet un crime,
Lorsque l'on n'a pour vous qu'une parfaite estime,
1465 J'avouë en rougissant, que je suis criminel.

NERINE

L'aveu n'est pas touchant, mais il est naturel.

Mme ARGANTE

Tenez, quoiqu'il m'ait dit une sottise en face,
Il met dans ses discours tant de feu, tant de grace,
Que le dépit ne peut contre luy m'animer.
1470 Hélas, mon cher enfant, si tu pouvois m'aimer !
Là, consulte-toy bien.

DORANTE

           Cela n'est pas possible,
Madame, si par choix on devenoit sensible
J'ose vous protester que vous auriez mon cœur :
Mais je sens pour Julie une si vive ardeur...

Mme ARGANTE à *Julie.*

1475 Coquine.

DORANTE

Accordez-moy l'adorable Julie,
Ou bien-tôt vos refus vont terminer ma vie :
Car enfin je ne puis...

Mme ARGANTE

Petit tygre, pourquoy
Tout ce que tu dis-là, n'est-il pas dit pour moi ?

JULIE

Madame, permettez...

Mme ARGANTE

Taisez-vous, impudente.
1480 Attendez-vous vrayment qu'on vous donne à Dorante ?

NERINE

Oüi, c'est pour votre nés.

Mme ARGANTE

Songez au Chevalier.

LE CHEVALIER

Tout beau, je n'en veux plus.

1481 **nés** : « C'est pour votre *nez,* ou, cela vous passera bien
loin du *nez* ; pour dire, Cela ne sera pas pour vous » (Furetière).

Mᵐᵉ ARGANTE

Que vous êtes grossier !
Et pourquoy, s'il vous plaît, ne voulez-vous plus d'elle ?

LE CHEVALIER

C'est que j'en veux à vous, je vous trouve plus belle.

Mᵐᵉ ARGANTE

485 Monsieur le Chevalier dans sa vivacité
A quelquefois des traits dont on est enchanté.

LE CHEVALIER

On me l'a toujours dit.

Mᵐᵉ ARGANTE

Mais montrez-vous plus sage ;
Je prétens vous donner Julie en mariage,
La noce se fera même dés aujourd'huy,
490 Et vous me vangerez de ma fille & de luy.

JULIE

J'aimerois mieux mourir...

Mᵐᵉ ARGANTE

Vous avez l'insolence...

DORANTE

Eh bien, Madame, il faut hâter votre vengeance,
Je renonce à Julie, aussi bien qu'à sa Sœur,
Et vais en d'autres lieux emporter ma douleur.

LE CHEVALIER *veut le retenir.*

1495 Dorante.

DORANTE

Laisse-moy, la fureur me transporte.

LE CHEVALIER

Morbleu tu reviendras, ou le diable m'emporte.

DORANTE *à Mme Argante*

Adieu, Madame, adieu, vous ne me verrez plus.

LE CHEVALIER

Je ne te quitte point.

DORANTE

                    Tes soins sont superflus.

SCÈNE VIII

Mme ARGANTE, JULIE, NERINE

Mme ARGANTE *à Julie.*

C'est vous qui me causez un affront si sensible,
1500 Otez-vous de mes yeux.

                    Julie sort.

SCÈNE IX

Mme ARGANTE, NERINE

Mme ARGANTE

                    Est-il donc bien possible
Que je ne verrai plus Dorante ?

NERINE

En doutez-vous ?
Il s'en va transporté d'un violent couroux.
Mais, Madame, aprés tout, pouvez-vous bien prétendre
Qu'il puisse avoir pour vous un cœur facile & tendre ?
1505 Là, rendez-vous justice, avez-vous dû penser
Qu'entre Julie & vous il pourroit balancer ?
Ou s'il a balancé, vous flatiez-vous, Madame,
Qu'il voulût en effet vous choisir pour sa femme ?

Mme ARGANTE

C'est donc pour me joüer & me desesperer
1510 Que d'un pareil projet il venoit me leurrer ?

NERINE

Non, c'est de bonne foy qu'il vous a dit la chose.
Mais execute-t-il tout ce qu'il se propose ?
Par exemple, il est sûr, & je le sçay par luy,
Qu'il vouloit épouser Celimene aujourd'huy.

Mme ARGANTE

1515 Celimene ?

NERINE

Oüi vrayment.

Mme ARGANTE

Par quelle fantaisie
Veut-il donc la quitter pour épouser Julie ?

NERINE

Par la même raison qui fait qu'en un moment
Il a sur votre hymen changé de sentiment.

Il adore Julie, & fait tout son possible
1520 Pour braver les appas qui le rendent sensible.
Il veut rompre ses fers, il promene son cœur,
Il s'engage, il promet, mais un charme vainqueur
Fait qu'au moment qu'il croit triompher de luy-même,
Il sent que Julie est l'unique objet qu'il aime.

Mme ARGANTE

1525 La friponne ! elle eût dû, suivant mon sentiment,
Se tenir renfermée en son appartement,
Y lire, y travailler, non se montrer sans cesse
Pour venir m'effacer par son air de jeunesse.

NERINE

Oüi, cet air est à craindre.

Mme ARGANTE

                    Oh sans cela, je croy
1530 Qu'elle ne seroit pas plus piquante que moy.

NERINE

Mais voulez-vous manquer un fort bon mariage,
Par un entêtement ridicule à votre âge ?

Mme ARGANTE

Je ne puis digerer l'affront qu'elle me fait.

NERINE

Votre ressentiment peut estre satisfait.

Mme ARGANTE

1535 Comment ?

NERINE

En permettant qu'elle épouse Dorante.
C'est un homme quinteux, dont l'humeur inconstante,
Incommode, bizarre, aura dans peu de jours
Détruit leur union par de fâcheux retours.
D'ailleurs il est sujet à trop de jalousie,
540   Pour vivre bien long-tems tranquille avec Julie.
Enfin, si vous voulez avoir un jeune Epoux,
Le Chevalier, Madame, est plus propre pour vous :
Son humeur me paroît trés-conforme à la vôtre ;
Et vous devez, ma foi, le preferer à l'autre :
A l'âge près, pourtant, qui ne me paroît pas...

Mme ARGANTE

Va, Nerine, croi moi, quand on a mes appas,
On peut bien à tout âge épouser un jeune homme.

NERINE

Et d'ailleurs par l'appast d'une assez grosse somme,
Vous pouvez l'obliger à des ménagemens...

Mme ARGANTE

550   Je commence à goûter un peu tes sentimens.
Va-t-en trouver Dorante, & dis-lui qu'il espere ;
Moi, je vais cependant rêver à cette affaire,
Et voir si je pourrai me resoudre à la fin...

Nerine sort.

SCENE X

Mme ARGANTE, PYRANTE

PYRANTE

Je viens de voir mon fils dans un mortel chagrin.
1555   Voulez-vous empêcher un hymen si sortable,

Et ne prendrez-vous point un parti raisonnable ?
Son humeur & la vôtre ont si peu de rapport,
Que si vous l'épousiez, je plaindrois votre sort.
Songez-y bien, Madame, & souffrez qu'on vous dise...

Mme ARGANTE

1560   Doucement. Vous m'allez lâcher quelque sottise.
Car je vous voi venir, mais tous ces discours-là
Ne me conviennent plus.

PYRANTE

                    Pour finir tout cela
Consentez que mon fils épouse ce qu'il aime,
Et songez qu'à votre âge...

Mme ARGANTE

                    A votre âge vous-même.
1565   Ne le voilà-t-il pas sur mon âge aussi-tôt ?
Je fais ce que je veux, je sçai ce qu'il me faut :
J'ai fait reflexion sur ce que je dois faire,
Et j'ai plus de raison que vous, ni votre pere,
Ni que tous vos ayeux.

PYRANTE

                    Oh ! je n'en doute point.

Mme ARGANTE

1570   Et vous faites fort bien.

PYRANTE

                    Mais revenons au point
Qui m'amene vers vous.

Mme ARGANTE

Donnez-vous patience ;
L'affaire, ce me semble, est assez d'importance,
Pour meriter, Monsieur, que j'y pense deux fois,
Et l'on attendra bien ma réponse, je crois.

SCENE XI

Mme ARGANTE, PYRANTE, LYSIMON

LYSIMON

1575 Ah ! vous voilà, Monsieur. Bonjour, Madame Argante.
Vraiment je viens d'apprendre une chose plaisante.
Vous mariez mon fils sans que j'en sçache rien.
Je viens vous dire, moi, qu'il a trop peu de bien
Pour qu'il puisse épouser Julie ou Celimene,
Et que...

Mme ARGANTE

1580   Sur ce sujet ne soyez point en peine,
Si mes filles n'ont pas assez de bien pour lui
Peut-être pourra-t'on se resoudre aujourd'hui,
A faire en sa faveur un si bon mariage,
Que vous le trouverez fort à son avantage.

LYSIMON

1585 Et quelle est la personne à qui vous prétendez ?...

Mme ARGANTE

Faut-il vous le dire ?

LYSIMON

Oüi.

Mme ARGANTE

Mon Dieu, vous m'entendez.

LYSIMON

Point.

Mme ARGANTE

S'il n'épouse pas Celimene ou Julie,
Vous ne devinez pas à qui je le marie ?

LYSIMON

En aucune façon.

Mme ARGANTE

Mais regardez-moi bien.

LYSIMON

1590   Eh bien, je vous regarde & ne devine rien.
Je suis las à la fin de tout ce badinage,
Et si...

Mme ARGANTE

Vous n'en sçaurez pourtant pas davantage,
Et lorsque j'aurai pris mes resolutions,
Je vous informerai de mes intentions.
1595   Adieu, Messieurs, Adieu, je suis votre servante.

SCENE XII

PYRANTE, LYSIMON

LYSIMON

Je ne comprends plus rien à cette extravagante.

PYRANTE

Je m'en vais la rejoindre, & tâcher de sçavoir
Quels sont donc ses desseins. Je croi les entrevoir.
Mais si vous voulez croire un homme qui vous aime,
1600   Tâchez en tout ceci de prendre sur vous-même,
Et suivez...

LYSIMON

Oh Monsieur, gouvernez votre fils ;
Je sçai que vous aimez à donner des avis ;
Et moi, comme il me plaît, je prétens me conduire.
C'est-là ma folie.

PYRANTE

Ouy ! Je n'ai rien à vous dire ;
1605   Bien-tôt par les effets nous pourrons voir, je croi,
Qui se gouverne mieux, ou de vous, ou de moi.

Fin du quatriéme Acte.

ACTE V

SCENE PREMIERE

CELIMENE, NERINE

NERINE

Oui, j'ai si bien parlé qu'enfin Madame Argante
A quitté le dessein de s'unir à Dorante,
Et par un effort triste & pour elle & pour vous,
1610 Consent que de Julie il devienne l'Epoux.
Le bon homme Pyrante est instruit de l'affaire,
La chose est resoluë, & j'ai vû le Notaire.

CELIMENE

Il épouse ma sœur ! Eh qui l'eût cru, dis-moi,
Après qu'il m'a donné sa parole & sa foi ?

NERINE

1615 L'avanture est cruelle, & franchement j'admire...

CELIMENE

Plus cruelle cent fois, que je ne le puis dire.
Car enfin (Je te parle à present sans détour)
L'amour propre est blessé tout autant que l'amour.
Dorante m'étoit cher, sa perte m'est sensible ;
1620 Mais de m'en consoler il me seroit possible,
S'il ne me falloit point pour surcroît de malheur

De mes foibles attraits voir triompher ma sœur.
C'est-là ce qui me tuë.

NERINE

Ah bon, je suis ravie
Que vous soyez sensible une fois en la vie.

CELIMENE

1625   Je creve de dépit.

NERINE

Et vous n'avez pas tort.
Jurez deux ou trois fois, cela soulage fort,
Dit-on.

CELIMENE

Pour un moment fais tréve au badinage.
Dis-moi par où ma sœur emporte l'avantage ?
Quoi donc ! pour m'effacer a-t'elle tant d'appas ?

NERINE

1630   Non. Elle a l'air coquet & vous ne l'avez pas.
La beauté bien souvent plaît moins que les manieres.
Les belles autrefois estoient prudes & fieres,
Et ne pouvoient charmer nos severes ayeux,
Qu'en affectant un air modeste & vertueux.
1635   Mais dans ce siecle-ci, c'est une autre methode,
Tout ce qui paroît libre est le plus à la mode.
Une belle à present par des regards flateurs,
Tendres, insinuans, va relancer les cœurs,
Et moins elle paroît digne d'être estimée,
1640   Et plus elle joüit du plaisir d'être aimée.
On veut se voir heureux dés qu'on est engagé,
Et l'on traite à present l'amour en abregé,

Si bien qu'une beauté qui fuit cette methode,
Est comme un bel habit qui n'est plus à la mode.

CELIMENE

1645 Tu me fais concevoir ce qui fait mon malheur.
Mais j'ai tout employé pour cacher ma douleur,
Et j'ai même voulu paroître indifferente,
Jusques à refuser de m'unir à Dorante.
Cela ne suffit pas pour me vanger de lui,
1650 Et je veux hautement le braver aujourd'hui.

NERINE

Comment ?

CELIMENE

Pour lui marquer que mon cœur le méprise,
Je viens de projetter une grande entreprise.

NERINE

C'est...

CELIMENE

De me marier au plûtôt.

NERINE

Tout de bon ?

CELIMENE

Dés ce soir s'il se peut. J'ai plus d'une raison...

NERINE

1655 Vous marier si-tôt ? C'est le dépit peut-être...

CELIMENE

Non, non ; c'est le moyen de lui faire connoître...

NERINE

La vangeance est complette, & ce noble dépit
Vous donne une maniere, un certain tour d'esprit
Qui vous sied mieux vingt fois que l'air de pruderie.
1660 La peste que l'amour vous a bien dégourdie !
Et quel est, s'il vous plaît, le mortel fortuné
Que pour ce prompt hymen vous avez destiné ?

CELIMENE

Le Chevalier.

NERINE

                              Il doit épouser votre mere.

CELIMENE

J'empêcherai par là qu'il ne soit mon beau-pere.

NERINE

1665 Et vous vous resoudrez d'en faire votre Epoux.
Pauvre petit mouton ! j'y pensois comme vous.

CELIMENE

D'une telle union je voi la consequence.

NERINE

Votre mere en effet plaindroit peu la dépense.
Toute vieille qui prend un mari de vingt ans,
1670 N'en peut rien obtenir qu'à beaux deniers comptans.
Avide des plaisirs que le fripon ménage,

Pour luy plaire elle met tout son bien au pillage,
Le drôle fait sa bourse, & vend cher ses faveurs,
Tant qu'il ait ruiné la vieille & les mineurs.

CELIMENE

1675   Prévenons ce malhëur.

NERINE

C'est ce que je veux faire.
Je m'en vais travailler à rompre cette affaire.

CELIMENE

Tant mieux. Mais en ceci tout ce qui me fait peur,
C'est que le Chevalier n'a point touché mon cœur.

NERINE

Quoy ! vous avez encore la sottise à votre âge,
1680   De croire que l'amour doit faire un mariage ?
A quoy sert cette ardeur ? Aprés quelques beaux jours,
Le mariage éteint les plus vives amours ;
Oüi, l'on a le chagrin de sentir d'heure en heure
Que le feu diminuë, & que l'ennuy demeure.
1685   Un hymen par raison doit toujours se former,
Et quand on est ensemble, on travaille à s'aimer.

CELIMENE

Tu dis vrai. Par l'amour je suis si maltraitée,
Que de ses faux plaisirs me voilà rebutée.

NERINE

Chut. Votre Mere vient. Sortez.

SCENE II

Mme ARGANTE, LE CHEVALIER, NERINE

LE CHEVALIER

Oh, ça, Maman,
1690   Je ne vous parle point en Heros de roman.
Je vais droit au solide, & c'est-là ma folie :
Avant que d'en venir à la ceremonie
Il faut me bien traiter dans les conditions.

Mme ARGANTE

Mon Dieu, défaites-vous de vos expressions,
1695   Ce terme de maman ne peut jamais me plaire.

LE CHEVALIER

Il vaut donc mieux tout franc vous appeller ma mere.

Mme ARGANTE

Ah ! je ne suis point d'âge à souffrir ces noms-là.

NERINE

On vous croiroit son Fils.

Mme ARGANTE

Non, ce n'est point cela.
Mais enfin je suis jeune & l'injustice est grande...

LE CHEVALIER à part.

1700   Oh si j'en croyois rien je veux bien qu'on me pende.

1696   **franc** : adv. « D'une maniere franche, libre, sincere. Il lui
a parlé *franc,* & dit nettement son intention. Il lui a dit tout *franc,*
qu'il étoit un sot » (Furetière).

NERINE *à Mme Argante, bas.*

En vain vous vous piquez de jeunesse & d'appas,
Je vous avois bien dit qu'on ne vous croiroit pas.

Mme ARGANTE

Laissons mon âge à part. Vous êtes galant homme.
Parlons net, m'aimez-vous ?

NERINE *à part.*

Oh, oüi, selon la somme.

Mme ARGANTE

1705   Comment ?

LE CHEVALIER

Assurez-moy de fort beaux revenus,
Vous serez à mes yeux plus belle que Venus.

Mme ARGANTE

Il n'est pas tems encor de traiter cette affaire.

LE CHEVALIER

Le bon homme Pyrante est avec le Notaire,
Et le Contrat dressé nous pourrons bien, je croy,
1710   En dresser un de même & pour vous & pour moy.

Mme ARGANTE

Il est vray, mais je veux...

LE CHEVALIER

Voyez-vous cette mine,
Cette bouche, ces yeux, cette taille si fine ;

Là, parlez franchement, que vous en dit le cœur ?
Cela ne vaut-il pas vos billets au porteur ?
1715 Je vous aime déja, mais muni de ce gage,
Je vous en aimerai mille fois davantage.

NERINE

Sur cet article-là vous êtes trop pressant.

Mme ARGANTE

Je ne veux pas ainsi vous donner mon argent.

NERINE

Et vous faites fort bien.

LE CHEVALIER

                    Que me voulez-vous dire ?

NERINE

1720 Vous ne l'entendez pas ?

LE CHEVALIER

                    Non.

NERINE

                              Je vais vous instruire.
Madame est trés-modeste & convient entre nous
Qu'elle a, si vous voulez, quelques ans plus que vous.
Elle remarque encor, non sans beaucoup d'allarmes,
Que sa mûre beauté cede à de jeunes charmes.

Mme ARGANTE

1725 Je ne dis pas cela.

NERINE

                        Ne nous aveuglons point.
Mais Madame se sent encor jeune en ce point
Qu'il luy faut un mari qui pour elle s'empresse
Comme s'il l'épousoit dans sa tendre jeunesse.
Vous m'entendez ?

LE CHEVALIER

Fort bien.

NERINE

                        Or on voit trés-souvent
1730 Qu'une veuve qui prend une tête à l'évent,
Un jeune écervelé... comme vous par exemple,
Et qui luy fait le don d'une somme fort ample,
Ne se reservant rien qui puisse l'amorcer,
N'en a que des froideurs pour la recompenser.
1735 Bien-tôt elle le voit fier, brutal & volage,
Joindre à ce traitement le mépris & l'outrage,
Des deniers de la Dame acheter des faveurs,
Et ce qu'il doit chez luy, le prodiguer ailleurs.
C'est ce que nous craignons. Pour la paix du ménage,
1740 Nous voulons de nos biens faire un prudent usage,
Or rien n'est plus prudent que de les reserver,
Pour vous en faire part, ou bien vous en priver ;
Et pour vos interêts ainsi que pour les nôtres,
Nous prétendons regler nos bienfaits, sur les vôtres.

LE CHEVALIER

1745 Oüi. C'est donc là l'extrait de vos intentions ?
On prétend me réduire à des conditions ?
Je pourrois, si bien fait, à la fleur de mon âge,
But à but avec vous conclure un mariage ?
En vain donc la nature eût soin de me former,

1750 Pour charmer tous les cœurs plutôt que pour aimer.
De tout ces rares dons suis-je dépositaire
Pour ne les employer qu'à tâcher de vous plaire ?

Mme ARGANTE

Il faut sans contester aprouver mes desseins.

LE CHEVALIER *luy faisant la reverence.*

Ménagere Maman, je vous baise les mains.

SCENE III

Mme ARGANTE, NERINE

Mme ARGANTE

1755 Eh bien, Nerine, eh bien, tu vois comme on me traite.

NERINE

Je le vois, & de plus, j'en suis trés-satisfaite.
Oüi, si j'atteins jamais l'âge de cinquante ans,
Et qu'on me voye encor chercher des soupirans,
Et si de la raison je perds assez l'usage
1760 Pour vouloir acheter & prendre en mariage
Quelque godelureau faisant le beau garçon,
Qu'on me traite de folle & de vieille guenon,
Puisse alors quelque infâme & malin Vau-de-ville,
Faire chanter mon nom aux badauts de la Ville :
1765 Pour me recompenser, puisse mon jeune Epoux
Dissiper tout mon bien & m'assommer de coups ;
Et si ce n'est assez de ce rude supplice
Dont je serai punie avec trop de justice,
Puisse-t-il pour combler toutes ses cruautez,
1770 Me sevrer des plaisirs que j'avois achetez.

Mme ARGANTE

Ouy d'un jeune mary me voilà rebutée ;
Je vois à quel excès j'en serois maltraitée.
Pour agir à present selon mes interêts,
Je vais en choisir un de mon âge, à peu près.

NERINE

1775 Bon, c'est vouloir encor faire une autre sottise.
Un mari de votre âge est pietre marchandise.
Qu'attendez-vous de luy ? des contes du vieux tems ?
Ma foy m'en croirez-vous ? mariez vos enfans,
C'est là le plus beau soin qui convienne à votre âge :
1780 Ensuite joüissez des douceurs du veuvage.
Helas ! combien je vois de Femmes & d'Epoux
Qui voudroient bien troquer leur état avec vous.

Mme ARGANTE

Tu dis vray : J'allois faire une insigne folie.
Eh bien marions donc Celimene & Julie.
1785 Mais, tien, je me connois, j'auray le cœur meurtri,
De les voir toutes deux dans les bras d'un mari
Tandis qu'il me faudra quoique tendre & sensible,
Supporter les ennuis d'un veuvage penible.

NERINE

Eh bien, si le veuvage est un tourment pour vous,
1790 Vous pouvez à loisir vous donner un Epoux.
Point de jeunes Blondins, ils sont toujours volages,
Il vous faut un mari qui soit entre deux âges,
Et qui se soit défait, plus mûri par le temps,
De la présomption qu'on voit aux jeunes gens.

Mme ARGANTE

1795 Entre deux âges, ouy, c'est bien là mon affaire.
Et quel âge est-ce-là ? dis-moy ?

1796. Ce vers comporte quatorze syllabes. Il disparaît dans la
refonte du cinquième acte des éditions postérieures.

NERINE

Mais ce sont d'ordinaire...

Mme ARGANTE

Des hommes de trente ans ?

NERINE

Vous êtes en défaut.
Les hommes ne sont pas raisonnables si tôt.
Il faut que le futur en ait au moins quarante.
1800 Encor c'est bien risquer.

Mme ARGANTE

Mais...

NERINE

J'en serois contente
Moy qui parle ; en un mot je crois que mes avis...

Mme ARGANTE

Ils seront, je t'assure, exactement suivis.

NERINE

Mais il faut marier Julie & Celimene ;
Sans cela, croyez-moy, votre esperance est vaine,
1805 Vos charmes sont ternis par leurs jeunes attraits,
Ils portent malgré vous d'inévitables traits,
Et tous vos prétendans agacez par ces belles,
Vous abandonneront pour courir aprés elles ;
Mais dés que du logis vous les éloignerez,
1810 Dame c'est pour le coup que vous triompherez.

Mme ARGANTE

Tu dis vrai, me voilà défaite de Julie,
Ou du moins peu s'en faut. Mais à qui, je te prie,
Donnerons-nous sa Sœur ?

NERINE

                    A votre Chevalier.
Son Frere est languissant ; s'il devient heritier,
1815 Et qu'il se trouve un jour le chef de sa famille
Vous aurez richement marié votre Fille.

Mme ARGANTE

Ce cas peut arriver, mais qu'il arrive ou non,
Il nous faut profiter de cette occasion ;
De mes Filles enfin je prétends me défaire,
1820 Et je vais de ce pas rejoindre mon Notaire,
Je veux sur ce sujet un peu le consulter.

SCENE IV

NERINE *seule.*

Le Notaire est gagné. Tout va s'exécuter
Sur le plan que j'ai fait, & malgré les obstacles...

SCENE V

NERINE, FRONTIN

NERINE

Te Voilà ?

FRONTIN

    J'écoutois.

NERINE

Ouy.

FRONTIN

Tu fais des miracles.

NERINE

1825　Et Dorante ?

FRONTIN

Pour luy je crois qu'il ne fait rien.
Il s'occupe à rêver tout au plus.

NERINE

Ah ! fort bien.
Et ne devroit-il pas ?...

FRONTIN

Il revient de la Ville.

NERINE

Depuis qu'on est d'accord il paroît bien tranquille.

FRONTIN

Oh, trés-fort. Il m'a dit quatre mots seulement,
1830　Puis il s'est renfermé dans son appartement.

NERINE

Quoy ! ne devroit-il pas, aux pieds de sa Maîtresse,
Par des transports de joye exprimant sa tendresse,
Marquer que leur hymen dont il fait son bonheur,
Va fixer pour jamais son esprit & son cœur ?

FRONTIN

1835 Oh ! les choses vrayment ont bien changé de face.
Le feu qui le brûloit n'est à present que glace,
Il craint le mariage & n'en veut plus tâter.

NERINE

Ah ! que m'apprens-tu là ? qui peut l'en dégoûter ?

FRONTIN

Julie.

NERINE

Et de quel crime est-elle donc coupable ?

FRONTIN

1840 Elle a tort.

NERINE

Elle a tort ?

FRONTIN

Ouy. D'être trop aimable.
Son esprit, son humeur égalent ses appas,
Elle enchante, & tout franc, cela ne se fait pas.

NERINE

Bon, bon.

FRONTIN

Ce que je dis paroît peu vrai-semblable,
Cependant, mon enfant, rien n'est plus veritable.

1845 Les charmes de Julie ont enflâmé nos cœurs,
     Les charmes de Julie éteignent nos ardeurs :
     Nous pensons à present qu'une Epouse si belle
     Est fort imperieuse, & rarement fidelle,
     Et comme sur l'honneur nous ne badinons point,
1850 Nous craignons de nous voir quelque jour, un Ajoint.

NERINE

Un Ajoint ? Qu'est cela ?

FRONTIN

                    Ce mot n'est pas moderne ;
Un Ajoint c'est, ma chere, un mari subalterne,
C'est un Vice-gerent, un Blondin favori,
Qui prend en tapinois la place du Mari.

NERINE

1855 Eh fi, craint-on cela, quand on aime une Fille ?

FRONTIN

Peste ! Il dit que chés luy c'est un mal de Famille.

NERINE

Le bon homme Pyrante est donc bien affligé ?

FRONTIN

Il ne sçait point encor que son Fils a changé :
Plein de joye il travaille avec votre Notaire,
1860 Quand son Fils se prépare à rompre cette affaire ;
Mais puisqu'il se dédit c'est à luy de parler ;
S'il broüille la fusée, il peut la démêler.

─────────────

1862   **brouiller la fusée** : (Litt.) La fusée est « le fil qui est dévidé
autour d'un fuseau. Fusée se dit figurément des affaires. On lui

NERINE

A ton exemple aussi je m'en vais sans rien dire,
Attendre le succès que ceci peut produire.

SCENE VI

FRONTIN *seul*.

1865 Dorante me surprend, car ordinairement
Ses résolutions ne durent qu'un moment,
Mais depuis plus d'une heure il tient avec courage
La résolution de fuïr le mariage.

SCENE VII

PYRANTE, LYSIMON, FRONTIN

PYRANTE

Mais écoutez-moy donc.

LYSIMON

Vous me parlez en vain.

PYRANTE

1870 Croyez-moy.

Rien ne peut empêcher mon dessein.
Toujours désobeir ! toujours me contredire !

---

a fait un méchant procés ; c'est une *fusée* qu'il aura bien de la peine
à demêler. On a fait une forte ligue contre tel Prince, c'est une
fusée qui lui donnera bien de la peine » (Furetière : « Fusée »).

L'impudent ! il osoit sans même m'en instruire,
Epouser une folle à cinquante ans passez !

PYRANTE

Mais il n'y pense plus, &...

LYSIMON

Ce n'est pas assez.
1875 Je prétends le punir d'une telle insolence,
Et le faire enfermer.

PYRANTE

Bon, bon, quelle apparence
Qu'après...

LYSIMON

J'ay sur cela voulu le quereller ;
Sçavez-vous de quel ton il vient de me parler ?

PYRANTE

Son peu d'égard pour vous avec raison vous blesse,
1880 Mais qui produit cela ? c'est le peu de tendresse
Que vous luy témoignez en chaque occasion.
Vous ne luy faites voir que de la passion,
A vos corrections l'emportement préside,
Et vous ne montrez point que la raison vous guide.
1885 Or c'est la raison seule & non l'emportement
Qui tire les enfans de leur égarement.

LYSIMON

Pour les speculatifs ce discours fait merveilles,

1887 **spéculatif** : « se dit [...] substantivement, d'un Politique
qui raisonne profondément sur les evénemens presens, ou futurs,
& il se prend d'ordinaire en mauvaise part. Les *speculatifs* qui

Il enchante d'abord l'esprit & les oreilles.
Veut-on le pratiquer ? on voit incontinent
890 Que ce discours si sage est fort impertinent.

PYRANTE

Point du tout, & mon Fils me prouve le contraire.

LYSIMON

Eh morbleu, vous cherchez en tout à luy complaire :
Mais s'il aimoit Julie à present malgré vous ;
Que voulant l'épouser il vous mît en courroux,
895 Pourriez-vous vous flater, pere prudent & sage,
De le forcer à rompre un pareil mariage ?

PYRANTE

Je n'ay qu'à dire un mot, il y renoncera.

LYSIMON

Vous vous moquez de moy.

PYRANTE

                    Non, quand il vous plaira
Je feindrai devant vous que je veux qu'il renonce
900 A l'hymen de Julie.

LYSIMON

                    Eh bien, si sa réponse
Est qu'il obéira, j'ose vous protester
Que je veux désormais en tout vous imiter.
Aux désirs de mon Fils je souscrirai sans peine.

---

raisonnent avec excés, cherchent un sens mystique, & allegori-
que dans toutes les actions des Princes » (Furetière).

PYRANTE

Il faudra donc luy faire épouser Celimene ;
Clitandre votre aîné n'a point encor d'enfans,
Il est toujours malade...

LYSIMON

Il n'est pas encor tems...

PYRANTE

Pour remettre un ami dans la meilleure voye,
Je veux bien de mon Fils suspendre un peu la joye.
Il vient, toy ne dis mot.

FRONTIN *à part.*

Plaisant évenement !
1910   Son Fils n'obéïra que trop facilement.

SCENE VIII

PYRANTE, LYSIMON, DORANTE, FRONTIN

DORANTE *à son pere.*

Je vous cherchois, Monsieur, pour vous prier d'entendre...

PYRANTE

Ecoutez-moy plutôt, je m'en vais vous surprendre.
Vous m'avez vû, mon Fils, jusques à ce moment
Donner à vos desirs un plein consentement ;
1915   Pourrez-vous me marquer votre reconnoissance
De toutes mes bontés, & de ma complaisance ?
Le prix que j'en demande, est que sans balancer,
A l'hymen projetté vous veüilliez renoncer.

J'ai mes raisons pour rompre avec Mme Argante.
1920 Ainsi preparez vous à remplir mon attente.

LYSIMON *à Pyrante.*

Bon, il n'en fera rien.

PYRANTE

Patience, attendez.

DORANTE

Je dois executer ce que vous commandez,
Et j'ai de mon bonheur une marque certaine,
Pouvant sur ce sujet vous obéir sans peine.

PYRANTE

1925 Mais il faut dès ce jour quitter cette Maison.

DORANTE

Dés ce jour ?

PYRANTE

Ouy vrayment, & pour bonne raison.

DORANTE

Vous pourriez differer... mais enfin il n'importe,
Vous avez vos raisons pour presser de la sorte,
Et ce qui vous convient est ma suprême loy.

PYRANTE

1930 Eh bien, qu'en dites-vous ?

LYSIMON

Je suis tout hors de moi ;

Votre systême est bon, j'en voy tout le merite,
Et je veux desormais réformer ma conduite ;
Je vais trouver mon fils, mais daignez un moment
M'aider de vos conseils dans ce commencement.
1935 Venez.

PYRANTE *à Dorante.*

Trés-volontiers. Je reviens tout à l'heure.

LYSIMON

Ne perdons point de temps.

PYRANTE

Je vous suy.

A Frontin.
                                        Toi, demeure
Pour le desabuser sur l'ordre...

FRONTIN

Oüi, Monsieur.

à part.

Je veux quelques instants le laisser dans l'erreur.

SCENE IX

DORANTE, FRONTIN

FRONTIN

Enfin, vous voilà libre, & selon votre envie
1940 Votre pere consent que vous quittiez Julie.

Vous allez vous en voir éloigné pour jamais.
Voyez quelle bonté ! prévenir vos souhaits !

DORANTE *se promenant à grands pas.*

Tais toi. Dés ce jour même il veut qu'on se separe !
Cet empressement-là me semble assez bizarre.
1945 Il m'a parlé d'ailleurs avec une hauteur...
Quoi ! si de cet himen je faisois mon bonheur,
Il exigeroit donc un entier sacrifice
Des plus tendres desirs... ? Ah ! c'est une injustice.
N'est-il pas vrai, Frontin, & j'attendois de lui...
1950 A-t'il dit qu'il falloit la quitter aujourd'hui ?
Réponds.

FRONTIN

Vous m'avez dit de garder le silence ;
Je suis dans le respect & dans l'obéissance.

DORANTE

Sçais-tu que je suis las de tes mauvais discours ?

Il s'arrete tout court.

Ne pouvoit-il pas bien attendre quelques jours ?
1955 Parle donc... Non tais toi.

Il se jette dans un fauteüil.

Rappellons nos idées.
Cet ordre dans le fond s'accorde à mes pensées ;
Je crains le mariage, & mon pere a raison...

En se levant brusquement.

Mais quoi ! dès aujourd'hui quitter cette Maison,
Frontin ?

FRONTIN

Déliberez s'il faut que je réponde,
1960 Car je suis discret, moi.

DORANTE

Que le Ciel te confonde !

Il rêve.

Va-t'en trouver Julie.

FRONTIN

Ouy.

DORANTE

Non, demeure en ce lieu !

FRONTIN

Soit.

DORANTE

Je m'en vais lui dire un éternel adieu...
Ah ! jamais ma douleur ne pourra le permettre...
Approche cette table. Il faut par une lettre,
1965 L'informer que mon pere est cruel jusqu'au point
D'exiger...

FRONTIN

Pour le coup je ne me tairai point.
Car ne vouliez-vous pas rompre ce mariage ?

1961 Ce vers comporte treize syllabes. Dans les éditions C et
D, le mot « reste » est substitué à « demeure ».

DORANTE

Il est vrai, mais enfin je pouvois...

Il écrit.

FRONTIN

Il enrage.
Ah ! que vois-je, Monsieur ? vous vous attendrissez.
1970 Ce papier est trempé des pleurs que vous versez !

DORANTE *après avoir écrit.*

Porte-lui ce billet, & fais-lui bien entendre
Que mon Pere... Attens donc. Avant que de le rendre
Tu diras...

Il reprend le billet ; après l'avoir lû, il le déchire.

FRONTIN

Bon, voilà le billet déchiré.

DORANTE *avec transport.*

Non, je ne puis souffrir d'en estre séparé.
1975 Eloignez-vous de moi trop importuns scrupules,
Fades raisonnemens & craintes ridicules,
Mon esprit suit mon cœur, l'amour est ma raison,
Et la raison pour moi n'est plus qu'un noir poison.

FRONTIN

Ouy, oui, défaites-vous de cette tracassiere.

DORANTE

1980 Je m'en vais me jetter aux genoux de mon pere
Et de Madame Argante, & si je n'obtiens rien,
Pour faire mon bonheur, il est un sur moyen.

FRONTIN

Quel est-il, s'il vous plaît ?

DORANTE

J'enleverai Julie.

FRONTIN

Fort bien. J'ay souhaité, Monsieur, toute ma vie
1985   D'assister une fois à quelque enlevement,
Et je m'en vais avoir ce divertissement.

SCENE X

DORANTE, JULIE, CELIMENE,
LE CHEVALIER, FRONTIN

DORANTE *court au devant de Julie,*
& se jette à ses genoux.

Ah ! prenez part, Madame, à l'excès de ma peine.
Si vous m'abandonnez, ma disgrace est certaine ;
Si vous m'aimez toujours, quoiqu'il puisse arriver...

JULIE

1990   Que faites-vous ?

FRONTIN

Madame, il va vous enlever.

JULIE

M'enlever ?

FRONTIN

Oui sans doute, & dès ce moment même.

JULIE

Votre discours me cause une surprise extrême ;
Tout conspire, Dorante, à contenter nos vœux,
Et l'hymen dès ce jour va nous unir tous deux.

DORANTE

1995   Dès ce jour ?

JULIE

                    Oui sans doute, & j'ai vû vôtre pere
Signer notre Contrat aussi-bien que ma mere.

DORANTE

Ah Ciel ! Il m'avoit dit...

FRONTIN

                            C'étoit pour faire voir
Combien sur votre esprit il avoit de pouvoir.
Afin que Lysimon reconnût dans la suite
2000   Qu'il doit de votre pere imiter la conduite.

LE CHEVALIER

Je sens de cet exemple un effet assez doux,
Mon pere me marie en même-tems que vous.
Au lieu de la Maman, on me donne Madame,
Et l'on traite la chose avec la bonne femme.

DORANTE *à Celimene.*

2005   Vous l'épouserez donc ?

CELIMENE

                            Je fais tout mon bonheur
De lui donner bien-tôt & ma main & mon cœur.

Scene derniere

PYRANTE, JULIE, CELIMENE, DORANTE, LE CHEVALIER, NERINE, FRONTIN

NERINE

Enfin, graces au Ciel, j'ai fini mon ouvrage,
Venez tous celebrer un double mariage.

PYRANTE

J'ai pendant quelque tems troublé votre bonheur,
2010 Mais vous allez sortir heureusement d'erreur ;
Je n'ai jamais rien tant souhaité dans ma vie,
Que de pouvoir un jour vous unir à Julie.
J'ai signé : tout est prêt. Suivez-moi promtement ;
Et mêlez vôtre joye à mon ravissement.

Ils sortent tous, hors Dorante & Frontin.

FRONTIN *à Dorante.*

2015 Julie est tout à vous ; nous voilà hors de peine.

DORANTE *après avoir rêvé.*

J'aurois mieux fait, je crois, d'épouser Celimene.

Fin du cinquiéme & dernier Acte.

VARIANTES

La liste des variantes comprend celles des éditions revues par l'auteur. Les éditions B et C comportent les variantes que Destouches lui-même communiqua à l'imprimeur Prault, et l'édition D comporte celles qu'il avait préparées avant sa mort et que son fils et Danchet firent incorporer à l'édition commémorative de 1757 (D). L'édition largement élaguée des couches de révisions successives qui servait sans doute pour les représentations de la décennie de 1760 ne pouvait avoir l'autorité de l'auteur, et nous l'avons donc écartée. L'édition de Neaulme est également dépourvue d'autorité, étant *presque* indubitablement une contrefaçon. Nous n'avons pas détaillé les variantes éventuelles des éditions Gibert, parce que nous ne pouvons savoir si ou quand Destouches revit son texte. Un confrontation sommaire des éditions parisiennes et de l'édition Gibert de 1754 prouve que l'éditeur hollandais suivait le texte de 1735 (B), qu'il ne modifia pas à la suite de la parution de celui de Prault en 1745 (C). L'édition Gibert inclut les scènes dans lesquelles Dorante revêt la toge et la perruque d'avocat et les découpe selon la disposition de l'édition B.

Les variantes sont nombreuses et parfois se superposent. Nous retenons les variantes de mots et non de simple graphie ou de ponctuation, sauf là où le sens de la phrase s'en trouve changé. Dans le cas où l'auteur refond des scènes entières, nous donnons la totalité de la refonte, même si certains vers de l'édition originale y figurent inchangés. L'orthographe de la refonte suit celle de l'édition où elle paraît pour la première fois. Dans les cas où nous citons des vers qui servent à situer les variantes dans leur contexte, nous suivons l'orthographe de l'édition de base (A). Les numéros de vers placés *entre*

parenthèses servent de points de repère dans l'édition originale, là où le vers d'origine avait subi une révision antérieure.
Le nombre et la complexité des variantes rend inutile de les
appeler par des signes insérés dans notre texte, et leur importance nous oblige à les grouper à la suite de celui-ci.

35 B Moi ! Je cherche son goût ?
    C D Moi ? Je cherche son goût ?

149 B C D d'un âge

150 B C D A devoir en effet

153 D ta bonne nouvelle

157 C D point envie

244 B C D Frontin, dis

270 B D rompu le voile

365 B C D Faut-il t'avouer tout ? Dès que

367 B C D Ma foi, ni moi non plus. Or donc

380 B C D Tenez, m'en croirez-vous ?

452 B C D J'ai lieu de le penser.

474 B C D NERINE *à part* Ah ! que d'hypocrisie !

479 B C D Car pour

570 D Mais d'ancienne date.

576 D appas si loin de leur printemps.

582 D Conserver la fraîcheur de l'aimable jeunesse.

597 D une verte vieillesse.

598 D Pour moi, je prétends être

599-601 B C Oui, par les actions, & par les sentimens : / Mais
cela suffit-il pour fasciner [D captiver] les gens ? / On sçait
que vous avez

606-608 B C D Mme ARGANTE

                Je suis sur les quarante.

                    NERINE

Oui, mais depuis long-tems.

Mme ARGANTE

     Brisons sur ce sujet,
Nerine, je te veux confier un secret.
Feu Monsieur mon mari...

613 D vive, éclatante.

614 D fonds B C D dix mille

623 D vous aurez

626 D plus tôt

628 D avec vivacité

629 D ton zèle & ton adresse

638 B C D [*début de la scène viii*]

640 B C D mais, Monsieur, vous

665 B C D Et toi, ma chere enfant ? / DORANTE Ah ! sage Celimene,

676 B C D Et brûle de sçavoir

684 D aimer cette aimable franchise

686 D Je vois l'excès charmant de

702 B C D Je vous l'avois bien dit, vous êtes trop heureux.

703 B C D Votre aventure est rare

707 D aimable pouponne

708 D vous offrir au moins une

720 B C D NERINE C'est Madame Argante

722 D   DORANTE

    Elle m'aime, dis-tu ?

FRONTIN

    J'en réponds corps pour corps.
Voyons donc qui des trois

735 D Laissons leur mère à part ; mais

736 B C D *vers suivi par la didascalie : (Dorante se jette dans un fauteüil, & se met à rêver profondément.)*

754 D vieillards, froid, pesant, langoureux.

806 B C D Tu me respecteras ?

831 B C D *placent la didascalie : (à Dorante) au-dessus de*
Vous ne devez...

838-844 D   FRONTIN

            Oui, monsieur a conclu
Une fois pour toûjours, qu'il faut qu'il se marie.

            PYRANTE

Avec qui ?

            FRONTIN

        Mais tantôt c'étoit avec Julie,
Et jusques à présent il ne s'est point dédit.

            DORANTE

Oui, tantôt ce dessein m'a passé par l'esprit ;
Mais depuis un moment j'ai changé de pensée.

         FRONTIN *(à part)*

Oh je m'en doutois bien. Sa tête est renversée.

913-926 D   DORANTE

          Oui. C'est elle, Frontin,
Qui m'engage & me force à changer de dessein.

            FRONTIN

Et par où, s'il vous plaît ?

            DORANTE

          L'amour cède à l'estime :
Elle remplit mon cœur d'un espoir qui l'anime.
Pour un cœur délicat elle a bien plus d'attraits,
Qu'un amour dont le temps peut émousser les traits.
L'amour est inconstant, l'estime est immortelle.
Voilà ce que je pense.

FRONTIN

Et la pensée est belle !

DORANTE

Elle est belle, elle est juste ; elle triomphe.

FRONTIN

Eh bien,

Cédez-lui donc.

DORANTE

Crois-tu qu'il ne m'en coûte rien ?
Que mon cœur en gémit, qu'il se rend avec peine !

FRONTIN

Je le crois.

DORANTE

Cette estime m'a fait entrevoir le danger
Où, guidé par l'amour, je m'allois engager :
La crainte du péril n'étonnoit point mon âme.

FRONTIN

Et quel est ce péril ?

DORANTE

Celui d'aimer ma femme.

FRONTIN

Est-ce un si grand malheur ?

DORANTE

Oui, Frontin.

FRONTIN

Et pourquoi ?

DORANTE

C'est que je veux toujours être maître de moi :
Si j'étois amoureux je ne pourrois plus l'être.

FRONTIN

C'est fort bien raisonné ; mais songez, mon cher maître,
Tout bien considéré, que n'aimant point chez vous,
Vous chercherez ailleurs des passe-temps plus doux :
Vous vous rappellerez, etc.

921-926 B C   FRONTIN

Vous craignez de l'aimer ?

DORANTE

Oui, Frontin.

FRONTIN

Et pourquoi,

Monsieur ?

DORANTE

C'est qu'elle auroit trop de pouvoir sur moi ;
Si je ne l'aime point, dans mon indifference,
Je sçaurai d'un mari conserver la puissance.

FRONTIN

Oui, mais ne sentant rien qui vous fixe chez vous
Vous chercherez ailleurs des passe-tems plus doux.

930 D Oh je le savois bien, Monsieur.

958 B C D Mme ARGANTE, + *sans voir Dorante.*

1039-1046 *vers omis dans* D

1055 B C D La Friponne !

1064 B C D Quand je suis tout en feu, quand l'amour me transporte ?

1068 B C D Je sens des mouvemens !

1073 B C D Belle Maman,

1077 C D DORANTE *bas au chevalier*

1081-1082 B C D Il borne tous ses vœux à se voir mon époux.
Me le dit, me le jure.

LE CHEVALIER

Il se mocque de vous.

1091-1095 B C D   ... qu'il n'en soit point parlé.

LE CHEVALIER

Il refuse une main trop vivement offerte,
Mais qui peut...

1101 B C D Notre Fille ?

1111-1112   Mme ARGANTE

    B C   Traître ! Parjure ! Ingrat !

Mme ARGANTE *à Dorante*

    D   Ah ! trève d'amitié.

LE CHEVALIER

    B C D   Souffrez que je vous prie,

1113-1114 D   Mme ARGANTE *à Dorante*

Comment, vous l'aimez donc ?

DORANTE

Cela n'est que trop vrai.

Mme ARGANTE

Mais vous me recherchiez.

1115-1132 D

FRONTIN

Sans doute. Il craint d'aimer sa femme.

Mme ARGANTE
Et vouloit m'épouser !

FRONTIN

Oui. Vous saurez, madame,
Que mon maître, tranquille & sans trouble, voudroit
Pouvoir être toûjours un mari de sang froid.

Mme ARGANTE

De sang froid ? ah fi donc.

FRONTIN

En un mot, son système
Est que l'on ne doit point épouser ce qu'on aime ;
Car en dépit des mœurs & du ton d'aujourd'hui,
Il veut malgré sa femme être maître chez lui.

Mme ARGANTE

Et bien il le sera, je lui livre l'empire.

FRONTIN

Il l'auroit avec vous, cela s'en va sans dire,
Mais...

Mme ARGANTE

Mais il aime Julie ?

DORANTE

Il faut vous l'avouer.

Mme ARGANTE

Et si cruellement vous osez me jouer ?

DORANTE

Ah, ne le croyez pas. Du cœur le plus sincère
Je vous offrais ma main, mais j'étois téméraire
D'espérer d'étouffer le feu que je ressens.
La raison est pour vous ; ses vœux sont impuissans,
Ils combattent sans force un penchant indomptable ;
L'amour ne peut souffrir que je sois raisonnable.

FRONTIN

S'il l'étoit, comme il craint d'être un mari jaloux,
Pourroit-il faire mieux que d'être votre époux ?

Mme ARGANTE

Que dit cet insolent ? ai-je assez peu de charmes
Pour ne pouvoir causer d'inquiètes alarmes ?
Hélas ! feu mon époux pensoit bien autrement,
Il ne me laissoit pas en repos un moment :
Avec lui ma vertu sembloit être inutile.

FRONTIN

Oh, mon maître avec vous seroit bien plus tranquille.

DORANTE

Oui, je vous en reponds.

Mme ARGANTE

                              Tant de tranquillité
Seroit, à mon avis, une autre extrémité.
Je hais l'emportement ; mais il n'est rien qui flatte
Comme une inquiétude & tendre & délicate.
C'est ainsi qu'avec moi vous vous comporteriez,
N'est-il pas vrai ?

DORANTE

                    Madame...

Mme ARGANTE

                              Et bien-tôt vous verriez
Que mon austérité fût toujours invincible.
Mille gens pour la vaincre ont tenté l'impossible ;
Autant de malheureux.

DORANTE

                    Ah, je n'en doute pas.

Mme ARGANTE

Qu'une austère pudeur relève les appas !
Tout vous parle pour moi ; je suis riche, encore belle,
Comme vous le voyez ; vive autant que fidèle :
Vous prévenant sur tout, je bornerais mes vœux
A vous rendre, à vous voir l'époux le plus heureux ;
Et je ferois si bien que j'étiendrois la flamme
Dont l'ardeur vous tourmente, en dépit...

DORANTE

Ah, madame,
Qu ne puis-je goûter un bonheur si parfait !

Mme ARGANTE

Il ne tiendroit qu'à vous.

DORANTE

Inutile souhait !

Mme ARGANTE

Non, non, j'espère encore.

DORANTE

Et moi, je desespère.

Mme ARGANTE

Ecoutez la raison.

DORANTE

Que je suis en colère
Contre mon cœur.

Mme ARGANTE

Allons, un généreux effort,
Et vous le dompterez.

DORANTE

Je m'en flattois à tort.
Plus je combats l'amour, plus je sens qu'il redouble.
Mes soupirs, malgré moi, vous décellent mon trouble.

Mme ARGANTE

Soupirez, mon enfant, & puis regardez moi ;
C'est le plus sûr moyen de vous guérir.

LE CHEVALIER

Ma foi,
Soit dit sans vous fâcher, je crois tout le contraire.
Vous avez, il est vrai, le secret de me plaire,
Mais son goût et le mien ne se ressemblent pas.

Mme ARGANTE

Quoi donc ! c'est pour vous seul que j'aurois des appas !

LE CHEVALIER

Oui, mon cœur, pour moi seul ; & si vous êtes sage,
Vous devez pour moi seul songer au mariage.

Mme ARGANTE *à Dorante.*

Qu'en dites-vous, Dorante ?

DORANTE

Il vous conseille bien.

Mme ARGANTE

Vous le croyez ?

DORANTE

Sans doute.

Mme ARGANTE

Et moi, je n'en crois rien.
Consultez-vous, mon cher.

DORANTE

Ah, plus je me consulte,
Moins vous me saurez gré de ce qu'il en résulte.

Mme ARGANTE

Vous m'impatientez. Conclurrons-nous, ou non ?

DORANTE

Madame, en vérité... j'ai perdu la raison.

FRONTIN

Jamais il n'a mieux dit.

LE CHEVALIER

Pour punir sa folie,
Il faut sans balancer le livrer à Julie.

Mme ARGANTE

Ce seroit le traiter avec trop de rigueur :
Je l'aime trop encor pour faire son malheur.
Rassurez-vous, monsieur, vous n'aurez point ma fille,
Et je vous dis adieu pour toute la famille.

DORANTE

Ah ! payez-moi du moins d'avoir tout essayé,
Pour...

Mme ARGANTE

Vous êtes un sot.

FRONTIN

Et vous voilà payé.

DORANTE

Je croyois mériter...

Mme ARGANTE

Pour toute récompense,
N'attendez de ma part que haine et que vengeance.
Adieu, vous, suivez-moi, monsieur le Chevalier.

1122-1123 BC   L'interêt, la raison me faisoient votre
Epoux
Mais l'amour les fait taire. Agrééz donc,
Madame,

1126 B C   Et vous voilà payé.

1130-1132 B C D Dans tous vos procédés vous êtes singulier :
Vous méritez, Monsieur, cette belle avanie,
Et votre incertitude est dignement punie.

1135 B croyiez   CD trouviez

1163 D *second hémistiche précédé par la didascalie : (à Julie.)*

1165-1168 D Je me croyois pour vous un vif attachement,
Je vous l'avoue sans fard, mais en vous imitant

1167-1168 B C D Je sens que je pourrai me donner à quel
qu'autre,
Et que mon inconstance est égale à la vôtre.
Je vais trouver,

1166 B C un effort bien touchant

1173-1176 D   CELIMENE *à Dorante.*

J'en aurois pour un cœur qui seroit tout à moi,
Et je vous avouerai de la meilleure foi...
Qu'allois-je dire ? o ciel ! vous épousez ma mère :
La honte & le respect me forcent à me taire.
Je vous quitte, monsieur, pour ne plus vous revoir.

DORANTE

Madame... elle me fuit.

Scene VII

DORANTE, FRONTIN

FRONTIN

                        Elle est au desespoir.
Je crois quelle pleuroit, sa douleur est touchante,
N'est-il pas vrai, monsieur ?

DORANTE

                        Au fond elle est charmante.

FRONTIN

Qui l'emportera donc ? la raison ou le cœur ?

DORANTE

Ah, je suis pénétré,
1192 B C D aux transports
1200 B C D de mon dépit
1201-1203 B C D
Et la réflexion venant à son secours,
De mes feux pour jamais, vient d'arrêter le cours.
J'ai fait mille sermens de n'aimer point Julie.
1204-1216 B C D *vers omis*
1220-1221 B C D

FRONTIN

                        Et vous ne l'aimez plus ?

DORANTE

                        Du moins je l'imagine.

FRONTIN

Et j'imagine, moi, que vous en êtes fou.

DORANTE

                        Va, je te prouverai le contraire.
1224 B C D   Oui, la reconnoissance auprès d'elle m'entraîne.

1227-1234 B C D *vers omis.*

1249 D un beau tour

1262 C D *bas à Dorante*

1292 D et pour toute ma vie.

1325 B C D Je m'inquiette peu d'où

1342 B Eh bien, je vous promets

C D Hé bien, je vous promets

1345 B C Ah ! Je m'attends plutôt à

D C'est que je m'attendois à

1346 D Pour rompre mon projet. / JULIE / Vous osiez

1351-1367 D   JULIE

                    Vous osiez vous flatter
Jusqu'à croire, monsieur, que je serois jalouse
De cette préférence ! &...

FRONTIN

                    Souvent il se blouse
Dans ses opinions.

JULIE

                    Oh la plaisante erreur !
Donnez-vous à ma mère, ou demandez ma sœur,
Tout cela m'est égal, & mon indifference
Ira de pair, au moins, avec votre inconstance,
Qui me réjouit fort, au lieu de m'affliger :
C'est l'unique façon dont je veux me venger.
Aimer ou n'aimer pas, rien ne m'est plus faciie ;
Et si j'ai l'esprit vif, j'ai le cœur fort tranquille.

DORANTE

Je vous sais très-bon gré de sa tranquillité,
Elle remet le mien en pleine liberté.

JULIE

Il peut se promener sans le moindre scrupule,
Cela m'amusera : j'aime le ridicule,

Sur-tout quand il excelle ; & le vôtre est parfait.
Nous préférer ma mère est un excellent trait,
Comique, original.

(elle rit de toute sa force.)

FRONTIN *à Dorante.*

Qu'en dites-vous !

DORANTE

J'enrage.
Elle me pique au vif.

FRONTIN

Quoi, pour un badinage
Vous vous déconcertez !

DORANTE

C'est du mépris.

FRONTIN

D'accord.
Voulez-vous vous venger ! riez encor plus fort.
Allons, gai...

DORANTE

Sais-tu bien que ton impertinence...
Pourroit bien à la fin...

JULIE

Vous me boudez, je pense.
On veut vous égayer, vous prenez l'air grondeur.
Est-ce que ma gaieté vous donne de l'humeur ?

FRONTIN *à Julie, d'un ton vif.*

Vous avez tort aussi de n'être pas fâchée.
Il voit que tout-à-coup vous voilà détachée ;
L'amour propre en pâtit.

DORANTE

Faquin, qui dit cela ?

FRONTIN

Qui me le dit, monsieur ? l'état où vous voilà.
C'est assez, croyez-moi, jouer la comédie :
Malgré vous & vos dents, vous adorez Julie,
Et vous l'adorerez, j'ose vous en jurer.

JULIE

Non, il me haïra s'il ne me voit pleurer.

FRONTIN

Cela se pourroit bien... vous vous mettez à rire
Dans le moment qu'il croit que votre cœur soupire.
Je vous le dis tout net, cela n'est point plaisant,
Un tendre desespoir est bien plus amusant.

JULIE

Puisqu'un air douloureux auroit pour lui des charmes,
Je veux bien par bonté verser deux ou trois larmes.
Mon cher Dorante, hélas, me quitter pour ma sœur !
Quel triomphe pour elle, & pour moi quel malheur !

(elle feint de pleurer.)

Cela vous plaît-il mieux ?

DORANTE

Vous m'insultez, madame,
Ce procédé cruel vient d'étouffer ma flamme.

JULIE

Quoi, vous m'aimiez encore, & vous vouliez changer !

FRONTIN

Eh vraiment oui, madame, afin de se venger.

JULIE

De qui ?

FRONTIN

De vous.

JULIE

Pourquoi ?

FRONTIN

                    Vous êtes trop charmante ;
Voilà votre défaut, & cela le tourmente.

JULIE

Et par quelle raison !

FRONTIN

                    C'est qu'il veut commander ;
Mais quand on aime trop, il faut toûjours céder.

JULIE

Monsieur aime l'empire !

FRONTIN

                    Et l'empire suprême.

JULIE

Comment nous accorder ? je l'aimerois de même.

DORANTE

Vous l'aimeriez, madame ?

JULIE

                    Autant que vous du moins.
J'aime l'indépendance ; on perdroit tous ses soins
A vouloir me gêner, & jamais de ma vie
Je ne prendrai la loi que de ma fantaisie.

FRONTIN

C'est parler nettement à son futur époux.

JULIE

Lui ? nous avons rompu.

FRONTIN

(à Dorante.)
Rompu ? le croyez-vous ?

DORANTE

Sans doute je le crois, si madame est sincère.

JULIE

Tout naturellement voilà mon caractère :
Soyez sûr que jamais je ne me contraindrai,
Que c'est ma volonté que je consulterai,
Et point celle d'autrui.

FRONTIN

Si par hasard la vôtre...

JULIE

Elle me conduira plus sûrement qu'une autre.
En prenant un époux j'engagerai ma foi,
Et tant qu'il m'aimera je lui réponds de moi.

FRONTIN

S'il étoit libertin.

JULIE

Oh, c'est une autre affaire.

FRONTIN

Cela n'a pas besoin du moindre commentaire.
(à Dorante.)
Mais vous ne risquez rien, car vous êtes tout fait
Pour aimer votre femme.

DORANTE

                    Oui, je sens en effet
Que je l'adorerai, quoi qu'on en puisse dire ;
Et les mœurs d'aujourd'hui ne pourront me séduire.

JULIE

Ni moi non plus.

DORANTE

          Ni vous ?

JULIE

                    J'en ferois bien serment.
J'aimerois un mari qui seroit mon amant ;
Pour l'en récompenser, je serois sa maîtresse.

DORANTE

Et peut-être un peu trop.

JULIE

                    Si ce terme vous blesse,
Je m'en vais m'expliquer. Quand on s'aime, je croi
Que le desir de plaire est la suprême loi :
Sur deux cœurs bien unis l'amour seul a l'empire
Mais rien n'est plus choquant que de s'entendre dire
Je veux, je ne veux pas. Avec moi ce ton-là
Réussiroit très-mal.

FRONTIN à *Dorante.*

Retenez bien cela.

DORANTE à *Frontin.*

Oui, madame, en effet, aime l'indépendance.

JULIE

Il faut de part & d'autre égale complaisance.
L'obéissance aveugle est fort de votre goût,
Mais au mien ce seroit un très-mauvais ragoût ;

Et s'il faut achever de me faire connoître,
J'aimerois un mari, je haïrois un maître.
Je crois que vous voilà bien dûement averti ;
Et si mon tour revient, prenez votre parti.

DORANTE

Il est tout pris, madame. Un pareil caractère,
Puisqu'il faut à mon tour vous parler sans mystère
Me semble un peu scabreux, & ne me tente pas.
Celui de votre sœur a pour moi plus d'appas,
Je m'y tiens.

JULIE

C'est bien fait. Ma sœur est doucereuse ;
Mais une humeur pareille est bien-tôt ennuyeuse :
Rien n'est fastidieux comme l'egalité.
J'aime à voir dans l'humeur de la variété.
Un caractère vif, un peu d'étourderie,
Produisent à la fin quelque tracasserie ;
Cela réveille, on songe au raccommodement,
Un mari se ranime & redevient amant.
Voilà ce que j'ai sû d'une parente habile,
Dont la vie est heureuse & n'est jamais tranquille.

DORANTE

Pour moi, je n'aime point tant de variété,
Rien n'est plus de mon goût que l'uniformité.

JULIE

Monsieur aime l'ennui.

DORANTE

La paix en dédommage.

JULIE

Ma sœur vous la promet, portez-lui votre hommage ;
Moi, je vais voir ma mère, adoucir son aigreur.
Pour vous faire jouir d'un tranquille bonheur.

DORANTE

Parlez-vous tout de bon ?

JULIE

C'est ma plus forte envie,
Dût-elle me coûter le repos de ma vie.

DORANTE

De votre vie ? o ciel !

FRONTIN

Ah, sexe dangereux !
Vous voilà subjugué par trois mots doucereux.

DORANTE

Eh puis-je y résister ?

FRONTIN *à part.*

Quelle foible cervelle !

1378 D   Courez vite à

1380-1428 D   FRONTIN

Courons, volons, l'amour nous prêtera ses ailes.

NERINE

Qu'est-ce donc que ceci ? depuis quelques momens,
Il s'est fait entre vous d'étranges changemens !

FRONTIN

Juges-en, nous allons épouser Célimène,
Et l'arrêt prononcé ne nous fait point de peine.

JULIE

Oui, Nérine, le ciel vient d'exaucer ses vœux,
Il va trouver l'objet qui doit le rendre heureux.

1410-1411 BC Mais considerez-vous que ?...

JULIE

Monsieur, c'en est fait.

DORANTE

Vous pouvez consentir

1412 B C *fin de la cinquième scène*

1434 B C D *vers attribué à Dorante*

1435-1451 B C D *le reste de la scène est remaniée ainsi :*

LE CHEVALIER

Tu le vois. La maman est fort vindicative,
Et plus elle t'aimoit, plus sa colere est vive.
(à Julie)
Ma belle, malgré vous vous nous obéirez,
Mais consolez-vous-en, car vous m'adorerez.

DORANTE

Chevalier.

LE CHEVALIER

Quoi ?

DORANTE

Sçais-tu que la plaisanterie
Commence à me lasser ? Trêve de raillerie.

NERINE *au Chevalier*

Madame, & vous, Monsieur, vous vous flatez en vain,
De pouvoir l'engager à vous donner la main ;

(1477) B C Je vous assure, moi, qui suis très pénétrante,
Que ce petit cœur là parle encor pour Dorante.
Et je soutiens, de plus, que Monsieur que voici,
Promene en vain son cœur, & qu'il tient trop ici
Pour s'en pouvoir jamais détacher un quart d'heure,
Et que malgré lui-même, il faut qu'il y demeure.

LE CHEVALIER *à Julie & à Dorante.*

Ceci mérite bien quelque réflexion.
Me dit-elle vrai ?

JULIE

Mais...

NERINE *à Dorante & à Julie*

Osez-dire que non ?

Ils se taisent tous deux.

LE CHEVALIER

C'est un aveu sincere.
(à Julie.)
Si vous ne m'aimez point...

(1447) D   [NERINE]

Elle n'en fera rien, c'est moi qui vous l'assure.

LE CHEVALIER

Il faut donc réformer ce qu'on vient de conclurre.

NERINE

Oui, je vois que l'amour contre vous a conclu.

LE CHEVALIER

As-tu pris ton parti monsieur l'irrésolu ?

DORANTE

Oh, très-absolument.

LE CHEVALIER

Quel est-il je te prie ?

DORANTE

C'est de ne point souffrir qu'on m'enlève Julie.
Quiconque y prétendra, pourra s'en repentir.
(à Julie.)
Lequel aimez-vous mieux, répondez ma charmante ?

JULIE

Mon choix n'est pas douteux.

NERINE

Et ce choix, c'est Dorante.
M'en dementirez-vous ?

JULIE

Je ne te réponds rien.

NERINE

L'entendez-vous, monsieur ?

LE CHEVALIER

Oh oui, je l'entends bien ;
Ce silence discret est un aveu sincère.
(à Julie.)
Si vous ne m'aimez point...

1452-1455 B C D *vers omis*

Scène vii – 1463 B C D Mme ARGANTE, JULIE, NERINE,
DORANTE, LE CHEVALIER

LE CHEVALIER *à Madame Argante.*

Vous venez très-à-propos, Madame ;
Nos projets...

Mme ARGANTE

Vous sçavez ce que j'ai décidé.
Ma conduite répond à votre procedé.
Plus de prétention sur Julie. Elle est vaine.
Je viens d'en disposer. Epousez Celimene,
J'y consens. Mais pour vous, c'est tout ce que je puis.

DORANTE

J'estime Celimene & foible que je suis,

Voulant forcer mon cœur à lui rendre justice,
Je n'en puis obtenir un pareil sacrifice ;
Il revient à Julie, il l'adore. Je sens,
Contre un penchant si doux, mes efforts impuissans.
L'adorable Julie a sur moi trop d'empire ;
Je le dis devant elle, & j'ose vous le dire,
Dût un si tendre amour redoubler sa fierté,
Et blesser votre esprit déjà trop irrité.
Je vois mon ridicule, en me blâmant moi-même,
De retourner si-tôt au seul objet que j'aime,
Après avoir osé par un coupable éclat
Tenter contre l'amour un indigne attentat.

B C   Que je suis bien puni ! Non, mon incertitude
Ne pouvoit essuïer un supplice plus rude ;
On m'aimoit, on me hait ; Mais si le repentir
Peut me justifier, vous devez compatir
A l'état où je suis, excusant la foiblesse

D   Je vous ai fait outrage : excusez la foiblesse

B C D Qui me fait, malgré moi, déliberer sans cesse,
Et qui m'offrant toûjours un nouveau sentiment
Dès mes plus jeunes ans fut mon cruel tourment.
J'en triomphe à la fin. Je la hais, la déteste ;
Si vous me pardonnez, je promets, je proteste,
Je jure, que jamais je ne balancerai ;
Que par mon seul penchant je me gouvernerai,
Qu'un premier mouvement sera ma loi suprême,
Et que je m'y tiendrai contre la raison même.
Comptez donc pour toûjours que Julie a mon cœur,
Qu'il borne tous ses vœux à s'en voir possesseur ;
Je vous la redemande avec toute l'instance
Que [C D Qui] peut de mon ardeur prouver la violence.
Si je ne puis fléchir votre injuste courroux,
Il faut qu'en cet instant j'expire à vos genoux.

Mme ARGANTE le relevant

1463 B C D Le petit scelerat !

1464 B C D En ne sentant pour vous

1466 B C D pas flatteur

1470 B C D   *(à Dorante.)*
A la fin vous serez obligé de m'aimer ;
Ne le sentez-vous pas ?

DORANTE

                    Cela m'est impossible.
Si suivant sa raison on devenoit sensible,
[D Si suivant ma raison je devenois sensible,]
J'ose vous assûrer que vous seriez mon choix.
Mais, cet objet charmant me retient sous ses loix.

Mme ARGANTE *à Julie.*

Coquine !

DORANTE *lui baisant la main*

                    Il faut qu'enfin vous m'accordiez Julie,
Ou le moindre délai peut me coûter la vie.
Laissez-vous attendrir.

Mme ARGANTE *poussant un long soupir.*

                    Ah barbare ! Pourquoi
Tout ce que tu dis-là, n'est-il pas dit pour moi ?

JULIE

N'allez pas m'imputer...

Mme ARGANTE

                    Taisez-vous, insolente ;
Gardez-vous désormais [D pour jamais] de penser à Dorante.

JULIE

Tout ce qu'il vous plaira. [D Eh que ferai-je donc ?]

Mme ARGANTE

                    Songez au chevalier.

LE CHEVALIER *à Julie.*

Non. Je vous le défends.

Mme ARGANTE

Que vous êtes grossier !

1487 B C D Mais soyez le plus sage

1489 B C D Nous allons terminer cette affaire aujourd'hui

1491-1553 B C D Si j'osois dire un mot...

Mme ARGANTE

Vous avez l'impudence...

DORANTE *à Madame Argante.*

Je vois que votre cœur se livre à la vengeance,
Et que tous mes efforts ne peuvent vous flechir :
Mais de vos dures loix le mien va s'affranchir.
Je ne dis plus qu'un mot, songez-y bien, Madame,
Vous esperez en vain triompher de ma flâme,
Elle est à toute épreuve, & votre autorité,
Ne peut rien sur mon goût, ni sur ma volonté ;
Je vous laisse un moment : Croyez je vous supplie,
Que mes vœux pour jamais sont fixés à Julie ;
Il faut me l'accorder, ou rompre absolument.

LE CHEVALIER

Pour un irrésolu c'est parler nettement.
Allons, belle Maman, concluez ; il me semble.
Qu'il vous parle raison.

Mme ARGANTE

Que l'on nous laisse ensemble.
Il faut que vous & moi nous discutions ceci.

LE CHEVALIER

C'est fort bien avisé. Sortez.

Scene VIII

Mme ARGANTE, LE CHEVALIER

LE CHEVALIER

                En raccourci
Parlons, & terminions. Car je puis, à bon titre,
Entre Dorante & vous me porter pour arbitre.
Voyez-vous cette tête ; elle abonde en raison,
Et je vais vous fournir des conseils à foison.

Mme ARGANTE

Cette tête est bien jeune.

LE CHEVALIER

            Et n'en est que plus forte,
Je suis un vrai Caton, ou le Diable m'emporte.
Demandez-moi conseil, & vous l'éprouverez.

Mme ARGANTE

Approuvez mes desseins, & vous m'en convaincrez.

LE CHEVALIER

Vos desseins sont très-bons, mais très-impraticables.
Voulez-vous gouverner des cœurs ingouvernables ?

Mme ARGANTE

Mes filles sont à moi.

LE CHEVALIER

          Sans contestation ;
Mais non jusqu'à regler leur inclination.
Comment voudriez-vous forcer celle d'un autre,
Quand vous ne pouvez pas triompher de la vôtre ?

Mme ARGANTE

Suis-je pas la maîtresse ?

LE CHEVALIER

                          Eh oüi, de vos Ducats,
Mais maîtresse des cœurs ? Ne le présumez pas.
Ce sont des libertins, ils suivent leur caprice.

Mme ARGANTE

Et je veux m'en venger.

LE CHEVALIER

                    Çà, rendons-nous justice.
Dorante, jeune, riche, aimable au-pardessus,
Vous épousera-t-il ? Ne vous en flatez plus.

Mme ARGANTE

Et pourquoi vient-il donc m'en donner l'assurance,
Me le proposer même ?

LE CHEVALIER

        Oh pourquoi !

Mme ARGANTE

                    Oüi.

LE CHEVALIER

                    Je pense
Qu'il vous l'a fait connoître amplement.

Mme ARGANTE

                          Et par où ?

LE CHEVALIER

Par où ? Voici le fait. Le pauvre diable est fou.

Mme ARGANTE

Vous l'êtes donc aussi. Renoncer à Julie
Pour vouloir m'épouser, c'est la même folie.

LE CHEVALIER

Distinguons, s'il vous plaît. Je suis gueux & cadet,
Une Mere fort riche est justement mon fait.

Mme ARGANTE

Oüi, vous aimez mon bien, & non pas ma personne.

LE CHEVALIER

J'adore l'un & l'autre, adorable pouponne.
Vos traits & votre argent, votre argent & vos traits
Ont par leur union d'invincibles attraits.

Mme ARGANTE

Mais Julie a du bien.

LE CHEVALIER

        Pas tant que vous, ma Reine.
Vos billets au porteur sont d'un poids qui m'entraîne,
Et me fait succomber. Mes belles qualités
Vous entraînent aussi. L'un part l'autre emportés,
Moi tantôt le plus fort, vous tantôt la plus forte,
Nous nous laissons aller au poids qui nous emporte ;
Et par ce mutuel & doux emportement,
Nous nous trouvons liés indissolublement.

Mme ARGANTE

Indissolublement ! L'expression est belle.

LE CHEVALIER

Oüi.

Mme ARGANTE

      Mais à mon oreille elle est un peu nouvelle.

LE CHEVALIER

Je le croi bien, ma foi. Je viens de l'inventer
Exprès pour vous surprendre, & pour vous enchanter.

Mme ARGANTE

Vous y réussissez.

LE CHEVALIER

                    Tout de bon, ma Princesse
Je veux être pour vous un héros de tendresse
Vous me rendrez plus fou qu'un vieillard amoureux !
Et nous nous piquerons d'extravaguer tous deux ;
Nous nous aimerons même après le mariage.

Mme ARGANTE

Vous promettez beaucoup.

LE CHEVALIER

                    Je tiendrai davantage.

Mme ARGANTE

Qui m'en sera garant ?

LE CHEVALIER

                    Ma vive passion.

Mme ARGANTE

Nos âges ont un peu de disproportion.

LE CHEVALIER

Bon ! Trente ans plus ou moins, c'est une bagatelle.

Mme ARGANTE

Mais enfin, je commence à n'être plus si belle.
Du moins, à ce qu'on dit.

LE CHEVALIER

                    Qui le dit a menti.
Vous avez mille appas. C'est un fait garanti
Par mes yeux, par mon cœur. Malheur au téméraire,
Au fat, qui m'osera soûtenir le contraire.
          (mettant la main sur la garde de son épée.)

Ceci vous défendra contre le monde entier,
Et de votre beauté je suis le Chevalier.

Mme ARGANTE

Je n'y puis plus tenir, vous m'allez rendre folle.

LE CHEVALIER

Et vous, vous m'enchantez ; vous êtes mon idole,
Vous me verrez toûjours l'encensoir à la main. [D donnez-moi
cette main

(*il lui baise la main.*)
Quand nous marierons-nous ?

Mme ARGANTE

Peut-être dès demain.

LE CHEVALIER

Dorante en même tems épousera Julie.

Mme ARGANTE *vivement.*

Ah ne m'en parlez point.

LE CHEVALIER

Auriez-vous la folie
De balancer encor entre Dorante & moi ?

Mme ARGANTE

Non pas. Mais le dépit...

LE CHEVALIER

Mais le don de ma foi
N'est qu'à ce prix. Je veux vous avoir toute entiere.
Et pour m'en assûrer, la plus sûre maniere,
C'est que de votre Amant vous fassiez un beau-fils.

Mme ARGANTE

Vous êtes donc jaloux ?

LE CHEVALIER

                    Princesse, à votre avis,
Ai-je tort ? Vous l'aimiez. Mais s'il est votre gendre
Vous n'aurez rien sur lui désormais à prétendre.

Mme ARGANTE

Mais vous donnant parole...

LE CHEVALIER

                    Oüi, parole ; non, non,
Cela ne suffit pas, l'amour est un fripon.

Mme ARGANTE

Donnez-moi, tout au moins, le tems de me résoudre.

LE CHEVALIER

Pas un instant.

Mme ARGANTE

          Bon Dieu, quel Tyran !

LE CHEVALIER

                         Que la foudre
M'écrase, en ce moment, si je souffre un délai !
Décidez tout à l'heure, ou parbleu ! je romprai.

Mme ARGANTE *tristement.*

Puisque vous le voulez, dites-lui qu'il espere.

LE CHEVALIER

Je lui porte parole, & j'amene un Notaire.
Sans adieu, mon amour.

Mme ARGANTE *seule.*

                    Mon amour ! Après tout
Ce garçon est aimable ; & peut venir à bout
De bannir de mon cœur l'infidelle Dorante.

Qu'il y faudra d'efforts ! Son image charmante
Malgré moi me surprend, m'agite, mais enfin…

1595 D   Adieu, mes chers messieurs,

1611-1612 D   Même elle a fait venir sur le champ son notaire,
                Afin de terminer aujourd'hui cette affaire.

1647-1648 B C D   Et même, quand j'ai vû qu'on m'enlevoit
                                            Dorante
                        J'ai sçu, sans balancer, paroître
                                            indifferente.

1653-1657 D   NERINE

                                    Par ma foi,
            C'est comme je voudrois me venger aussi, moi.

                            CELIMENE

        Le plus tôt vaut le mieux. Je veux même qu'on croie
        Que je cède Dorante avec bien de la joie.

                            NERINE

        Vous êtes glorieuse, & ce noble dépit

1666 D   Le projet est sensé ; je ferois comme vous.

1675-1869 B C D

                            CELIMENE

Prevenons ce malheur, &…

                            NERINE

                        J'ai fait votre affaire ;
Car le Chevalier vient d'offenser votre mere.
Il vouloit, tout d'abord qu'elle lui fist un don
De ses meilleurs effets ; mais moi j'ai tenu bon.
Et selon mes avis ma prudente maîtresse
S'est reservé le droit de lui faire largesse,
Selon qu'à son égard il se comporteroit ;
Prévoyant sagement qu'il la mépriseroit,

Dès que du coffre fort elle le rendroit maître :
Mais lui, sans en démordre, a si bien fait connoître
Qu'il n'en vouloit qu'aux biens de la bonne maman,
Qu'à la fin rebutée, elle a changé de plan ;
Embrassant un parti plus conforme à son âge,
Elle veut se borner aux douceurs du veuvage.
Et moi j'ai si bien sçû la tourner, la plier,
Qu'elle va vous donner enfin au Chevalier.

CELIMENE

Je ferai mes efforts pour paroître contente ;
Heureuse si je puis mortifier Dorante.

NERINE

Le voici ; laissez-moi lui parler un moment.
>   (*Dorante fait une profonde reverence à Celimene, qui
>   n'y répond qu'en le regardant avec un air de mépris.
>   Elle sort.*)

SCENE II

DORANTE, NERINE.

NERINE *à Dorante qui paroist rêveur.*

On donne à votre choix un plein consentement.
Vos vœux sont accomplis ; & quoiqu'elle en soupire,
Madame m'a chargé [D permis] de venir vous le dire ;
Julie en est instruite, & je vais à l'instant
Le dire à votre pere, & le rendre content.

SCENE III

DORANTE *seul.*

Je puis donc me flater que j'épouse Julie...
Mais l'épouser si-tôt, c'est faire une folie.
Etant homme de guerre, & tout prêt à partir,
A m'engager ainsi, puis-je donc consentir ?

A peine marié, si je quitte ma femme,
La longue liberté peut corrompre son ame.
L'absence d'un mari fait souvent son malheur,
Et trop de confiance expose au deshonneur.
Julie est sage. Mais, c'est être mal habile,
Que de trop présumer de son sexe fragile ;
Et qui veut l'empêcher d'être foible & leger,
Doit de l'occasion lui sauver le danger.
Eh ! quelle occasion plus belle que l'absence ?
Je frémis d'y penser. Mais sans extravagance,
Pourrois-je differer ou changer mon dessein ?
Non. Mes justes frayeurs me retiennent en vain.
Que je suis malheureux ! A quoi bon tant de plaintes ?
J'imagine un moyen qui peut calmer mes craintes.
Embrassons un état, qui loin de m'éloigner,
Me fasse en ma maison toûjours vivre & regner.
Je n'en connois aucun qui soit mieux mon affaire,
Que d'endosser la robe, & d'être sédentaire.
Un grave Magistrat est bien moins exposé,
Qu'un Guerrier par l'honneur toûjours tyrannisé.
Et qui cherchant au loin d'illustres avantures,
Souvent reçoit chez lui de honteuses [D fâcheuses] blessures.
Oui, la robe convient à mon cœur délicat.
Faisons donc au plumet succeder le rabat.
J'en plairais moins peut-être à ma future épouse,
Mais je sens dans mon ame un fond [D fonds] d'humeur
[jalouse
Qui ne pourroit jamais souffrir l'éloignement,
Et qui de mon bonheur me feroit un tourment.
M'y voilà résolu, je vais quitter l'épée
Et par là ma frayeur se trouve dissipée.

SCENE IV

DORANTE, PASQUIN[1]

*Qui traverse le Theatre, portant l'équipage
d'un homme de robe.*

---

1. B imprime PASQUIN dans la scène 4 et dans la didascalie et
les deuxième et dixième répliques de la scène 5. C et D corrigent cette
erreur.

DORANTE

Ou vas-tu donc, Pasquin ?

PASQUIN

                    Je reviens à l'instant.
Je m'en vais équiper notre vieux Président.

DORANTE

Mon oncle a, ce me semble, assez de domestiques.

PASQUIN

Oui, mais qui ne sont pas assez bons politiques
Pour être sous sa main, quand il en a besoin.
Votre oncle est liberal, & sçait payer le soin
Que je prends de lui plaire. En ce noir équipage
Il s'en va visiter un grave personnage
Chez qui cet attirail est décent & requis.
Ah qu'il est different de celui d'un Marquis !

DORANTE

Cela doit être. Attens.

PASQUIN

                    Monsieur, qu'allez-vous faire ?
Vous ôtez votre épée !

DORANTE

                    Oui, tiens.

PASQUIN

                    Sans vous déplaire.
Puis-je vous demander à quelle intention ?

DORANTE

Donne moi cette robe, & point de question.
Le rabat.

PASQUIN *d'un air étonné*

Le rabat ? Cette noire perruque,
La voulez-vous aussi pour vous couvrir la nuque ?

DORANTE *mettant la perruque noire.*

Assûrément. Cela ne me siéra point mal.

PASQUIN

Non, pour aller en masque & pour courir le bal.

DORANTE

Va chercher un miroir.

PASQUIN

                    Le bon homme Lycandre,
Si vous m'amusez trop, se lassera d'attendre.

DORANTE

Eh bien, tu lui diras que je t'ai retardé.
                              (*Pasquin sort.*)[2]
J'aurai sous ce harnois l'air un peu trop guindé,
Ce me semble. N'importe. Un exterieur sage
Donne du relief aux nœuds du mariage
Ma femme, en me voyant & grave & serieux,
Sera plus réservée, & tout en ira mieux.

PASQUIN *apportant un miroir de toilette*[3]

Tenez, la glace est nette, & va, je vous assûre,
Peindre fidellement votre sombre figure.
Vous paroissez déjà triste, froid & rêveur ;
Et par ma foi, j'en ris du meilleur de mon cœur.
                              (*il rit de toute sa force.*)

---

2. C et D ajoutent la didascalie 'DORANTE *Seul*' qui marque le
début de la scène 5. C ne corrige pas PASQUIN ici.

3. C et D : début de la scène 6. Les scènes suivantes sont numéro-
tées en conséquence.

DORANTE

N'en ris point tant, Pasquin, [C Frontin] la robe a son mérite.
Je m'y trouve à ravir, & sa grace m'invite
A briller désormais sous ce grave ornement.

PASQUIN

Bon, vous voulez railler.

DORANTE

     Très-sérieusement
Je veux changer d'état ; c'est chose résoluë.
Cette robe me plaît.

PASQUIN

     Vous avez la berluë.

DORANTE

Non ; j'achette une charge, & me fais Conseiller.

PASQUIN

En voici bien d'une autre ! Il faut vous éveiller,
Car vous rêvez, je croi !

DORANTE

     Croi plûtôt que je veille.
Le parti que je prends n'est pas une merveille,
Bien d'autres avant moi, d'aussi bonne maison,
M'en ont donneé l'exemple.

PASQUIN

     Oui, pour bonne raison ;
Votre oncle, je le sçai, a fait la même chose ;
Mais quant à vous, Monsieur, je n'en vois pas la cause.
Vous estes jeune, brave, & dans votre métier
Déjà fort avancé. Quoi pour se marier
Faut-il prendre une robe ?

DORANTE

Oui Précaution sage.

PASQUIN

Ma foi, mon cher Patron, en fait de mariage,
Il faut s'attendre à tout. Vous aurez beau changer,
La robe & le plumet courent même danger.
Un mari doit glisser sur tout ce qu'il hazarde.
La vertu d'une femme est sa plus sûre garde.
Elle veille bien mieux que les yeux d'un époux,
Et dès qu'elle s'endort, on coëffe le jaloux.

DORANTE

Tes sots raisonnemens...

PASQUIN

Voici votre future.

SCENE V

JULIE, DORANTE, PASQUIN

JULIE *accourrant.*

Enfin vous triomphez... Bon Dieu ! quelle figure ?
Que veut dire ceci ? Vous voilà tout changé !
Avez-vous, dites-moi, le cerveau dérangé ?

PASQUIN

Vous avez deviné.

DORANTE

Faquin, ce badinage
Pourroit sur votre dos attirer quelque orage.
Je suis déjà si las de vos mauvais discours...

JULIE

De cette vesperie interrompez le cours,
Et dites-moi d'où vient votre métamorphose ?...
Non, sans que vous parliez, j'en penetre la cause.
L'espoir de m'épouser vous met en belle humeur,
Et pour me divertir... Mais vous me faites peur,
Je vous en avertis. Quittez cet équipage,
Il a je ne sçai quoi de triste & de sauvage.

DORANTE

Si bien donc que la robe a pour vous peu d'appas ?

JULIE

Je la respecte fort, mais je ne l'aime pas.
C'est une vision qui me choque la vûë ;
J'aimerois cent fois mieux n'être jamais pourvûe,
Que d'épouser un homme avec cet attirail.

FRONTIN *à Dorante*

C'est tout dire en trois mots pour sauver le détail.

DORANTE *à Julie*

Pour moi je ne vois pas d'où vous vient cette haine.

JULIE

Si la seule apparence & m'ennuye & me gêne,
Jugez ce que l'effet produiroit sur mon cœur.

PASQUIN *bas à Julie*

Poussez.

JULIE *à Dorante*

Qu'avez-vous donc ? Vous voilà tout rêveur
Voyez ce que la robe en un moment opere !
Oste-la lui Frontin, ou je m'enfuis.

DORANTE

J'espere

Que ce faux préjugé...

JULIE

Vous vous moquez, je croi,
Préjugé ! Vien Frontin.

FRONTIN

Quoi Madame ?

JULIE *lui ôte sa robe & son rabat.*

Aide-moi.
Préjugé ! Rendons-lui sa forme naturelle.

DORANTE *voulant empêcher Julie de lui ôter sa robe.*

Quoi donc ? Que faites-vous ?

JULIE

Comme épouse fidelle,
Et prompte à vous servir, souffrez qu'en ce moment
Je vous marque mon zele & mon empressement.

DORANTE *à Julie.*

Ecoutez.

JULIE

Pas un mot. Je suis trop occupée.
Dépêchons-nous Frontin.
(*lui remettant l'épée au côté.*)
Je vous rends votre épée.
Et de ma propre main je vous fais Chevalier.

FRONTIN *lui mettant son Chapeau.*

Et moi, Sancho Pansa, [D par conséquent] je suis votre
Ecuyer.

JULIE *le contemplant.*

Ah je vous reconnois ! Vous voilà sous les armes,
Et semblez à mes yeux avoir de nouveaux charmes.
Plus de robe sur tout, & vive le plumet.
Suivez-moi chez ma mere, elle vous le permet,
Et m'a même ordonné que je vinsse vous prendre
Pour vous mener chez elle où je vais vous attendre.

DORANTE

Mais...

JULIE

Sans adieu.

SCENE VI

DORANTE, FRONTIN

FRONTIN

          La robe a très-mal réussi ;
Aussi, vous aviez l'air d'un amoureux transi.

DORANTE

Me voilà pour toûjours dégouté de Julie...

FRONTIN

Bon ! Vous n'y pensez pas. L'affaire est accomplie,
Ou du moins, autant vaut.

DORANTE

          Ah je lis dans son cœur !
Un époux sérieux, assidu, lui fait peur ;
Sa présence déja la gêne & l'incommode,
Et si l'on veut lui plaire, il faut être à la mode.
Non, il n'en sera rien. Julie a mille attraits,
Dont la force, il est vrai, m'enchaîne pour jamais,
Je ne puis aimer qu'elle, & c'est ma destinée ;

Mais moi l'epouser ? Non. Puisqu'elle est obstinée
A mépriser l'état que je veux embrasser,
De tout engagement je dois me dispenser.
Je cede aux mouvemens de mon ame allarmée.
Allons, partons, Frontin, & rejoignons l'armée,
Au milieu des périls j'éteindrai mon amour,
Ou vivrai libre au moins, jusqu'à mon dernier jour.

FRONTIN

Mais, Monsieur, s'il vous plaît, songez...

DORANTE

                    Point de langage ;
Je parts [*sic*] dans quatre jours, songe à mon équipage.

SCENE VII

FRONTIN, UN LAQUAIS

LE LAQUAIS

Donnez-moi, s'il vous plaît tout ceci.

FRONTIN

                    De bon cœur.
Prends tout ton attirail, il nous porte malheur.

SCENE VIII

FRONTIN *seul.*

Mon Maître est sans mentir, un homme bien étrange !
A toute heure il balance, à tout moment il change.
Ma foi, je ne sçai plus désormais qu'en penser.

SCENE IX

NERINE, FRONTIN

NERINE

Deux Nôces à la fois ! Que nous allons danser !
Eh bien ? Voilà ton Maître au comble de la joye ;
Et lorsque pour quelqu'un mon adresse s'employe
Tout réussit.

FRONTIN

Pas trop.

NERINE

                    Pas trop ! Mais dès ce soir
On signe le Contrat.

FRONTIN

                    Peut-être. A te revoir.
Mon Enfant.

NERINE

          Où vas-tu ?

FRONTIN

                    Je vais graisser mes bottes ;
Et bien-tôt affrontant vent, neige, pluye & crottes,
Nous courons à la gloire en dépit de l'amour.

NERINE

Comment, vous nous laissez ?

FRONTIN

                    Adieu, jusqu'au retour.
Que Julie après tout ne soit point inquiette,
Nous pourrons l'épouser quand la paix sera faite.

NERINE

Quoi ! dans le même instant qu'on vient de s'accorder...

FRONTIN

Quand nous nous marirons, nous voulons résider ;
Et pour cause. Epouser, partir dans la semaine,
C'est pour peu de plaisir prendre bien de la peine.

NERINE

Pourquoi donc tant presser, tant prier ?

FRONTIN

                              En effet.
Mais quand on aime trop, on ne sçait ce qu'on fait.
On suit sa passion, la raison vient, tracasse,
Et d'un cœur tout en feu fait un cœur tout de glace.

NERINE

C'est-à-dire, Frontin, que Dorante est jaloux,
Et n'ose en s'éloignant se confier à nous ?

FRONTIN

Oui. Tu te mets au fait. Julie est belle & vive,
On la laisse exposée à quelque tentative,
Et comme sur l'honneur nous ne badinons point,
Nous craignons de nous voir quelque jour un Ajoint.

NERINE

Un Ajoint ! Qu'est-cela ?

FRONTIN

                    Ce mot n'est pas moderne ;
Un Ajoint, c'est ma chere, un mari subalterne ;
C'est un Vicegerent, un blondin favori,
Qui prend en tapinois la place du mari.

NERINE

Eh fi ! Craint-on cela, quand on aime une fille ?

FRONTIN

Peste ! Il dit que chez lui c'est un mal de famille.

NERINE

Le bon homme, à coup sûr, sera bien affligé,
Ne sçachant point encor que son fils a changé.
Plein de joye il stipule avec notre Notaire,
Lorsque Dorante songe à rompre cette affaire.
Je m'en lave les mains, & n'en veux plus parler.
Il broüille la fusée, il peut la démesler.
C'est un homme incertain, dont la tête est feslée ;
Allez tous deux au Diable, & j'en suis consolée.

Scene X

FRONTIN seul.

L'Adieu me paroît tendre, & touchant. Par ma foi,
J'en dirois tout autant à sa place. Mais moi,
Dois-je souffrir au fond, des écarts de mon Maître ?
Allons voir le bon homme, il fixera peut-être...
Mais il vient.

1869 B C (Scene VII)

PYRANTE

Ecoutez.

LYSIMON

Vous me parlez en vain.

1919 B C D   Je viens de me broüiller avec

1947 D   le plus prompt sacrifice

1953 B C D   Oh ! fais tréve une fois à tes fades discours.

1954 B C D   quatre jours

1957 B C D   Je dois partir bientôt, &

1961 D   reste en

1968-1969 D   DORANTE

Il est vrai, mais enfin on auroit pu...
Il écrit.

FRONTIN

Je gage
Que vous n'êtes pas sûr de ce que vous pensez.

1970 B C D   Vous écrivez trois mots, puis vous les éffacez
[*sic*].

1974 B C D   On veut m'en séparer, mais je l'épouserai.

2005 B C D   DORANTE / Et vous y consentez ?

2007-2008 B C D   *vers attribués à Pyrante.*

2008 D   Nous venons de conclurre [*sic*]

2009 D   *vers précédé par la didascalie : (à Dorante.)*

TABLE DES MATIÈRES

SOCIÉTÉ DES TEXTES FRANÇAIS MODERNES
(S.T.F.M.)

Fondée en 1905
Association loi 1901 (J.O. 31 octobre 1931)
Siège social : Institut de Littérature française
(Université de Paris-Sorbonne)
1, rue Victor Cousin. 75005 PARIS

Président d'honneur : † M. Raymond Lebègue, Membre de l'Institut.

Membres d'honneur : MM. René Pintard, † Jacques Roger, Isidore Silver, † Robert Garapon.

BUREAU : Juin 1994

Président : M. Roger Guichemerre.
Vice-Présidents : Mme Yvonne Bellenger.
                 M. André Blanc.
                 M. Jean Céard.
Secrétaire général : M. François Moureau.
Secrétaire adjoint : M. Jean Balsamo.
Trésorier : M. Alain Lanavère.
Trésorier adjoint : Mlle Huguette Gilbert.

La Société des Textes Français Modernes (S.T.F.M.), fondée en 1905, a pour but de réimprimer des textes publiés depuis le XVIe siècle et d'imprimer des textes inédits appartenant à cette période.

Pour tout renseignement et pour les demandes d'adhésion : s'adresser au Secrétaire général, M. François Moureau, 14 *bis,* rue de Milan 75009 Paris.

Demandez le catalogue des titres disponibles et les conditions d'adhésion.

LES PUBLICATIONS DE LA SOCIÉTÉ DES TEXTES
FRANÇAIS MODERNES SONT EN VENTE AUX
ÉDITIONS KLINCKSIECK
8, rue de la Sorbonne 75005 Paris

EXTRAIT DU CATALOGUE

(janvier 1995)

XVIᵉ siècle

XVIIᵉ siècle

Poésie :

54. RACAN, *Les Bergeries* (L. Arnould).
74-76. SCARRON, *Poésies diverses* (M. Cauchie), 3 vol.
78. BOILEAU-DESPRÉAUX, *Épistres* (A. Cahen).
123. RÉGNIER, *Œuvres complètes* (G. Raibaud), 2 vol.
151-152. VOITURE, *Poésies* (H. Lafay), 2 vol.
164-165. MALLEVILLE, *Œuvres poétiques* (R. Ortali), 2 vol.
187-188. LA CEPPÈDE, *Théorèmes* (Y. Quenot), 2 vol.

Prose :

64-65. GUEZ DE BALZAC, *Les premières lettres* (H. Bibas et K.T. Butler), 2 vol.
71-72. Abbé de PURE, *La Pretieuse* (E. Magne), 2 vol.
80. FONTENELLE, *Histoire des oracles* (L. Maigron).
132. FONTENELLE, *Entretiens sur la pluralité des mondes* (A. Calame).
135-140. SAINT-ÉVREMOND, *Lettres* et *Œuvres en prose* (R. Ternois), 6 vol.
142. FONTENELLE, *Nouveaux Dialogues des morts* (J. Dagen).
144-147 et 170. SAINT-AMANT, *Œuvres* (J. Bailbé et J. Lagny), 5 vol.
153-154. GUEZ DE BALZAC, *Les Entretiens* (1657) (B. Beugnot), 2 vol.
155. PERROT D'ABLANCOURT, *Lettres et préfaces critiques* (R. Zuber).
169. CYRANO DE BERGERAC, *L'Autre Monde ou les Estats et Empires de la Lune* (M. Alcover).
182. SCARRON, *Nouvelles tragi-comiques* (R. Guichemerre).
191. FOIGNY, *La Terre Australe connue* (P. Ronzeaud).
192-197. SEGRAIS, *Les Nouvelles françaises* (R. Guichemerre), 2 vol.
199. PRÉCHAC, *Contes moins contes que les autres.* Précédés de *L'Illustre Parisienne* (F. Gevrey).

Théâtre :

57. TRISTAN, *Les Plaintes d'Acante et autres œuvres* (J. Madeleine).
58. TRISTAN, *La Mariane. Tragédie* (J. Madeleine).
59. TRISTAN, *La Folie du Sage* (J. Madeleine).
60. TRISTAN, *La Mort de Sénèque, Tragédie* (J. Madeleine).
61. TRISTAN, *Le Parasite. Comédie* (J. Madeleine).
62. *Le Festin de pierre avant Molière* (G. Gendarme de Bévotte - R. Guichemerre).
73. CORNEILLE, *Le Cid* (G. Forestier et M. Cauchie).
121. CORNEILLE, *L'Illusion comique* (R. Garapon).
126. CORNEILLE, *La Place royale* (J.-C. Brunon).
128. DESMARETS DE SAINT-SORLIN, *Les Visionnaires* (H. G. Hall).
143. SCARRON, *Dom Japhet d'Arménie* (R. Garapon).
160. CORNEILLE, *Andromède* (C. Delmas).
166. L'ESTOILE, *L'Intrigue des filous* (R. Guichemerre).
167-168. *La Querelle de l'École des Femmes* (G. Mongrédien), 2 vol.

Photocomposé en Times de 10
et achevé d'imprimer en octobre 1995
par l'Imprimerie de la Manutention à Mayenne
N° 355-95